책인시공

책인시공
冊人時空

책 읽는 사람의 시간과 공간

정수복 지음

문학동네

차례

제2부 집 안에서 책을 읽다

제3부 집 밖에서 책을 읽다

■ 일러두기
이 책의 외래어 표기는 국립국어원 원칙을 따랐으나, 일부 인명과 프랑스 지명의 경우 저
자의 외래어 표기를 따랐습니다.

독자 권리 장전

양심과 사상의 자유라는 인간 기본권의 밑바닥에는 책을 읽을 자유와 권리가 깔려 있다. 독서할 권리, 그것은 양도할 수 없고 박탈할 수도 없는 신성불가침한 인간의 기본권이다. 인간의 자유를 침해하고 억압하는 독재정권은 동서고금을 막론하고 자유로운 독서의 권리를 박탈해왔다. 학교와 가정은 그런 독재정권의 하수인이 되어 자유로운 책 읽기를 방해하고 특정의 책 읽기를 강요해왔다. 이에 신성불가침한 독자의 권리를 천명하는 독자 권리 장전을 선포함으로써 독자의 권리에 대한 일체의 간섭과 규제를 배제하고자 한다.

1. 책을 읽을 권리

인간은 나이, 성별, 종교, 국적에 관계없이 읽고 싶은 책을 마음 놓고 읽을 권리를 갖는다. 누구에게나 글을 배우고 책을 읽을 권리, 언제 어디에서라도 책을 읽을 권리가 있다. 정부와 지방자치단체, 교육기관과 사회단체 들은 공공도서관을 만들어 누구라도 원하는 책을 읽을 기회를 제공해야 한다.

2. 책을 읽지 않을 권리

모든 독자는 아무리 강요해도 읽고 싶지 않으면 읽지 않을 권리를 갖는다. 책을 읽으면 삶이 바르고 풍부해진다는 것은 동서고금의 진리다. 그러나 본인이 원하지 않을 때 강요해서 책을 읽게 할 수는 없다. 그건 성인만이 아니라 어린이나 청소년의 경우에도 마찬가지다. 어떤 교육적 목적을 제시하더라도 강요와 강압이 있어서는 안된다. 다만 상대방에 대한 존중과 사랑을 바탕으로 특정의 책을 읽으라는 권유는 허용할 수 있다.

3. 어디에서라도 책을 읽을 권리

모든 독자는 책을 읽을 마음이 생기면 집 안팎 어디에서라도 책을 읽을 권리를 갖는다. 서재나 도서관의 책상 앞만이 아니라 침대, 식탁, 거실, 복도, 화장실, 공원, 수영장, 운동장, 음식점, 길거리, 기차, 비행기, 배, 버스, 지하철, 교도소, 병원, 내무반 등 어디라도 독서의 장소로 허락되어야 한다.

4. 언제라도 책을 읽을 수 있는 권리

누구라도 독자가 책을 읽는 시간을 제한할 수 없다. 새벽, 아침,

책인시공冊人時空

낮, 저녁, 밤, 늦은 밤 언제라도 책을 읽을 자유가 주어져야 한다. 학교 기숙사, 교도소 감방, 군대 내무반, 병원 병실 등의 경우 소등 시간은 지켜져야 하지만, 기관의 질서를 심각하게 훼손하지 않는다면 책을 읽을 수 있는 장소를 따로 마련해주도록 노력해야 한다.

5. 책을 중간중간 건너뛰며 읽을 권리

모든 독자는 책이 지루하면 중간중간 읽지 않고 넘어갈 권리를 갖는다. 누구라도 독자에게 책을 처음부터 끝까지 순서대로 다 읽으라고 강요할 수 없다. 저자가 쓰고 싶은 것을 자기 방식대로 쓸 권리를 갖듯이 독자는 읽고 싶은 것을 자기 방식대로 읽을 권리를 갖는다. 지루한 책을 무턱대고 차례대로 다 읽으라고 강요할 권리는 교사와 부모 누구에게도 허용되지 않는다.

6. 끝까지 읽지 않을 권리

모든 독자는 책을 끝까지 읽지 않고 중도에 덮어버릴 권리를 갖는다. 재미없는 책을 끝까지 읽으라고 강요하는 것은 정신적 고문에 해당한다. 세상의 모든 고문이 즉시 사라져야 한다면 중도에 읽고 싶지 않게 된 책을 끝까지 읽으라는 강요도 절대 허용되어서는 안 된다.

7. 다시 읽을 권리

모든 독자는 한번 읽은 책을 마음이 내키면 다시 읽을 권리를 갖는다. 마음에 드는 사람을 다시 만나고 싶은 것은 인간 본연의 특성이다. 책의 경우도 마찬가지다. 처음 읽었을 때 재미있었거나 무언가 마음에 남긴 것이 있어서 다시 읽고 싶은 책이 있다. 그런 책은 언제 어디서나 자유롭게 되풀이해서 읽을 권리가 있다.

8. 아무 책이나 읽을 권리

모든 독자는 자기가 읽고 싶은 책이라면 무엇이든 다 읽을 권리를 갖는다. 사랑의 대상이나 결혼 상대를 본인이 선정해야 하듯이 책의 경우도 마찬가지다. 본인의 동의 없는 강제결혼이나 강요된 중매결혼이 인권침해이듯이 어떤 책을 읽으라는 강요도 인권침해에 해당된다. 어떤 책을 나쁜 책이라고 규정하여 타인으로 하여금 못 읽게 하는 것보다 더 나쁜 일은 없다. 세상에 좋은 책과 나쁜 책을 가를 수 있는 절대적인 기준은 없다. 그 판단은 성인 각자에게 맡겨야 한다.

9. 많은 사람이 읽는 책을 읽지 않을 권리

베스트셀러나 스테디셀러, 필독서가 되어서 많은 사람이 읽는 책을 꼭 읽을 필요는 없다. 누구라도 그런 책을 읽지 않았다고 무시

당해서는 안 된다. 오히려 유행의 흐름을 따르지 않고 독자적인 관심에 따라 스스로 원하는 다양한 책을 골라 읽을 수 있도록 장려하는 분위기가 마련되어야 한다.

10. 책에 대한 검열에 저항할 권리

누구라도, 어떤 이유에서라도 어떤 책이 위험하다거나 불온하다는 이유로 책을 감추거나 훼손하거나 폐기해서는 절대 안 된다. 세상의 독자들은 국가권력이나 학교체제 또는 부모들이 책을 검열하고 압수하고 폐기처분하는 일에 분연히 저항할 정당한 권리를 갖는다.

11. 책의 즐거움에 탐닉할 권리

모든 독자는 책이 주는 즉각적이고 감각적인 즐거움에 중독될 권리를 갖는다. 책에 탐닉하거나 중독되는 일을 마약이나 알코올 중독과 같은 것으로 취급해서는 안 된다. 책 읽기는 인간의 행위 가운데 가장 높은 문명의 단계이다. 그러므로 책 중독은 그 자체로 최대한 권장되어야 할 중독이다. 그로 인해 학업이나 사업상의 문제가 발생한다 해도 그 권리는 절대 억압할 수 없다.

12. 책의 아무 곳이나 펼쳐 읽을 권리

모든 독자는 책을 처음부터 읽지 않을 권리를 갖는다. 책을 꼭 처음부터 읽으라고 강요할 권리는 누구에게도 없다. 독자는 책을 아무 데나 펴서 읽다가 처음으로 돌아갈 수도 있고 도중에 그만둘 수도 있다. 책 중간의 삽화나 사진에 관심이 간다면 그것만 보고 책을 덮을 권리도 주어진다.

13. 반짝 독서를 할 권리

모든 독자는 단 몇 분간이라도 책의 어느 구절을 군데군데 읽을 권리를 갖는다. 책은 집과 같다. 집을 살 때는 예외지만 어느 집을 방문할 때 그 집을 속속들이 다 들여다보지는 않는다. 책을 읽을 때도 마찬가지다. 시간이 없을 때는 더욱 그렇다. 포도밭에 들어가 마음 가는 대로 손 가는 대로 포도알을 따먹듯이, 모든 독자에게는 우연히 책을 펼쳤을 때 눈에 들어오는 구절만 읽을 권리가 있다.

14. 소리내서 읽을 권리

모든 독자는 원할 때면 언제나 책을 낭독할 권리를 갖는다. 오늘날 소음은 공해의 하나다. 그러나 책 읽는 소리를 자동차 엔진 소리와 동일하게 취급해서는 안 된다. 초등학교 저학년만이 아니라 대학생이나 최고 수준의 학자라도 때로 소리내서 읽고 싶은 책이 있다면

책인시공冊人時空

그럴 권리를 최대한으로 누릴 수 있어야 한다. 다만 타인의 조용히 있을 권리와 충돌할 경우에는 상황에 따라 조정될 필요가 있다.

15. 다른 일을 하면서 책을 읽을 권리

모든 독자는 독서와 다른 일을 동시에 할 권리를 갖는다. 모든 독자는 독서에만 몰두할 권리를 갖듯이 다른 일과 동시에 독서할 권리도 누린다. 방에 CD플레이어를 틀어놓거나 귀에 이어폰을 꽂고 음악을 들으면서 책을 볼 권리는 물론, 집이나 식당에서 혼자 식사할 경우 식탁 한편에 책을 펴놓고 읽을 권리가 있다. 길을 걸어가면서 책을 읽는 것도 허용되지만 그럴 경우 독자는 충돌사고에 주의할 의무가 있다.

16. 읽은 책에 대해 말하지 않을 권리

모든 독자는 자기가 읽은 책에 대해 어떤 이야기도 하지 않을 권리를 갖는다. 모든 인간은 자기 의견을 말할 권리와 더불어 아무 말도 하지 않을 권리를 갖는다. 묵비권은 독후감의 경우에도 마찬가지다. 책을 읽고 난 소감을 말하라고 강요할 권리는 누구에게도 없다. 글로 쓰는 독후감은 말할 것도 없고 말로 하는 독후감의 경우에도 묵비권은 최대한으로 존중되어야 한다.

17. 책을 쓸 권리

모든 독자는 어떤 내용 어떤 형식으로라도 자신의 생각을 자유롭게 글로 써 책으로 펴낼 권리를 누린다. 어느 누구도 어떤 이유에서라도 책을 쓸 권리를 막을 수 없다. 가족과 학교, 중앙정부와 지방자치단체는 누구라도 책을 읽고 쓸 능력을 키울 수 있도록 다양한 방식의 기회를 제공하고 그들이 쓴 책을 출판하도록 적극 도와야 한다.

책인시공冊人時空

◉ 위의 독자 권리 장전은 앞으로 모든 독자의 의견을 고려하고 충분히 토론한 후에 확정
되어야 할 시안으로서 프랑스 작가 다니엘 페낙이 『소설처럼Comme un Roman』(이정임
옮김, 문학과지성사)에서 초안한 '독자의 절대적 권리 선언'을 보완한 내용입니다. 이에 대
해 찬성, 반대, 수정, 첨가, 삭제, 보충 등의 요구사항이 있는 독자는 문학동네 편집부로 의
견을 남기시거나 pariscielbleu@gmail.com으로 저자에게 직접 연락주시기 바랍니다.

책에 대한 책을 열며

책 읽기는 기계의 리듬에 맞서
인간의 리듬을 유지하는 행위다.
_주노 디아스

양서예찬

—

해마다 가을이 오면 이효석의 수필 「낙엽을 태우면서」가 생각나고, 겨울이 지나고 봄이 오면 이양하가 쓴 「신록예찬」이 떠오른다. 그리고 곧바로 민태원의 「청춘예찬」이 생각난다. 지난 10년 동안 서울을 떠나 파리에서 자발적 망명생활을 하며 앙리 라보리가 쓴 『도피예찬Éloge de la Fuite』과 알랭 바디우의 대담집 『사랑예찬Éloge de l'Amour』을 즐겨 읽기도 했다. 무언가를 찬양하고 찬미하는 글을 읽다 보면 마음이 편안해지고 흐뭇해진다. 그래서인지 오래전에 읽었던, 르클레르크 신부가 쓴 작고 얇은 책 『게으름의 찬양』이나 나무를 찬

양하는 시인 정현종이 쓴 아름다운 산문 「숲—최상의 학교」를 지금
도 이따금 다시 읽어보곤 한다. 신록, 청춘, 도피, 사랑, 게으름, 숲
으로 이어지는 무언가를 예찬하는 글의 목록에 나는 양서 하나를 추
가하고 싶다. 시간을 잊게 하고 호기심을 충족시켜주는 책, 지성을
단련시키고 세련된 감수성을 갖게 하는 책, 정신을 고양시키고 영혼
을 맑게 하는 책, 한마디로 양서를 찬미하고 싶은 마음이야말로 이
책을 쓰게 한 원동력이다.

책 읽기의 즐거움
—

읽지 않고 놓아둔 한 권의 책은 종이 뭉치에 불과할 수 있다. 그
러나 책을 펴들고 읽는 순간 책은 살아 움직이며 읽는 이에게 말을
건넨다. 그러므로 양서예찬은 곧 독서예찬이 된다. 책 읽기의 즐거
움에 대한 예찬은 동서고금을 가리지 않는다. 누구나 알고 있듯이
공자의 『논어』 첫 구절은 "배우고 때로 익히면 또한 즐겁지 아니한
가學而時習之 不亦說乎"이다. 이 구절은 선현들이 남긴 책을 읽고 참된
가르침을 배워 그것을 세상에서 실천하는 일이야말로 인생에서 느
낄 수 있는 가장 큰 보람이자 즐거움임을 말해주고 있다. 공자 이후
한국, 중국, 일본을 포함한 동아시아의 문사文士들에게 책 읽기는 인

격도야를 위해 꼭 실천해야 할 일과의 하나였다. 송나라의 문인 장횡거는 "책은 이 마음을 지켜준다. 잠시라도 그것을 놓으면 그만큼 덕성이 풀어진다"며 독서를 예찬했고 14세기 일본의 선승 요시다 겐코는 "혼자 등불 아래에서 책을 읽으면서, 내가 전혀 모르는 옛날 사람들을 벗삼는 일이야말로 어디에도 비교할 수 없는 기쁨이다"라고 독서의 즐거움을 고백했다.[1] 벼슬자리를 마다하고 낙향한 퇴계 이황은 새벽에 일어나 향을 피우고 조용히 앉아 하루종일 책을 읽는 일로 인생의 후반기를 보냈다. 보길도에서 귀양살이하던 윤선도가 물, 돌, 소나무, 대나무, 달水石松竹月을 자신의 다섯 친구라고 노래했지만, 정작 사랑방에 홀로 앉아 책을 읽을 때는 "내 벗이 몇인고 하니 책뿐인가 하노라"라고 읊었을 것이다.

프랑스의 현대비평가 롤랑 바르트가 『텍스트의 즐거움』이라는 책을 썼듯, 예로부터 서양 정신사에 크게 기여한 사람들은 책 읽기의 즐거움을 토로했다. 로마시대의 철학자 키케로는 "책은 소년의 음식이 되고 노년을 즐겁게 하며, 번영과 장식과 위급한 때의 도피처가 되고 위로가 된다. 집에서는 쾌락의 종자가 되며 밖에서도 방해물이 되지 않고, 여행할 때는 야간의 반려가 된다"[2]라고 썼다. 14세기 이탈리아의 인문주의자 페트라르카는 "책은 우리를 뼛속까지 매혹하고 우리에게 말을 걸며 충고를 해준다. 책은 생기 있고 조화로운 방식으로 친근하게 다가와 우리와 하나가 된다"고 책을 예찬했고, 15세기 후반에 나온 『그리스도를 본받아』의 저자 토마스 아 켐피스는 "그동안 나는 도처에 안식을 찾아다녔지만, 책을 들고 구석방에 앉아 있을 때를 제외하고는 어느 곳에도 안식은 없었다"라는 고백을 남겼다. 18세기 프랑스의 계몽사상가 몽테스키외는 자신의 독서체험에 대해 "독서는 인생에 대한 염증에 맞서는 최상의 치료제로서, 한 시간의 독서로 제거되지 못할 울적한 기분은 결코 없었다"고 말하기도 했다. 19세기 영국의 낭만주의 시인 워즈워스는 "책은 견실한 세계로 순수하고 아름답다. 그 세계에는 즐거움과 행복감이 무성하다"라고 책을 찬미했다. 20세기에 들어와 『잃어버린 시간을 찾아서』의 작가 프루스트는 "사람과의 우정은 변덕스러워도 우정은 진실하다"고 썼다.

언제 어디서 책을 읽을까

—

책을 읽고 쓰는 일은 내 생활의 중심이다. 내 인생의 지난날들을 되돌아보아도 나는 아주 오래전부터 책과 함께하는 삶을 살았다. 좋은 책을 읽다보면 불가해한 삶의 의미를 발견할 수 있을지도 모른다는 막연한 기대감, 뒤죽박죽으로 무질서한 세상을 투명하게 이해하고 바르게 세울 수 있을지도 모른다는 희망, 그리고 지금보다 더 나은 내가 되어 지금 여기의 모습과는 다른 삶을 살 수 있을 것이라는 믿음으로 책을 읽었다. 지난 10년 동안 파리에서 책과 함께 살다 보니 책을 주제로 삼아 감흥이 있고 여운을 남길 수 있는 책 한 권을 쓰고 싶다는 생각이 들었다. 바위처럼 무겁고 강철같이 튼튼한 학술서나 이론서가 아니라 산들바람같이 가볍고 새소리처럼 상쾌한 산문집 한 권을 쓰고 싶었다. 그러다가 2009년 겨울 어느 날 아침, 파리의 아파트 구석방에서 '양서예찬'이라는 제목을 내걸고 이 책을 쓰기 시작했다.

그런데 책에 대한 책을 쓰다보니까 도서관이나 서점에 갈 때마다 책에 대한 책들이 계속 눈앞에 나타났다. 그 책들을 읽다보니까 나의 '망라주의'가 발동했다. 책에 대한 모든 논의를 집대성해보자는 지적 욕심이 생긴 것이다. 왜 책을 읽어야 하는가? 좋은 책이란 무엇인가? 책을 많이 읽는 사람들은 어떤 사람들인가? 그들이 그토록 책을 읽는 이유는 무엇인가? 책을 어떻게 읽을 것인가? 책 읽기와 책 쓰기는 어떻게 관련되는가? 책을 읽기에 이상적인 장소는 어디이고 인생의 시기에 따라 독서의 양상은 어떻게 변화하는가? 인류의 역사에서 책이 갖는 의미는 무엇인가? 독재자는 왜 책을 불태우는가? 베스트셀러는 어떻게 만들어지는가? 이런 문제들에 답하는 글을 쓰다보니까 책의 목차는 점점 자라는 나뭇가지처럼 분산

되어 '양서예찬'이 아니라 '책에 대한 거의 모든 이야기'가 되어버렸다. 원고의 양은 계속 늘어났다. 욕심을 줄이고 초심을 되찾아야 했다. 그래서 원래 시작할 때 생각했던 대로 일단 가장 산뜻하고 기분 좋고 경쾌하고 재미있는 글들을 가려 뽑아 한 권의 책을 완성하기로 했다. 그렇게 추려지고 모인 글들이 이 책을 이루고 있다. 책을 쓰는 몇 년 동안 파리에서 찍은 책 읽는 사람과 책이 있는 장소의 사진들을 글과 함께 배치했다. 사진이 독자들의 눈과 마음을 즐겁게 하면 좋겠다.

독서라는 행위가 독자가 읽고 싶은 책을 선정하여, 읽고 싶은 시간에, 마음에 드는 장소에서, 자유롭게 책과 대면하는 자발적이고 주체적인 행위라면, 이 책은 사람이 세상에 태어나 글을 읽기 시작하여 인생의 사계절을 지나면서 흐르는 시간과 변화하는 날씨에 따라, 서재에서부터 집 안의 거실, 부엌, 침대, 화장실, 다락방, 골방, 마루, 옥탑방을 지나고 집 밖의 풀밭, 카페, 지하철, 버스, 배, 비행기, 기차, 호텔방, 산사, 바닷가, 병실, 감옥, 묘지를 지나서 서점과 도서관 등에 이르기까지 책을 읽을 수 있는 거의 모든 공간들을 찾아다니는 이야기다. 책을 읽는 시간과 장소가 배경이 아니라 주인공이 된 셈이다. 그렇다고 이 책이 책을 읽는 시간과 공간만을 이야기하고 있는 것은 아니다. 책의 시공간을 이야기하다보면 책에 대한 이야기와 책 읽는 사람들 이야기가 나오지 않을 수 없다. 이 책 곳곳에는 나 말고도 수많은 사람들의 양서예찬이 알알이 박혀 있다. 책 읽는 사람의 시공간을 이야기하는 이 책의 내용을 넉 자의 한자어로 요약하자면 '책인시공冊人時空'이 될 것이다.

세상의 모든 저자와 독자에게
—

모든 책은 그 책에 앞서 존재하는 수많은 다른 책들의 연속선상에서 태어난다. 책을 읽고 쓰는 작업은 수천 년 전에 시작된 이후 한 번도 끊긴 적이 없는, 저자와 독자 사이의 대화를 이어가는 일이다. 이 책을 쓰면서도 많은 책을 읽으며 수많은 저자와 끝없는 이야기를 나누었다. 가을저녁에, 겨울밤에, 봄의 오후에, 여름날 새벽에, 서재에서, 거실 소파에서, 도서관 열람실에서, 카페의 테라스에서, 공원 벤치에서, 지하철에서, 기차에서, 비행기에서…… 직접 만나보진 못했지만 책을 통해 만난 저자들은 내 삶 속에 들어와 나의 친구가 되었다. 그들은 모두 나처럼 책을 사랑하는 사람들이었다. 이 책을 쓰는 데 도움을 준 그 모든 책의 저자들에게 감사와 우정의 마음을 전한다.

2002년 서울을 떠나 파리에 체류했던 나는 2012년 다시 서울로 돌아왔다. 이 책은 『한국인의 문화적 문법』(2007)에서 시작하여 『파리를 생각한다』(2009)와 『파리의 장소들』(2010), 『프로방스에서의 완전한 휴식』(2011)을 거쳐간 나의 파리생활을 마감하는 책이라고 할 수 있다. 거의 대부분이 파리에서 쓰였지만 목차의 재구성과 마지막 원고 정리는 서울에서 이루어졌다. 그러니까 이 책은 파리와 서울 사이의 보이지 않는 문지방 위에서 쓰였다고 할 수 있다. 미국 텍사스 주에서 신학과 철학을 가르치는 강남순과 지금 프랑스의 남부 몽펠리에에서 안식년을 보내고 있는 영화인문학자 이윤영은 이 책의 초고를 읽고 자신들의 생각과 느낌을 글로 정리해주었다. 두 사람의 우정에 감사한다. 이 책의 초고를 읽고 나와 함께 이야기를 나눈 정대인과 이지훈 두 젊은이에게도 감사의 마음을 전한다. 이 책이 책으로부터 잠시 떨어져 있던 사람들을 다시 책과 사귈 수 있게 하고, 이미 책과 친한 사람들은 책과 더욱 속깊은 친구가 되게 하는 일에 조금이라도 기여한다면 저자로서 더이상 바랄 것이 없겠다.

2013년 2월, 서울 한구석에서

정수복

冊人
時空

제1부

책을 읽는 시간

책이란   무엇인가

Charles Dantzig

Pourquoi lire ?

Grasset

2011년, 파리

사람은 책을 만들고 책은 사람을 만든다. _신용호(교보문고 창립자)

우리는 모두 완성되지 않은 한 권의 책이다. _소피 카사뉴브루케

책에 대한 명상

—

2002년 초에 시작되어 2011년 말까지 이어진 나의 두번째 파리 체류 시기에 내가 살던 집은, 센 강변에 우뚝 서 파리 시 전체를 내려다보고 있는 에펠탑에서 멀지 않은 파시Passy라는 언덕 동네에 있었다. 센 강을 향해 언덕을 걸어내려오면 비르하켐 다리가 센 강을 건너게 해준다. 다리 1층으로는 보행객들이 다니고 2층에는 지하철 6번선이 지나다닌다. 그 다리를 건너자마자 왼쪽에 강철과 유리로 지은 건물이 한 채 서 있는 게 보인다. 파리 일본문화원이다. 나는 오후가 되면 유리건물 3층에 위치한 도서관으로 올라가 시간을 보내곤 했다. 책을 읽다가 눈이 피로하면 센 강을 내려다볼 수 있어서 좋았다. 그러던 어느 날 개가식 서가에 있는 프랑스 시인 폴 클로델의 전집에 눈이 가서 책을 꺼내 스르륵 책장을 넘겨보았다. 그러다가 우연히 '책의 철학Philosophie du Livre'이라는 제목의 글을 발견했다. 프랑스 인문학을 대표하는 갈리마르 출판사의 플레이아드 판 전집에 들어 있는 이 글은 원래 1925년 이탈리아 피렌체에서 열린 도서전에서 프랑스 정부를 대표하여 행한 강연 원고였다. 나는 그 글을 읽으며 책에 대한 명상에 잠긴다.

"우리는 세계가 하나의 텍스트임을 알고 있다"라는 말로 시작하는 이 글에서 클로델은 피렌체라는 도시를 둘러싸고 있는 그 고유한

'푸른색'에 대한 자신의 느낌을 세련된 시적 언어로 표현한 다음에야 비로소 책에 대한 자신의 생각을 이렇게 풀어놓고 있다. 책은 단어와 문장과 면面 들로 이루어진다. 문장의 한 부분을 이루는 단어는 의미로 가는 길에 떨어져 있는 관념의 한 조각이다. 단어라는 조각들이 모여 문장을 이루고 그 문장들이 연결되면서 의미세계를 창조한다. 책의 면은 선으로 이루어진 건축물이다. 글자와 글자 사이, 행과 행 사이에는 빈 공간이 있다. 면의 가장자리에도 빈자리가 남아 있다. 종이 면 위에 인쇄된 글자가 목소리라면 행간과 가장자리의 여백은 침묵이다. 그렇다면 책의 본문 편집은 단순히 글자를 배열하는 것이 아니라 소리와 고요함, 채움과 비움을 조합하여 책을 읽는 사람의 느낌과 생각이 물결처럼 순조롭게 흐르게 하는 고귀한 예술이다. 베르사유 궁전의 정원이나 불로뉴 숲의 바가텔 정원이 서로 다른 여러 개의 작은 정원들이 하나로 이어지면서 통일된 공간을 이루듯이, 꼬리에 꼬리를 무는 책의 연속되는 면들은 거대한 관념의 정원을 이루며 우리의 눈앞에 펼쳐진다. 독자의 눈은 그 정원에 뿌리내린 식물들이 바람의 흐름에 맞추어 추는 춤을 감미롭게 음미한다. 책을 읽는 일은 커다란 정원을 이루는 연이어진 작은 정원들을 거니는 유쾌한 산책이다.

책이 신문과 다른 점

———

책과 신문은 읽을거리라는 점에서 같지만 읽는 사람과 맺는 관계는 크게 다르다. 책은 개인적이고 신문은 집단적이다. 책의 독자는 책과 내밀하고 개별적인 관계를 맺는 반면, 신문을 읽는 사람은 신문과 공개적이고 집단적인 관계를 맺는다. 책을 읽는 시간이 그 누구도 아닌 나만의 시간이라면, 신문을 읽는 시간은 다른 사람들과 정보를 공유하여 시대의 흐름에 뒤처지지 않기 위한 공유의 시간이다. 책과 맺는 관계가 깊이 있는 진정한 관계라면 신문과의 관계는 피상적인 일상의 관계가 되기 쉽다. 응당 책과 대면하기보다는 신문을 대하기가 훨씬 더 편하다. 그래서 많은 사람들이 책을 읽기보다는 신문을 읽는다.

신문의 지면은 지난 24시간 동안 일어난 일 가운데 독자들의 관심을 끌 만한 중요한 사건 중심으로 채워진다. 신문은 지금 현재 일어나고 있는 사건, 즉 시사時事, current events에 관심을 집중한다. 그러므로 신문만 읽다보면 세상이 24시간 단위로 돌아간다고 생각하게 되어 장기적인 관점으로 생각하는 능력을 잃어버린다. 현재 진행되고 있는 사건의 추이에만 관심을 기울이게 되고 그 사건의 뿌리나 전체적인 맥락을 이해하는 일은 소홀히 하게 된다. 그에 비해 책 읽기는 수십 년, 수백 년, 수 세기를 단위로 사고하는 능력을 키워준다. 책도 책 나름이지만 좋은 책에는 긴 시간의 흐름 속에서 일어나는 변동을 이해하려는 노력이 담겨 있다.

잡지는 책이 아니다

——

글씨가 박힌 페이지들이 하나의 단위로 묶여 있다고 다 책은 아니다. 흔히 '잡지책'이라고 말하지만 내가 볼 때 잡지는 잡지일 뿐 책이 아니다. 책이라면 하나의 일관된 내용이 책 전체를 관통해야 하는데, 잡지에는 그야말로 이런저런 내용의 잡다한 기사들이 잡탕으로 혼재되어 있기 때문이다. 게다가 잡지에는 독자들의 관심을 분산시키는 광고가 점점 더 현란한 형태로 점점 더 많이 실리고 있다. 책을 정신적 메시지가 담긴 고귀한 매체라고 생각한다면 상품 구매를 권장하는 매혹적인 광고사진들이 몰염치하게 버티고 있는 잡지들은 결코 책이 될 수 없다. 현대인은 일상을 뒤덮는 광고의 바다 속에서 '이 물건을 사라! 그러면 당신은 행복해질 것이다!'라는 주술에 노출되어 있다. 광고는 우리를 소비의 노예로 만들며 돈을 최고의 가치로 숭상하게 만든다. 그런 자기 소모적 물결에 저항하고 삶을 자기 주도적으로 살아가는 데 힘이 되어주는 책을 좋은 책이라고 한다면, 광고가 덕지덕지 들어가 눈과 영혼을 홀리는 잡지는 당연히

'책'이 될 수 없다.

　신문이 세상을 24시간 단위로 보게 한다면, 주간지는 세상을 일주일 단위로 보게 하고, 월간지는 한 달 단위로 생각하게 하며, 계간지는 3개월 단위로 사고하는 습관을 갖게 한다. 인터넷 같은 속도지상주의 미디어는 신문이나 잡지보다 더 짧은 단위로 파편화된 정보와 단편적 지식을 제공한다. 그러나 책은 그런 급박한 시간단위를 넘어서 현재를 기점으로 하여 과거와 미래로 이어지는 긴 사고의 발걸음을 천천히 내딛게 한다.

종이책의 네 가지 장점

　인터넷에 수많은 정보와 지식이 떠다니고 전자책이 등장했어도 종이책은 사라지지 않고 있다. 종이책만이 지닌 장점이 있기 때문이다.

　그 첫번째 장점으로 책의 신뢰성을 들 수 있다. 종이 위에 인쇄된 책의 내용은 확정적이다. 출판사의 편집을 거쳐 서점에 나온 책이나 도서관에 비치된 책의 내용은 고칠 수가 없다. 100년이 지나도 인쇄된 상태 그대로 고스란히 남아 있다. 그렇기에 책을 쓰는 저자는 자기가 쓰는 글에 최선을 다한다. 그건 책을 쓰는 사람의 기본자세다.

좋은 책을 쓰려는 사람들은 매일 마음속으로 독자를 향해 '나는 이 책에서 최선을 다해 진실을 말하려고 노력하겠습니다'라는 들리지 않는 선서를 거듭한다. 그러기에 책은 인간 내면의 가장 양심적인 목소리를 담는 매체다. 그래서 진정한 삶을 추구하는 사람들은 언제나 책을 찾아 읽었다. 많은 사람이 책 속에서 길을 물었고 책 속에서 길을 잃었고 책 속에서 길을 찾았다. 책의 신뢰성은 오늘날에도 책이 다른 매체와 경쟁할 수 있는 힘이 되어준다.

신뢰성과 더불어 책이 가지고 있는 또하나의 장점은 간편성이다. 책은 그 크기와 두께가 다양하지만 일반적으로 직사각형의 사면체로 되어 있어서 일단 손에 쥐기 쉽다. 사각형의 책은 책꽂이에 세워놓으면 아주 작은 자리만 차지한다. 책상 위 한편에 여러 권의 책을 쌓아놓을 수 있고 여행가방에서도 큰 자리를 차지하지 않는다. 책은 휴대하기에 편리하다. 한 손으로 들고 다닐 수 있고 두 손으로 펼 수 있고 무릎 위에 얹어놓을 수 있고 겨드랑이에 끼고 다닐 수 있으며, 문고판 소형 책자는 상의의 안주머니에도 들어가고 핸드백에 넣고 다닐 수도 있다. 수백 수천 권의 책은 이사할 때 가장 무거운 짐이 되지만 한 권씩 가지고 다닐 때는 크게 부담이 되지 않는다. 책에 들어 있는 엄청난 이야기와 내용을 생각하면 책의 무게는 거의 나가지 않는 셈이다(반질거리고 반짝이는 두꺼운 흰색 종이에 회화, 조각, 건축 등 예술작품 사진이나 역사적 사진이 많이 인쇄된 화집—프랑스어로는 '아름다운 책beaux livres'이라고 한다—의 경우는 예외다).

책은 열어보기에 편리하다. 창문을 열듯이 마음 편하게 책의 겉장을 열면 이내 책 속에 가지런히 배열된 글자와 문장 들이 일제히 환호성을 지르며 독자를 환영한다. 부팅을 하고 기다릴 필요가 없다. 마우스를 아래위로 움직일 필요 없이 손가락만 사용하면 책의 처음이나 끝으로 1초 만에 이동할 수 있다. 책을 읽다가 이야기의 전개가 궁금해지면 원하는 페이지로 즉각 이동할 수 있다. 책의 페이지를 끝에서 처음으로, 아니면 처음에서 끝으로 스르르 사랑스럽게 부채를 펴듯 훑어볼 수도 있다. 그래서 책의 역사학자 로버트 단턴은 이렇게 썼다.

"나는 책을 사랑한다. 구식 책을 좋아하고 오래된 것일수록 더 좋아한다. (…) 책은 휙휙 넘겨볼 수 있고, 주석을 달 수 있고, 잠자리에서도 읽을 수 있고, 편리하게 선반에 올려놓을 수도 있다."[3]

책의 세번째 장점은 역사성이다. 컴퓨터나 전자책의 화면은 언제나 같지만 책의 지면은 세월의 흐름을 간직한다. 우리의 얼굴처럼 세월의 흐름에 따라 색이 바래고 주변의 냄새를 자기 몸에 담기도 하며 습기를 머금어 무거워지기도 하고 건조해져서 부스러지기도 한다. 그러나 한편으로 책은 세월의 흐름에 아랑곳하지 않는다.

컴퓨터처럼 새로운 모델로 몇 년에 한 번씩 바꾸어야 할 필요가 없다. 젊은 시절 읽었던 책은 50년이 지나도 옛 모습을 그대로 간직하고 있고, 오래전 책 여백에 끼적거린 메모는 내 글씨체 그대로 고스란히 거기에 남아 있다. 책은 세월과 함께, 나의 인생과 함께, 나의 곁에서 나와 함께 늙어간다.

책의 네번째 장점은 자연과의 접촉성이다. 책과의 접촉은 눈으로만 이루어지는 게 아니라 촉각과 후각을 통해서도 이루어진다. 책과의 만남은 의미 이전에 "모양과 무게, 색깔과 감촉, 그리고 냄새가 먼저 온다".[4] 책과의 접촉은 종이와의 접촉이고 나무와의 접촉이고 숲과의 접촉이고 그 숲에 있던 다른 식물들과 동물들과의 접촉이고 그 숲에 비치던 햇빛, 그 숲에 불던 바람, 비, 눈과의 접촉이기도 하다. 나의 몸이 태어나고 나의 몸이 돌아갈 자연과의 만남, 그건 전자책이 결코 흉내낼 수 없는 종이책만이 지닌 특성이다.

책의 메타포

책은 진리나 의미를 담고 있는 매체이기에 앞서 종이와 잉크로 만들어진 하나의 물건이다. 책은 살 때는 비싸지만 다시 팔 때는 거의 값이 나가지 않는 물건이다. 그런데 절판된 희귀본을 사려면 정가보다 훨씬 더 비싼 값을 치러야 하는 경우도 있다. 크기에 비해서는 무게가 많이 나가고 먼지를 뒤집어쓰기도 하며 습기와 불에 약하다. 한번 불어나기 시작하면 계속 늘어나 점차 집 안의 모든 벽을 점령해버리기도 한다. 그러나 책은 하나의 물건이면서 동시에 그 이상이다. 책을 읽고 있는 사람들에게 "당신에게 책은 무엇입니까"라고 물으면 그들은 각자 자기 나름대로 메타포를 사용해 책에 대한 생각을 표현한다. 수많은 독자와 저자가 책에 대한 생각을 메타포로 표현한 것을 찬찬히 살펴보면 자주 등장하는 메타포들이 있다. 그것들을 몇 개의 범주로 정리해보면 다음과 같다.

책, 지식과 정보의 원천

———

많은 사람에게 책은 지식과 정보의 원천이다. 책은 견고한 지식의 벽돌이며 지식의 보물상자이고 수많은 정보를 저장한 거대한 창고이기도 하다. "지피지기 백전백승知彼知己 百戰百勝." 상대를 알고 자기를 알면 싸울 때마다 승리를 거둘 수 있다. 그렇다면 책이야말로 상대방을 알 수 있는 지식과 정보의 원천이다.

책을 읽다가 이런 이야기를 본 적이 있다. 연합군이 독일을 점령했을 때 지리적으로 독일에 가까운 소련군은 독일의 과학자들을 재빠르게 소련의 연구소로 빼돌렸다. 뒤늦게 독일에 도착한 미군은 독일 도서관과 연구실에 쌓여 있던 책을 본국으로 실어날랐다. 독일 과학자를 빼돌린 소련은 과학기술 경쟁에서 50년대까지 미국을 앞섰지만 독일에서 온 과학자들이 세상을 떠나면서 점차 과학발전의 속도가 느려졌다. 그 반면 책을 실어나른 미국은 그 책을 해독해 수많은 과학자를 교육하여 결국 소련을 앞서게 되었다는 것이다. 지식과 정보의 원천으로서 책은 사람보다 힘이 세고 오래간다.

우리나라로 이야기의 장소를 옮겨보면 구한말 조선에 부임한 프랑스 공사 콜랭 드 플랑시는 책을 좋아했다. 그는 서울의 고서점을 찾아다니면서 한서를 수집했는데 그 가운데는 세계에서 가장 오래된 금속활자 인쇄본 『직지심경』도 있었다. 그는 그 책을 본국으로 보냈고 그 책은 지금 프랑스 국립도서관에 보관되어 있다. 파리 13구에 새로 지어진 프랑스 국립도서관 안내실 벽에는 책의 역사가 연표로 기록되어 있는데, 거기에 『직지심경』이 가장 오래된 금속활자 인쇄본이라고 정확하게 적혀 있다. 프랑스 해군이 병인양요 때 강화도 외규장각 서고에서 약탈해간 의궤를 비롯한 귀중본들도 모두 프랑스 국립도서관에 보관되어 있다가 일부 반환되었다.

해방 이후 남한을 접수한 주한 미국 대사관 직원들은 인사동 고

서점의 책들을 트럭으로 실어날랐다고 하는데, 하버드 대학교 부속 동아시아 연구소인 '옌칭 연구소' 도서관에 있는 한국 관련 고문서의 상당 부분은 그렇게 수집되었다고 한다. 미 국무성 관료들은 점령지를 다스리기 위해서 그곳에 대해 알아야 할 필요가 있었고 그곳을 알기 위한 가장 좋은 방법이 책이라고 생각했던 것이다.

역사를 거슬러올라가보면 일본 사람들이 우리나라의 귀중한 책을 많이 가져갔다. 일제강점기에는 말할 것도 없고 임진왜란 때도 수많은 책을 약탈해갔다. 조선에 대해 문화적 열등감을 느끼던 일본 사람들이 임진왜란 때 수집해간 책 가운데는 1512년 경주에서 출간된 일연의 『삼국유사』도 있었다. 이 책은 1904년 도쿄제국대학이 현대식 활자로 출간한 『삼국유사』의 저본이 되었다. 당시 일본에 유학 중이던 최남선은 일본에서 『삼국유사』가 새로 발간되는 것에 자극을 받고 귀국하여 광문회라는 출판사를 차려 『삼국유사』를 비롯한 우리 고전을 재간행하는 사업을 벌였다. 그 결과 오랜 세월 잊혔던 우리 고전들이 새롭게 빛을 보게 되었다. 그 가운데서도 『삼국유사』는 우리 민족의 기원과 고대사를 연구하는 데 필독서적이 되었다. 한 나라가 다른 나라의 책을 가져가는 것은 책이 그 나라에 대한 지식과 정보의 원천이기 때문이다.

2011년, 파리

책, 절망의 치료제

───

책은 절망의 치료제다. 책은 희망이 들어 있는 작은 상자다. 조용히 책을 펼치는 사람에게 책 속의 글자들은 희망의 소리를 전한다. 사방이 꽉 막혀 답답한 삶을 사는 사람들이나 인생의 위기를 맞은 사람들에게 책은 가까이 다가와 나지막한 목소리로 말을 건넨다. 그럴 때 독서는 닫힌 마음이나 상처난 가슴을 달래주는 치료제가 된다. 책은 병원의 장기입원 환자나 감옥에 갇힌 사람들에게 지루함과 답답함을 달래주는 치료제 역할을 하기도 한다. 책은 인생을 살다가 환멸을 느껴 삶이 무의미해졌을 때 절망의 웅덩이에서 우리를 끄집어낸다. 배우자나 자식, 가까운 친구가 세상을 떠나 그 상실감을 견딜 수 없을 때 책은 가까이 다가와 새로운 삶의 길을 열어준다. 치솟아오르는 몸의 욕망에 시달리며 세상과 삶의 존재의미를 찾는 청소년들에게도 책은 정신적 고통을 덜어주는 치료제이면서 새로운 삶의 길을 열어주는 안내자가 된다.

프랑스의 남부 프로방스에 사는 지나라는 소녀의 경우가 그랬다. 그녀의 부모는 1950년대에 프랑스의 식민지였던 알제리를 떠나 남불에 정착하여 새로운 삶을 시작했다. 아랍 사람으로 프랑스에서 살아가기는 쉽지 않았다. 그녀의 아버지는 이슬람 전통에 따라 딸은

　　　　　　　　　　제1부 책을 읽는 시간

공부할 필요가 없고 결혼해서 가정을 지켜야 한다고 생각했다. 그래도 의무교육으로 중학교까지는 다닐 수 있었다. 그때 나이 열여섯이었다. 사무실 하급직원으로 일할 수 있는 자격증을 땄지만 아버지는 그녀에게 집에서 동생들을 돌보며 집안일을 하도록 요구했다. 외출도 마음대로 하지 못하게 했기 때문에 지나는 거의 집 안에 감금된 생활을 했다. 집에는 문화적 취향을 키울 만한 도구가 아무것도 없었다. 모든 가능성으로부터 차단된 지나는 우울증을 앓게 되었다. 그러다가 책을 읽기 시작했다. 학교에 다니는 남동생들의 고등학교 교과서를 읽기도 했고, 시장에서 채소를 살 때 포장지로 쓰였던 구겨진 신문 한 면을 읽기도 했으며, 병원에 갔을 때 누군가가 대기실에서 읽다 놓고 간 주간지를 주워 읽기도 했고, 프랑스어 사전을 아무 데나 펼쳐 읽기도 했다. 글자가 있는 것이면 무엇이든 악착같이 읽었다.

아버지는 딸의 독서를 금지했다. 가정을 지켜야 할 여자가 책을 읽는 게 재앙을 불러온다고 생각했다. 그래도 지나는 아버지의 눈을 피해 책을 읽었다. 그녀에게 독서는 갇힌 세계에서 벗어나는 길이었고 즐거움을 맛보는 시간이었으며 생존을 위한 몸부림이기도 했다. 맏딸인 그녀는 집 안에서 살림을 도맡아했지만 남동생은 대학에 입학했다. 지나는 동생 덕분에 문학을 발견할 수 있었다. 그녀는 문학 작품을 읽으면서 점차 텍스트 뒤에 감추어진 깊은 의미를 알아보게 되었다. 문학은 그녀가 삶을 지탱할 수 있는 힘이 되어주었다. 그녀에게 독서는 정신적 균형과 안정된 심리상태를 유지하게 하는 매일의 예식이 되었다. 만약 독서를 하지 않았더라면 지나는 그 답답하고 소외된 삶을 견디지 못하고 정신병원으로 갔을 것이다. 지나에게 독서는 광기로 빠지는 것을 막아준 절망의 치료제요 정신의 방파제였다.

책, 다양한 도구

책은 특별한 기능을 가진 다양한 도구로 생각되기도 한다. 책은 일단 나를 지금 여기의 한정된 일상의 지평을 넘어 아주 먼 곳, 아주 먼 옛날이나 아직 오지 않은 미래로 날아갈 수 있게 하는 이동의 도구다. 책을 펼치는 순간 다른 세상이 펼쳐진다. 책은 내게 주어진 의무와 책무를 벗어던지고 자유롭게 가고 싶은 곳으로 떠나게 하는 손쉬운 여행의 도구다. 그래서 발자크는 "나는 책이라는 배에 승선하여 아주 달콤한 여행을 마쳤다"라고 썼고, 쥘리앵 그린은 "책이라는 창문을 통해 우리는 다른 먼 곳으로 날아갈 수 있다"고 적었다. 이렇게 책은 다른 세상으로 날아가게 하는 마술램프이고, 책을 읽는 행위는 다른 세상으로 가는 마술램프에 접속 플러그를 꽂는 일이다.

책은 시간과 공간의 한계를 극복할 수 있도록 도와주는 타임-스페이스 머신이다. 책을 타면 원하는 장소 원하는 시간대로 마음껏 날아갈 수 있다.

책은 방향을 제시하는 도구이기도 하다. 모험가에게는 보물섬으로 인도하는 지도가 되기도 하고 길 잃은 사람에게는 나침반이나 내비게이션이 되기도 한다. 많은 사람이 책을 보이지 않던 것을 보게 해주는 도구라고 생각한다. 책은 어두운 바다를 비추는 등대가 되어주며 부서진 삶의 편린들을 주워모아 새로운 형태로 만들게 하는 접착제가 되기도 한다.

어느 프랑스 여자의 이야기다. 그녀는 비교적 순탄한 인생을 살다가 어느 날 남편에게 다른 여자가 생겨 이혼을 당하고 난 다음 심각한 정신적 위기에 빠졌다. 그동안 살아온 삶이 허무했고 앞으로 살아갈 날들이 막막했다. 그러다가 오랫동안 읽지 않던 책을 다시 꺼내 읽으며 지나온 삶을 깊고 진지하게 성찰하는 시간을 갖게 되었다. 그녀가 읽은 책들은 그녀가 허물어진 자신의 정체성의 조각들을 주워모으고 거기에 새로운 요소들을 추가해서 새로운 자아상을 만들 수 있게 해주었다.

프랑스의 철학자 미셸 푸코에게 모든 책은 도구상자다. 그는 누구나 자기 책에서 필요한 도구를 꺼내어 자기가 원하는 방식으로 쓸 수 있다고 말했다. 책은 재미있는 장난감, 베개 대용, 인테리어 도구, 세상을 다르게 보는 안경, 생각을 발효시키는 효소가 되기도 한다. 농부가 삽과 괭이로 밭을 갈듯, 독자는 책이라는 도구를 사용해 지식의 논을 가꾸고 마음의 밭을 일군다. 책은 정신적 위기에 대처하는 방패가 되어주며 죽어도 삭이지 못할 분노의 불길을 꺼주는 소화전이 되기도 한다.

책, 생각의 집
—

책은 생각의 집이다. 우리는 집을 짓듯이 '책을 짓는다'라고 말한다. 책을 쓴 사람을 지은이라고 말한다. 책은 지은이가 생각으로 지은, 생각이 사는 집이다. 책의 목차는 책이라는 집의 구조를 보여준다. 집이 방과 거실, 침실과 서재, 부엌과 화장실 등으로 구성된다면, 책은 장과 절로 구성되고 학술서적의 경우에는 참고문헌과 색인이라는 공간도 있다. 책의 제목이 있는 앞표지가 책이라는 집의 대문이라면 책의 내용을 소개하는 짤막한 글이 있는 뒤표지는 책의 뒷문이나 옆문이다. 책은 앞뒤가 분명한 구조물이지만 그 속으로 들어가면 동서남북을 잘 구별할 수 없는 미로가 되기도 한다. 책이 집과 같은 구조물이라면 정문으로 들어가면 된다. 그러나 때로 뒷문이나 옆문으로 들어갈 수도 있고 경우에 따라서는 담을 넘을 수도 있다.

책이 구성된 방식에 따라 책이라는 공간을 오가는 방식도 달라진다. 잘 짜인 추리소설은 정문에서 후문으로 이르는 길이 분명하다. 처음부터 끝까지 순서대로 읽어야 사건의 전말을 알 수 있다. 그러나 모든 책이 다 그런 것은 아니다. 시집, 수필집, 논문집, 설교집, 잠언록, 화집 등은 마음 가는 대로 아무 데나 펴서 읽을 수 있다. 요즈음은 인터넷과 스마트폰의 영향으로 독서의 호흡이 짧아진 독자들을 위하여 50개 또는 100개 정도의 짧은 글을 모아서 한 권의 책으로 만드는 경우가 많다. 그런 책들에는 출입구가 따로 없다. 그야말로 아무 데나 원하는 곳으로 들어가 기분 내키는 곳에서 나오면 된다.

독자는 각자 자기 방식대로 책이라는 공간을 거닐며 자기에게 필요한 무언가를 찾아 책 밖으로 나가는 사람이다. 다만 독자의 성격과 의도에 따라 즐겨 읽는 책이 달라지고 책에서 찾아내는 의미도 달라질 것이다.

책, 저자의 자식

ㅡ

책은 저자의 자식이다. 저자는 머릿속에 책의 씨앗을 잉태하고 키워나간다. 저자가 읽는 책, 만나는 사람, 바라보는 풍경이 모두 그 씨앗을 발아시키고 키우는 데 필요한 자양분이 된다. 희미하던 장과 절이 분명한 형태를 띠게 되면서 '책'이라는 이름의 아이는 저자의 머릿속에서 무럭무럭 자란다. 때로는 머릿속 한구석에서 성장을 멈추고 숨죽이고 있기도 한다. 그러다가 드디어 초고가 완성되고 출판사에 넘겨진다. 그건 임신부가 출산을 위해 병원에 입원하는 것과 마찬가지다. 편집인은 조산사나 산부인과 의사 역할을 한다. 원고 수정과 편집 작업이 끝나고 판형과 지질과 제목과 표지 디자인이 결정되고 나면 완성된 원고는 이내 인쇄소에 넘겨져 얼마 후 드디어 한 권의 책으로 세상에 탄생한다. 그리고 그 책의 탄생을 알리는 일이 시작된다. 1924년 1월 8일자 동아일보에는 한국 현대문학의 아버지 이광수의 『춘원단편소설집』 재판 발행 광고가 실려 있다. 거기에서 이런 문구를 읽을 수 있다.

"저자는 말하되 '이 단편들은 나의 생명이다. 잘났든, 못났든 다 나의 정신의 아들들이다' 하였다."

책은 저자의 그림자이기도 하다. 어느 날 신문사 문학 담당 기자가 작가 최인호의 부인에게 남편이 쓴 책을 읽느냐고 질문했다. 그랬더니 최인호의 부인은 다음과 같이 대답했다.

"제가 저 사람을 다 알고 있잖아요. 그런데 그림자까지 굳이 보아서 뭐한대요?"

그렇다. 책은 그 책을 쓴 사람의 그림자다. 책은 저자가 인생의 다음 단계로 가기 위해 벗는 허물이다. 본체를 아는 사람이 허물, 즉 껍데기를 만져볼 필요는 없다. 그러나 책은 작가의 고투의 산물일 수 있고 책 속에는 타인이 모르는 감추어진 정신세계가 숨어 있을지도 모른다. 평소에 잘 나타나지 않던 무의식적 욕망과 갈증이 작품의 착상과 집필 과정에 작용할 수도 있다. 작가에 대해 아무리 잘 알고 있다 하더라도 작가의 신비한 정신세계를 통해 나온 작품을 속속들이 알 수는 없다. 진정한 창작이라면 그것은 아직 이 세상에 없는 새로운 세계를 창조해낸 것이기 때문이다.

책 읽기에 좋은   시간들

2009년, 아를

무엇인가 살아가고 있는 곳에서는,
언제나 어딘가로 열려 있고 시간이 기록되는 장부가 있다. _앙리 베르그송

때와 장소를 가려 책을 읽을 수 있다면
그 사람은 이미 일정한 경지에 올라 있는 사람이다. _이문재

책을 읽고 싶은 날

일상적인 삶에서 느끼는 가장 큰 변화는 일기의 변화다. 바람, 눈, 비, 이슬, 진눈깨비, 안개, 구름 등 기상의 변화, 기온의 변화, 낮과 밤의 변화, 계절의 변화는 흔히 일상적 대화의 소재가 될 뿐만 아니라 우리의 심리상태에 알게 모르게 영향을 미친다. 동서양의 많은 시인들이 일기와 계절의 변화에 영감을 받아 아름다운 시를 썼지만 어찌 시인뿐이겠는가. 사람은 누구나 자신을 둘러싼 자연환경의 변화에 민감하게 반응한다. 외부환경의 변화가 인간 내면의 심리적 변화를 가져온다. 인간의 몸과 마음은 자연의 변화에 민감한 반응을 보이게 되어 있기 때문이다.

책 읽는 시간도 날씨의 변화와 계절의 순환에 직접적인 영향을 받는다. 요일에 따라, 새벽, 아침, 오전, 한낮, 오후, 황혼녘, 저녁, 밤, 한밤 등의 시간대에 따라 읽고 싶은 책이 달라질 수 있고, 평소에 하는 독서와 주말이나 휴가철에 하는 독서도 달라진다. 눈 내리는 겨울밤, 소나기 내리는 여름오후, 봄비 오는 날 저녁, 별빛 쏟아지는 여름밤, 여명이 밝아오는 여름날 새벽, 이슬 반짝이는 가을아침, 바람 부는 가을날 오후, 안개 낀 가을저녁, 소낙비 내리는 여름 휴가일의 저녁, 벚꽃 피는 봄날 주말 오후, 비 온 뒤의 가을날 아침은 각기 다른 분위기를 연출하며 그에 따라 다른 심리상태를 만든다. 시인 유하는 '바람 부는 날이면 압구정동에 가야 한다'라는 제목의 시집을 냈고 화가 황주리는 어느 수필에서 "비 오는 날이면 삼청동에 가야 한다"고 썼다. 계절과 날씨에 따라 옷을 갈아입듯이 날씨에 따라 그에 어울리는 특별한 일들이 있을 것만 같다.

계절이 바뀌고 날씨가 달라짐에 따라 읽고 싶은 책도 달라질 수 있다. 청나라 초기의 문장가 장조는 날씨가 화창한 봄에는 문집을 읽었고 날이 긴 여름에는 역사서를 읽었으며 운치가 있는 가을에는 제자백가의 서적을 읽었고 정신이 하나로 모이는 겨울에는 경서를 읽었다. 시인 이사라는 어느 봄날의 독서에 대해 다음과 같이 썼다.

사람 냄새처럼
어떤 시간은 나를 취하게 하네요
(…)
봄날들은
곤충처럼 사각사각 발끝을 비비네요
시간이 봄꽃처럼 책 속에서 흐드러지네요

책 속으로 길을 내며 달리다보면
어느 사이 봄날은
풍뎅이처럼 뒤집혀지고 싶어하는군요

그러면

창밖의 시간이─시간들이 뭉실뭉실 아름답네요

─이사라, 「책 속에서 만난 봄날」 중에서[5]

흔히 선선한 가을을 독서의 계절이라고 한다. 어린 시절부터 그 말을 너무 많이 들어서 시원한 가을바람이 불고 낙엽이 지는 가을날 저녁이면 홀로 책상 앞에 앉아 책을 펴야 할 것만 같다. 신문, 잡지, 방송매체 들이 이런 생각을 부추긴다. 가을이 독서의 계절이라는 생각은 일제 강점기에 만들어졌다는 설이 있다. 일본의 여름은 습기가 많아 끈적끈적해진 몸으로 독서를 하기 어려웠기 때문에 일본 사람들은 가을을 독서의 계절로 생각했을지도 모른다. 그런 일본의 독서 캠페인이 식민지 조선에서 반복되었을 것이다. 그러나 가을은 어쩌면 독서보다는 여행이나 운동에 더 적합한 계절일 수도 있다. 날씨가 좋아 기운이 넘칠 때는 밖으로 나가 운동을 하거나 다른 활동을 하고 싶기 때문이다(가을운동회도 일제강점기에 만들어진 전통이다). 2011년 책 읽는 가족으로 선정된 최윤정씨 가족의 큰딸 유진양은 "평소 책을 많이 읽는다고 들었는데 책이 너무 읽기 싫은 날 또 반대로 책을 너무 읽고 싶은 날이 있어요?"라는 질문에 "날씨가 너무 좋아서 밖으로 나가고 싶은 유혹이 강한 날은 정말 읽기가 싫어요. 반대로 날씨가 안 좋은 날은 책이 더 읽고 싶어져요"[6]라고 답했다.

프랑스에서는 여름 바캉스 시즌이 가까워오면『마가진 리테레르 Magazine Littéraire』, 르몽드를 비롯한 신문과 잡지의 서평란에 이번 여름 바캉스 때 읽을 만한 책들이 소개된다. 여름 바캉스 직전이야말로 프랑스 서점의 매상고가 최고조로 오르는 기간이다. 우리나라 사람들의 실제 독서 양상을 보아도 봄보다는 여름에, 가을보다는 겨울에 책을 더 많이 읽는다. 우리나라에서는 예로부터 긴 겨울밤을 독서하기에 가장 적합한 시간으로 생각했다. 이미 오래전 퇴계는 아들에게 보낸 편지에서 밤이 긴 겨울에 부지런히 책을 읽으라고 다음과 같이 권고했다.

"너는 본시 배움에 뜻이 독실하지 못하다. 만약 집에 있게 되면 그럭저럭 날이나 보내며 더더욱 공부를 폐하게 될 것이다. 모름지기 서둘러 조카 완이나 그 밖에 뜻이 독실한 벗과 함께 책상자를 지고서 절로 올라가, 삼동의 긴긴밤을 부지런히 독서하도록 해라."[7]

『홍길동전』의 저자 허균이 쓴『한정록』에 이런 구절이 나온다.

"독서에는 독서하기 좋은 때가 있다. 그러므로 위나라 동우董遇의 '삼여三餘의 설'이 가장 일리가 있다. 그는 말하기를 "밤은 낮의 여분이요, 비 오는 날은 보통날의 여분이요, 겨울이란 한 해의 여분이다. 이 여분의 시간에는 사람의 일이 다소 뜸하여 한마음으로 집중하여 공부할 수 있다". 그러면 어떻게 하는가? 맑은 날 밤에 고요히 앉아 등불을 켜고 차를 달이면, 온 세상은 죽은 듯 고요하고 간간이 종소리가 들려온다. 이러한 아름다운 정경 속에서 책을 대하여 피로를 잊고, 이부자리를 걷어서 얹어 여자를 가까이하지 않는다. 이것이 첫째 즐거움이다. 비바람이 길을 막으면 문을 잠그고 방을 깨끗이 청소한다. 사람의 출입이 끊어지고 서책은 앞에 가득히 쌓였다. 흥에 따라 아무 책이나 뽑아든다. 시냇물 소리는 졸졸졸 들려오고 처마 밑 고드름에 벼루를 씻는다. 이처럼 그윽한 고요가 둘째 즐거움이다. 또 낙엽이 진 나무숲에 세모歲暮는 저물고, 싸락눈이 내리거나 눈이 깊게 쌓인다. 마른 나뭇가지를 바람이 흔들며 지나가면 겨울새는 들녘에서 우짖는다. 방안에서 난로를 끼고 앉으면 차향기에 술이 익는다. 그때 시사詩詞를 모아 엮으면 좋은 친구를 대하는 것 같다. 이러한 정경이 셋째 즐거움이다."[8]

허균의 말대로 낮보다는 밤이, 맑은 날보다는 비 오는 날이, 봄, 여름, 가을보다는 겨울이 독서에 알맞은 시간일 수 있다. 그러나 책을 읽고 싶은 마음이 있는 사람은 낮에도 읽고 맑은 날에도 읽으며 봄, 여름, 가을에도 읽는다. 조선 후기의 책벌레 이덕무가 그런 사람이었다. 그는 사철 하루종일 서재에 앉아 책 읽는 삶을 가장 행복한 인생으로 생각했다. 그가 친구 이서구에게 보낸 편지에는 이런

제1부 책을 읽는 시간

구절이 나온다. "창문으로 드는 햇빛은 언제나 밝고 밤에는 등을 밝혀 책을 읽네." 그의 작은 방에는 동쪽, 남쪽, 서쪽으로 창이 나 있었다. 그는 온종일 방 안에서 창문으로 들어오는 햇빛을 따라 책상을 옮겨가며 책을 보았다. 아침에 동쪽 창으로 들어온 햇살을 맞이하며 책을 읽다가, 낮에는 남쪽 방향으로 책상을 옮겼고, 황혼 무렵이면 서쪽 창가에서 지는 햇살을 마주했다.

시인 고은은 이덕무처럼 하나의 책상을 가지고 햇빛에 따라 방향을 바꾸는 게 아니라 하나의 방에 아예 세 개의 책상을 배치했다. 호수가 많은 안성에 있는 그의 집 서재에는 세 개의 책상이 있다. 그는 새벽이면 동창 앞에 앉아, 낮에는 남창 앞에 앉아, 저녁이면 서쪽 창가에 앉아 햇빛을 비롯한 자연의 변화를 느끼며 글을 쓰거나 책을 읽는다.

책 읽는 밤
——

문학평론가 황종연은 매주 일요일 아침이면 맑은 정신으로 책상 앞에서 참선하는 수도승처럼 척추를 곧추세우고 한 시간씩 책 읽는 시간을 갖는다. 『독서의 즐거움』이란 책의 저자 수전 와이즈 바우어는 저녁보다는 아침에 독서하는 것이 좋다고 조언한다. 그러면 낮시간은 어떤가? 다음과 같은 분위기의 정오라면 점심식사를 뒤로 미루고 책을 읽고 싶은 마음이 든다.

> 정오의 꽃 그림자
> 창을 뚫고 들어오는 햇빛
> 녹색 기다란 잎의 응시
> 햇빛과 부딪쳐서 내는
> 녹색 잎의 맑은 소리
>
> —채호기, 「정오」 중에서[9]

그러나 집에 사무실을 차린 재택근무자, 작가, 주부 들처럼 혼자 조용히 아침시간을 누릴 수 있는 사람들이라면 몰라도, 학교나 직장에 다니는 사람들은 아침이면 출근이나 등교 준비에 바쁘고 정오에는 식사하기에 바빠 책 읽을 시간을 마련하기가 어렵다. 그래서 집 안팎의 일과가 다 끝나고 누구에게도 방해받지 않는 밤시간에 책을 들게 되는 것이다. 해가 지고 밤이 오면 움직이던 마음이 서서히 가라앉는다. 바깥 활동의 욕구가 줄어들고 자기 내면으로의 침잠이 가능해진다. 밤시간에는 낮시간의 규칙과 의무에서 벗어나 홀가분한 기분으로 상상의 먼 나라를 마음대로 꿈꿀 수도 있다. 그래서 밤이야말로 책을 읽기에 가장 적합한 시간대이다.

재일동포 작가 서경식은 자신의 독서편력과 영혼의 성장과정을 기록한 책에서, 어린 시절 자신의 방과후 독서체험을 이렇게 회상했다.

"찜뽕이나 피구처럼 몸을 움직이는 야외놀이를 싫어한 까닭에, 나는 수업이 끝나기 무섭게 집으로 돌아왔다. 그러고는 각로脚爐 옆에 배를 깔고 엎드려 책을 읽었다."

서경식의 본격적인 독서시간은 밤시간이었다.

"날이 어두워지는 저녁 즈음에 적당히 저녁밥을 먹고 나면, 뒤꼍 창고방으로 가서는 선반에서 『난소사토미핫켄덴南總里見八犬傳』이나 『삼국지』 같은 책을 꺼내어 읽었다."[10]

그러나 밤은 소년만이 아니라 어른들에게도 책을 읽기에 적합한 시간이다. 교양만화 『먼 나라 이웃 나라』의 저자인 이원복은 잠들기 전 2~30분씩 독서를 즐긴다. 그의 침대 머리맡 독서는 인생의 유일한 즐거움이며 가장 편안한 꿈나라로 들어가기 직전의 예식이다. 라디오방송 PD이자 작가인 정혜윤은 낮에는 방송국 일을 하느라고 책 읽을 시간이 없기 때문에 침대 밑에 책을 수북이 쌓아두고 잠자기 전에 아무 책이나 손에 잡히는 대로 꺼내 읽는다. 이 글을 쓰고 있는 나는 오전에는 글을 쓰고 오후에는 읽어야 할 책을 읽고 밤에는 읽고 싶은 책을 읽는다. 밤시간의 독서야말로 꿈나라로 들어가기 전의 달콤한 시간이다.

　강원도 산골짝 오두막집에 살다 돌아가신 법정 스님은 모두 잠든 밤 홀로 깨어 책 읽기를 즐겼다. 스님은 전기도 들어오지 않는 깊은 산중의 작은 집에서, 맑고 고요한 등잔불 아래서 책장을 넘기며 맑고 투명한 영혼이 되었다. 밤이 오면 산중이 아니라 도시의 불빛 아래서도 책을 읽는 사람이 있다. 시인 김현승은 도시의 밤, 형광등 불빛 아래서 책을 읽으며 영혼이 풍요로워짐을 느끼곤 했다.

　　책을 읽는 날 밤엔
　　눈이라도 나릴 듯 영혼의 하늘은 푸근하고
　　형광등의 불빛은 한결 눈에 부드럽다.

　　우리는 지금 잠들기 전
　　덧없이 보낸 하루를 생각한다.
　　그러나 책을 읽는 사람의 마음은 가난하지 않고,
　　세계는 지금 거칠게 자라도
　　책은 그들의 머리를 양떼같이 먼 내일의
　　언덕으로 이끌고 갈 것이다.

　　　　　　　　　　　　　　　　　　—김현승, 「책」 중에서[11]

시인은 일과를 마치고 완전한 자유의 시간을 갖게 되었을 때 조용히 책을 읽으며 하루를 반성하고 인생 전체를 생각하는 시간을 갖는다. 어디 시인뿐이겠는가. 누구라도 밤이 되어 세상의 모든 일을 뒤로하고 홀로 책상 앞에 앉아 책을 읽는 사람이라면 자기 자신을 들여다보고 영혼을 풍요롭게 만들 수 있을 것이다.

책 읽는 습관

—

책을 읽지 않고 사는 사람들에게 그 이유를 물어보면 가장 많이 나오는 대답이 '시간이 없어서'이다. 먹고사는 일에 쫓기는 사람에게는 책에 집중할 시간이 없다. 학교에 다니는 학생들이라면 싫든 좋든 책을 붙들고 살아야 하지만, 학교를 졸업하고 생업에 종사하는 성인들의 경우에는 책과 마주할 시간을 일부러 만들어야 책을 읽게 된다. 교육자, 회사의 교육 및 연수 담당 부서 직원, 연구원, 성직자, 수도자, 문화예술인, 출판인, 변호사, 의사 등은 책을 읽을 시간이 있고 책을 읽어야 하는 직종이다. 그러나 회사원, 노동자, 기술자, 농민, 상인, 서비스 직원, 외판원 등은 상대적으로 책과 가까이할 시간을 내기 어려운 편이다. 직장인은 직장인대로 자영업자는 자영업자대로 학생이나 구직자 들은 그들 나름대로 다 지루하고 힘들고 고달픈 하루하루를 보낸다. 그 모든 사람에게는 휴식과 위안과 즐거움이 필요하다. 기분을 풀고 긴장을 풀고 휴식을 취할 시간이 요구된다.

그렇다면 보통 사람들은 주말이나 일과를 마친 후에 무엇을 하며 휴식을 취할까? 많은 경우 텔레비전의 리모컨을 누르다가 마음에 드는 채널 화면을 바라보게 된다. 아니면 컴퓨터를 부팅하여 마우스를 만지작거리며 화면에 시선을 고정하게 된다. 저녁시간에 텔레비전이나 컴퓨터 화면 대신 책을 대하는 사람은 극소수다. 독서는 텔레비전이나 컴퓨터 화면을 보는 것과 달리 일정한 긴장과 집중을 요구하기 때문이다. 한 통계자료에 따르면 한국인의 주당 평균 텔레비전 시청시간은 15시간이고 인터넷 사용시간은 9.6시간인 데 비해 독서시간은 3.1시간에 불과하다. 사람에 따라 다르겠지만 대체로 보아 텔레비전 시청시간이 책 읽는 시간의 다섯 배이고 인터넷 사용시간은 책 읽는 시간의 세 배가 되는 셈이다(텔레비전과 인터넷에 스마트폰 사용시간까지 합쳐보면 일상에서 전자매체 화면에 시선을 집중하는 시간은 잠자는 시간 다음으로 많을 것이다).

리모컨을 들고 텔레비전을 켜기는 쉽지만 책을 꺼내드는 건 마음에 부담이 느껴진다. 책을 읽는 습관이 몸에 붙지 않은 사람들에게는 당연한 일이다. 그러나 독서는 시작하기까지가 어렵지 한번 시작하고 나면 그냥 그 속으로 스르르 빠져들 수 있다. 반면에 텔레비전이나 컴퓨터 화면은 처음에는 쉽게 접할 수 있지만 이내 싫증이 난다. 책을 밤새워 읽는 사람은 있어도 텔레비전을 밤새워 보는 사람은 드물다. 물론 하루종일 피곤하게 일한 사람들이 저녁시간이나 주말에 독서하는 습관을 갖기는 그리 쉬운 일이 아니다. 그러나 독서하는 습관을 몸에 붙이게 되어 독서의 즐거움을 알게 된다면 저녁시간을 기꺼이 독서에 할애하게 될 것이다. 그러니까 문제는 책 읽을 시간이 아니라 책 읽는 습관이다.

직장인이라면 토요일과 일요일 양일간의 주말이 있다. 식당이나 카페, 제과점이나 의상점 등을 운영하는 자영업자의 경우에는 손님이 몰리는 바쁜 시간만 지나면 비교적 한가한 시간을 즐길 수 있다. 시간이 없어서 독서를 못하는 게 아니라 책 읽는 습관이 몸에 붙어 있지 않기 때문에 책을 읽지 않는 것이다. 독서하는 습관이 몸에 밴 사람은 아무리 시간이 없어도 독서할 시간을 만들어낸다. 집에 돌아와서는 물론 출퇴근시간 지하철에서도 책을 읽을 수 있고 직종에 따라 시간적 여유가 다르겠지만 일하는 중간에도 짬짬이 책을 볼 수 있다.

제1부 책을 읽는 시간

마음의 여유 만들기

책을 읽으려면 시간의 여유에 앞서 마음의 여유가 있어야 한다. 퇴계 이황은 벼슬길에서 빠져나와 은거하며 서재의 벽에 "번거로움에서 벗어나는 데는 고요함만한 것이 없고, 졸렬함을 벗어나는 데는 부지런함만한 것이 없다"는 구절을 써붙이고 끊임없이 독서에 매진했다.[12]

책을 읽으려면 번거로움에서 벗어나 고요한 마음을 마련해야 한다. 산사의 스님들이나 수도원의 수사들은 세속의 생활에서 물러나 한가함 속에서 정신적 구원을 추구하는 삶의 방식을 만들어 실천한다. 그들의 일상적 삶은 침묵 속의 참선과 명상, 그리고 노동과 독서로 이루어진다. 유교적 선비, 불교의 승려, 가톨릭 수사 들은 모두 세속의 욕망을 제어하고 '한가함'을 누림으로써 책을 읽을 시간과 자유를 확보했다. 그러나 그들만이 아니라 누구라도 하루의 일정한 시간을 한가하게 만들 수 있다. 여기서 한가함이란 할 일이 없음을 뜻하는 것이 아니다. 그건 발등에 떨어진 불을 끄듯 해야 하는 일들에서 벗어난 상태를 말한다. 자기 마음 가는 대로 하고 싶은 일을 할 수 있는 시간이다. 한가해야 하늘에 흘러가는 구름을 바라볼 수 있고, 마음이 통하는 친구와 깊은 이야기를 나눌 수 있고, 읽고 싶은 책을 읽을 수 있다. 아무리 바쁘고 쫓기는 삶을 살더라도 잠시 한가

2011년, 파리

한 시간과 마음의 여유를 만들 줄 아는 사람이라면 책을 즐기며 읽을 수 있게 될 것이다.

경제적으로 부유한 사람만이 한가로운 마음을 만들 수 있는 것은 아니다. 재산이 많아 느긋하게 놀면서 지내는 유한계급은 오히려 독서를 하지 않는다. 그들은 스스로를 과시하기 위해 집 안을 장식하고 물건을 사들이고 해외여행을 하기에 바쁘다. 일에 쫓기고 삶에 등 떠밀려 여유를 부릴 시간이 없어도 마음만 먹으면 독서를 할 수 있다. 일찍이 루치우스 세네카는 "인간은 항상 시간이 없다고 불평하면서 마치 시간이 무한정 있는 듯 행동한다"고 지적했지만 바쁜 시간 중에도 한가한 순간이 있는 법이다. 짬을 내고 틈을 내고 멍하니 흘려보내는 시간을 잘 활용하면 책을 읽을 시간을 얻을 수 있다.

인생의 사계와 독서의　　사철

2008년, 파리

한 사람이 어떤 책을 열여덟 살에 좋아했다고 해서
마흔여덟에도 좋아하란 법은 없다. _에즈라 파운드

계절의 순환과 인생의 사계

—

1년은 봄, 여름, 가을, 겨울 이렇게 사계절로 이루어진다. 사철이 순환하면서 한 해가 가고 세월이 흐른다. 그건 우리가 어떻게 할수 없는 자연의 이치다. 사람은 세상에 태어나 자라고 배우고 일하고 사랑하고 미워하고 병들고 늙어서 세상을 떠난다. 자연에 사계가 있듯이 인생에도 사계가 있다. 봄이 태어나 성장하는 시기라면 여름은 왕성하게 활동하는 시기이며 가을은 성숙하여 열매 맺는 시기이고 겨울은 조용히 침잠하여 사라지는 시기다. 자연의 사계와 마찬가지로 인생의 사계도 거역할 수 없는 자연의 섭리다.

사람이 자연의 사계에 맞추어 옷을 갈아입듯이 인생의 사계에 따라 개인의 독서생활도 변화를 거듭한다. 세상에 태어나 문자를 배우고 글을 읽기 시작하여, 삶을 배우고 세상을 알기 위해 책을 읽다가, 직업생활에 필요한 책을 읽고, 정신적 영적 성숙을 위한 책을 읽는다. 그런 왕성한 독서의 시기가 지나면 점차 독서의 양이 줄어들고 관심도 한정되어 제한된 독서생활을 하다가, 결국은 책을 놓고 자리에 누웠다가 세상을 떠나게 된다. 원로 국문학자 김열규 교수는 자신의 삶을 유년 시절, 아이 시절, 소년 시절, 청년 시절, 노년 시절 이렇게 다섯 시기로 나누고 각각의 시기에 자신이 처했던 삶의 상황과 그 시절의 독서체험을 중심으로 하여 『독서』라는 책을 펴내기도

제1부 책을 읽는 시간

했다. 누구나 인생의 시기와 단계에 따라 다른 인생체험을 하고 다른 독서체험을 한다. 그렇다면 인생의 사계와 독서의 사철은 어떻게 변화하는가?

유년기의 달콤한 독서

세 살 버릇 여든까지 간다고 어릴 때 몸에 붙은 습관은 여간해서 잘 떨어지지 않는다. 독서습관도 마찬가지다. 어린 시절에 책을 가까이하는 습관을 키워야 청소년기와 성인기에 들어서도 책 읽기를 즐기며 책과 가까이 지내는 삶을 살게 된다. 어린 시절의 독서는 듣기로 시작한다. 할머니가 해주는 옛날이야기나 어머니가 읽어주는 동화를 듣고 자랐다면 그 사람은 행복한 유년기를 보낸 사람이다. 문학평론가 이어령은 어린 시절 책 읽어주던 어머니의 모습을 이렇게 그렸다.

나는 글자를 알기 전에 먼저 책을 알았습니다. 어머니는 내가 잠들기 전 늘 머리맡에서 책을 읽고 계셨고, 어느 책들은 소리내어 읽어주시기도 했습니다. 특히 감기에 걸려 신열이 높아지는 시간에도 어머니는 소설책을 읽어주셨습니다. 겨울에는 지붕 위를 지나가는 밤바람 소리를 들으며, 여름에는 장맛비 소리를 들으면서 나는 어머니가 읽어주시는 책을 통해 상상의 세계로 빠져들었습니다. (…) 어머니는 내 환상의 도서관이었으며, 최초의 시요, 끝나지 않는 길고 긴 이야기책이었습니다.[13]

어린아이의 눈에는 세상 모든 것이 새롭게 보인다. 특히 도처에서 반짝이는 글씨가 신기하게 보인다. 그 암호와 기호를 풀어가는 과정이 글을 깨치는 과정이다. 글을 소리내서 읽을 줄 알게 되고 '사과'라는 소리가 자기 손에 쥐고 있는 붉은 사과를 의미한다는 것을 알게 되면서 어린아이는 점차 세상의 질서를 깨우쳐간다. 그러나 아이는 아직 눈에 보이지 않는 꿈의 세계에 산다. 그래서 어린 시절에는 환상적인 이야기와 현실을 벗어나는 모험담을 좋아한다. 어린이는 꿈의 세계에 빠져 현실의 제약을 무시하고 자기 마음대로 상상하는 특권을 누린다. 어린이들이 꿈꾸는 달콤한 환상의 세계에서는 동물들이 말을 하고 나무와 풀이 춤을 춘다. 원한다면 우주공간으로 여행을 떠날 수도 있고 바다 밑을 탐험하고 다닐 수도 있다.

1960년대 나의 어린 시절만 해도 서재가 있는 집은 말할 것도 없고 동화책이 있는 집도 얼마 되지 않았다. 그러나 오늘날 한국 사회의 전반적 생활수준과 교육수준이 높아지면서 아동용 도서 시장이 크게 활성화되었다. 출판계 사람들의 이야기를 들어보면 경제 위기가 와도 아동 도서의 수요는 크게 줄어들지 않는다고 한다. 주말에 대형 서점에 가보면 어린이 도서 코너가 따로 크게 마련되어 있어 유치원이나 초등학교에 다니는 아이들을 데리고 온 어머니들로 붐 빈다. 책을 많이 읽지 않은 부모는 자신의 결핍감을 채우기 위해, 책 을 많이 읽으며 성장한 부모는 자신의 독서습관을 자녀들에게 전해 주기 위해 독서지도에 열성을 보인다.

청소년기의 메마른 독서
—

그러나 초등학교 시절을 지나 중학생이 되면 사정은 달라진다. 학교 성적이 중요해지고 공부할 내용이 많아지니 당연히 자유로운 독서의 시간은 줄어든다. 학교에서 공부를 마치면 바로 학원으로 가 야 한다. 수학과 영어를 위주로 한 학습에 많은 시간을 할애하면서 점차 읽고 싶은 책의 세계로부터 멀어지는 것이 우리나라 청소년들 의 삶이다. 여유시간이 생겨도 스마트폰으로 게임을 하거나 문자를 교환하거나 음악을 듣거나 동영상을 보지, 책을 읽지는 않게 된다. 그래도 뭐라는 사람이 없다. 부모들은 그저 학과공부를 열심히 해서 성적만 잘 나오면 그만이지, 책 읽으라는 소리는 더이상 하지 않는 다. 책 읽기에 빠지기보다는 학과공부에 열중해서 시험점수를 올리는 게 아이들의 할 일이라고 생각한다. 청소년들이 교과서나 참고서 이외에 읽는 책이 있다면 논술 대비를 위한 문학작품이나 논술문 쓰기에 대한 책 들일 것이다.

대학 입시에서 논술과 면접의 중요성이 커지면서, 다시 책을 읽어야 한다는 말이 나오고 논술과 면접 대비를 위한 과외지도와 학원 강좌가 성행하기도 했다. 그러나 논술과 면접 대비를 위해 학원에서 권하는 책을 읽어보아야 그 한계가 뻔하다. 내면의 깊이는 없이 기껏해야 남에게 똑똑한 인상을 심어주는 기술만 배우게 되는 것이다. 논술의 요체는 자기 생각을 조리 있게 글로 표현하는 데 있고, 면접의 핵심은 상대방에게 자기 의견을 명확하고 설득력 있게 전달하는 데 있다. 그런 능력은 한두 달의 학원 강좌를 통해 단기간에 습득될 수 있는 기술이 아니다. 너무 당연한 이야기처럼 들리겠지만 잘 생각하고 잘 말하고 잘 쓰기 위해서는 평소에 좋은 책을 많이 읽어야 한다. 특정 주제에 대한 수많은 사실을 모아 질서 있게 배열하면서 조리 있고 정연한 논리를 전개하는 책을 읽다보면 저절로 논리적 사고력이 생기고, 영감을 불러일으키는 시나 아름다운 문장으로 쓰인 소설을 읽다보면 저절로 인간의 마음을 움직이는 말하기와 글쓰기를 배우게 된다.

그러나 그건 독서를 하다보면 부차적으로 얻게 되는 결과물이지 결코 독서의 목표가 될 수 없다. 독서의 중요성은 그런 실용적 목적을 넘어서, 세상을 넓고 깊게 보고 자신의 삶을 고귀하고 의미 있게 만드는 방법을 터득하는 데 있다. 봄에 잎을 틔우고 꽃을 피워야 여름에 훌쩍 커서 가을에 열매를 맺을 수 있다. 독서도 마찬가지다. 아동기와 청소년기가 인생의 봄이라면 그 시기의 독서야말로 장년과 중년에 이르러 아름다운 열매를 맺게 하는 기초작업이다.

청년기의 길 찾기

—

청년기는 인생에서 가장 외로운 시기다. 이제 부모가 만들어준 안온한 온실을 떠나 자기 자신의 삶을 건설해야 할 시기이기 때문이다. 애정의 측면에서 보았을 때 청년기는 부모나 친구의 애정으로 만족되지 않고 이성의 애정이 필요한 시기이며 성적인 욕구가 분출하는 시기이다. 청춘은 인생의 진로문제로 고민해야 하는 시기이기도 하다. 무엇을 하며 살 것인가? 흔히 스물 안팎의 청춘을 인생의 황금기라고 말하지만 그 시기야말로 질풍노도의 시기이며 고통과 고독의 시기이다. 친구들과 함께 있어도 사랑하는 사람과 함께 있어도 외로운 시기가 바로 청년기다.

책은 그 외로움을 달래는 친구가 되어준다. 책을 읽는다는 것은 우선 책 속의 글자를 읽는 일이지만 그와 동시에 책을 쓴 사람과 대

2011년, 파리

화를 나누는 일이기도 하다. 그냥 피상적인 대화가 아니라 인생의 전 존재를 걸고 나누는 진지한 대화다. 청년은 인생의 문제에 대해 진지하게 대화할 상대를 기다린다. 청년은 책과의 진정한 대화를 통해서만 외로움을 극복하고 참된 자기 모습을 찾아낼 수 있다. 물론 영화와 연극, 오페라와 무용, 미술관과 박물관, 운동과 여행을 통해서도 젊은 시절의 고독을 넘어서고 인생의 의미에 대해서 생각해볼 수 있다. 그런 모든 활동 속에도 인생에 필요한 자양분이 들어 있다. 그러나 결국 그 모든 게 가지런히 정리되어 있는 장소가 바로 좋은 책이다.

모든 것이 상품화되고 책도 일회용품이 되어가고 있지만 그래도 책은 다른 상품과 다르다. 책의 저자는 책표지에 자신의 이름 석 자를 내걸고 남이 할 수 없는 자기만의 생각을 전개한다는 가정하에 책을 출판하기 때문이다. 그러기에 누구라도 말을 할 때와 책을 쓸 때의 태도는 달라질 수밖에 없다. 책은 영원히 남는 증거가 되기 때문에 함부로 펴낼 수 없는 것이다. 말처럼 내뱉고 나면 사라지는 게 아니라 기록으로 남아 영원히 다른 사람에게 읽힐 것이라는 생각은 책을 쓰는 사람에게 책임감을 갖게 한다. 좋은 책일수록 그 속에는 인생의 경험과 지적 탐구의 결과가 녹아들어 있다. 책은 가장 깊은 내용을 가장 효과적으로 전달하기 위해 노력한 사유의 결과물이다. 그러므로 책은 표지 뒷면에 붙어 있는 가격으로 환원될 수 없는 고

귀한 물건이다.

오늘날 청소년들은 외로울 틈이 없어 보인다. 그들은 학교와 학원을 오가며 학과공부에 대부분의 시간을 보낸다. 모든 고민과 욕망의 실현은 대학 입학 후로 미루어진다. 꾹 참고 열심히 공부해서 대학에 진학하고 난 다음에야 진짜 인생이 시작된다는 믿음으로 하루하루를 버틴다. 그래서 왜 살고 어떻게 살아야 할 것이냐는 질문도 학과공부 속에 묻혀버린다. 부모와 선생님들이 하라는 방식으로 열심히 공부하는 '범생이'도 학교체제를 깨고 나간 '날라리'도 더이상 그런 질문을 던지지 않는다. 인생은 즐거움과 쾌락을 추구하는 것이고 그러기 위해서는 돈을 많이 벌어야 하고 그러려면 좋은 대학에 들어가야 하고 그러려면 공부를 열심히 해서 좋은 성적을 내야 한다는 정답이 주어져 있다. 그러나 자기 속에 감추어져 있는 자기만의 가능성을 발견하고 그것에 의미를 부여하는 작업이 없는 한, 훗날 그 사람의 인생은 허무하고 무의미한 것으로 끝나게 된다. 청년이라면 자기 자신과 가족과 사회와 세계와 자연과 우주의 존재 이유를 물어야 한다.

많은 사람들이 성공하려면 '어떻게 살아야 하는가?'라는 질문은 던지지만 '왜 살아야 하는가?'라는 질문은 잘 던지지 않는다. 그러나 어떻게 살 것이냐에 앞서 왜 살아야 하는가라는 질문을 해야 한다. OECD 국가 가운데 우리나라가 가장 높은 자살률을 기록하고 있는 건 살아야 할 이유를 진지하게 질문하지 않았기 때문이다. 살아야 할 이유를 모르고 그저 남들처럼 살기 때문에 위기나 어려움에 봉착하면 자살을 택하게 되는 것은 아닐까.

요즈음 동양의 고전이 다시 강조되고 조선시대 선비들의 글이 널리 번역되는 것은 우리의 문화적 전통을 찾고 자부심을 회복하는 바른 길이라고 할 수 있다. 그런데 동아시아에는 도道를 추구하는 문화적 전통이 면면히 흘러내려왔다. 공자는 『논어』에서 "조문도 석사가의朝聞道 夕死可矣", 즉 아침에 도를 깨우치면 저녁에 죽어도 개의치 않겠다는 말을 남겼다. 공자가 말하는 도는 세상의 이치와 그 안에서 내가 살아야 할 이유라고 해석할 수 있을 것이다. 그런데 왜, 그리고 어떻게 살 것인가라는 문제는 공자만이 아니라 인간이라면 누구나 던지는 질문이다. 다만 그에 대한 답이 쉽게 찾아지지 않기 때문에 그냥 덮어두고 세상에 주어진 정답에 따라 살고 있을 뿐이다. 많은 사람이 인생의 의미에 대한 자기 나름의 답을 마련하지 못하고 어쩌다 세상에 태어났으니까 사는 것이고, 밥 먹고 학교 다니고 직장생활하고 결혼하고 애 낳고 살다가 늙어서 죽으면 그뿐이라고 생각한다. 그런 상투적인 답을 넘어서 자기만의 답을 찾으려는 노력을 하기에는 세상이 요구하는 스펙이 너무 많다.

성인 공자도 나이 오십이 되어서야 지천명知天命이라고 자기가 세상에 태어난 이유를 알게 되었다고 하니, 진정 자기가 원하는 자신만의 삶의 의미를 찾아내기 위해서는 지속적인 탐구를 해야 한다. 그러지 않으면 "사는 게 다 그렇지 뭐, 특별한 게 있냐"라고 말하면서 그냥 세상의 물결에 휩쓸려 그렇고 그런 삶을 살다가 무덤 속으로 들어가게 될 것이다. "호랑이는 죽어서 가죽을 남기고 사람은 죽어서 이름을 남긴다"는 말이 있듯이 각자 자기 이름에 값하는 삶을 살아서 세상에 조그만 자취라도 남기고 가기 위해서는, 우선 세상에서 자기만이 할 수 있는 일이 무엇인가를 찾는 꾸준한 노력이 있어야 한다. 그런데 그걸 알아내는 데 가장 큰 도움을 줄 수 있는 게 바로 책이다. 청춘의 독서는 바로 '내 삶의 의미'를 찾기 위한 독서여야 할 것이다.

장년기의 자기 확장

—

학교를 졸업하고 직장생활을 시작하고 결혼을 해서 가정을 꾸리게 되면 나름 독서를 하던 사람도 책을 놓아버리게 되는 경우가 많다. 집 안팎의 대소사와 출산, 육아를 도맡고 있는 여성의 경우 책 읽을 시간을 마련하기는 더 어렵다. 장년기에 들어서 결혼을 하고 나면 남자건 여자건 자기 분야에서 나름의 경력을 쌓아나간다. 그러려면 세상이 돌아가는 방식에 대한 일반지식과 자기 분야의 전문지식을 갖추어야 한다. 그리고 그러기 위해서는 책을 읽어야 한다.

대우가 한국을 대표하는 재벌기업 중 하나일 때, 김우중 회장은 비행기를 타고 세계 여러 나라에 출장을 다닐 때마다 커다란 책꾸러미를 챙겨가지고 비행기에 올라 착륙하기 전까지 독서에 몰두했다. 미국에서 성공한 기업가 이종문 회장은 자기가 번 돈을 샌프란시스코 시에 기부하여 아시아 미술관을 만들었는데, 그도 비행기를 타고 장거리를 이동할 때는 많은 책을 가지고 탄다. 어디 성공한 기업가들뿐이겠는가? 누구라도 자기 분야에서 두각을 나타낸 사람들은 알고 보면 거의 대부분 다독가들이다.

책은 인간이 쌓아올린 지식의 창고요 보관소요 은행이다. 특정 분야의 지식이 필요할 때 그 분야의 전문가가 쓴 책을 보면 짧은 시간 안에 많은 양의 지식을 입수할 수 있다. 여기서 정보와 지식을 구별할 필요가 있다. 정보가 체계를 갖추지 않은 구체적 사실의 집적이라면, 지식은 세상과 어떤 대상을 바라보는 이론적 틀 속에서 사유와 실험을 통해 논리적으로 구성된 앎을 말한다. 책에는 가이드북이나 실용서 등 구체적 문제에 구체적 정보를 제공하는 책들도 있지만, 인간, 사회, 자연현상에 대한 이론적 배경을 깔고 사실을 수집하고 해석하고 설명하는 책들도 있다. 그러니까 지식을 담은 책들이 정보를 담은 책들보다 더 접근하기 어렵다고 할 수 있다. 그러나 사유의 즐거움을 아는 사람이라면 정보가 담긴 책보다는 지식이 담긴 책을 좋아할 것이다. 지식을 바탕으로 그 분야의 책을 계속 읽어나가면서 자기 나름의 넓고 깊은 지식체계를 갖추어나가는 것이 올바른 독서의 방향일 것이다. 장년기에 있는 사람이라면 누구라도 자기 관심 분야의 정보를 독서생활을 통해 체계화할 수 있을 것이다.

그러나 장년의 독서는 지식 축적을 위한 독서에 머무를 수 없다. 장년의 독서는 그와 더불어 자신의 인생체험에서 나온 문제의식을 깊게 심화시켜 그 문제들에 대한 자기 나름의 체계적 답변을 마련하는 독서가 되어야 한다. 시인이자 철학자인 박이문은 『둥지의 철학』에서 철학하기란 자신의 영혼이 편안하게 거처할 개념적 둥지를 짓고 계속 리모델링하는 작업이라고 보고 있는데, 장년의 독서야말로 자기 자신의 정신적 안정과 휴식을 위한 '둥지 짓기'로서의 독서라고 할 수 있다. 새가 진흙, 마른 나뭇가지, 나뭇잎, 조개껍데기 등등을 물어다가 자기가 들어앉을 집을 짓듯이, 독서는 자기 자신의 정신이 편안히 머무를 수 있는 보이지 않는 둥지를 짓는 일이다. 책 속에는 둥지를 짓기 위한 진흙과 나뭇가지, 나뭇잎과 버려진 철사, 셀로판지 등이 들어 있다. 책 속에서 얻은 것들을 자신의 문제의식에 따라 비바람에 부서지지 않게 배치하고 쌓아올리고 빈 구멍을 메워

가는 독서야말로 자기 자신만의 정신적 삶을 사는 길이다.

중년기의 지혜

20대를 지나 30대에 이르면 인생의 중요한 과제인 직업과 결혼을 자기 나름대로 이행한 상태가 된다. 누군가를 만나 결혼해서 가정을 꾸려 자식을 낳고 기르는 책임을 맡게 되고, 학교를 졸업하고 생활전선에 나서 직업을 가지고 경제활동에 종사하게 된다. 아직 그 두 과업을 이행하지 못한 사람은 다른 사람의 눈총이나 손가락질을 받기 시작하고 스스로도 인생에 자신을 잃고 불안해지게 된다. 그러나 30대에 안정된 궤도에 든 사람들도 40대가 되면 자신의 인생에 주어진 한계 속에서 지루함이나 답답함, 불만족과 허무함, 초조감과 무력감 같은 것을 느끼기 시작한다(40대가 되어서도 무엇이나 다 할 수 있다는 자신감을 보이는 사람은 예외적인 경우다). 홍상수 감독의 〈옥희의 영화〉에는 중년의 나이에 들어선 영화학과 교수가 나온다. 그는 거대자본이 필요하고 시장의 법칙에 의해 움직이는 영화판에서 진정한 작품으로서의 영화 만들기가 불가능한 상황을 한탄하면서 의미심장한 말을 내뱉는다.

"더러운 세상! 책밖에는 믿을 게 없어. 이제 우린 책으로 돌아가야 해!"

그렇다. 40대야말로 책으로 돌아가야 할 나이다. 사춘기思春期의 독서가 장년의 삶을 위해 중요하듯이, 사추기思秋期의 독서는 여유 있는 중년과 풍요로운 노년을 위해서도 꼭 필요하다. 50대가 되면 사회적 성공, 명예, 재산, 지위 등을 놓고 벌인 인생의 한판 게임에서 자기 자리가 거의 결정되고 자신의 성공 측정 점수가 거의 다 나오게 된다. 50대는 이제 자신의 삶을 뒤돌아보며 내면적 성숙을 이룩해야 할 시기다.

50대에 이르면 성공한 사람들은 자만심을 갖고 권력, 재산, 지위를 내세우며 사람들 위에 군림하는 재미를 느끼고, 실패하거나 그렇고 그런 인생을 산 사람들은 중년의 허무감을 쾌락 추구나 중독상태로 달래기도 한다. 인생은 짧고 욕망은 끝이 없다. 중년이 되어서도 욕망을 따라다니다보면 내적 성숙은 없고 언제나 결핍감과 불만족 상태에 시달린다. 그럴 때 필요한 것이 내적 성숙을 위한 독서다. 청춘의 독서가 인생의 의미를 발견하고 넓은 세상으로 나가기 위해 필요한 지식을 얻기 위한 불타는 독서라면, 중년의 독서는 내면적 성숙을 위한 고요한 독서가 될 것이다.

2011년, 파리

노년기의 원숙함

—

오늘날 생활여건의 향상으로 평균수명이 길어져 환갑을 지나도 사람들은 스스로를 노인으로 생각하지 않는다. 그러나 인생을 3단계로 나눈다면 첫 단계는 부모의 도움을 받으며 성장하는 시기이고, 두번째 단계는 독립하여 가정을 꾸리고 생업에 종사하며 활동하는 시기이며, 세번째 단계는 생업과 경제활동에서 물러나 자기만의 일을 할 수 있는 시기이다. 그래서 프랑스어로는 노년기를 세번째 시기라는 뜻을 담은 '트루아지엠 아주troisième âge'라고 말한다. 영어에도 '서드 에이지third age'라는 표현이 있다. 인도의 문화적 전통에서는 그 세번째 시기를 세속의 활동으로부터 벗어나 영적 생활을 하며 속세의 때를 벗고 정신의 해방을 추구하는 삶의 단계로 본다. 흔히 청춘은 희망과 행복의 시기로 노년은 권태와 불행의 시기로 여겨지지만 실제로 인생을 살다보면 꼭 그렇지만은 않다. 오히려 그 반대인 경우도 많다. 청춘이 외로움과 고통의 시기라면 노년은 오히려 평화와 안정의 시기가 되기도 한다.

젊은 시절 '절망적 허무주의자'였던 철학자이자 시인인 박이문은 노년의 시기에 접어들어 '행복한 허무주의자'가 되어 다음과 같이 자신의 삶을 이야기한다.

제1부 책을 읽는 시간

내 경탄과 존경, 찬양과 선망의 대상이 되었던 시인, 작가, 철학가 들의 삶에 비추어볼 때, 10대와 20대에 품었던 엉뚱한 꿈, 30대와 40대까지 지켜왔던 열정 그리고 50대와 60대까지도 버티면서 완전히 포기할 수 없었던 집착으로 점철된 지적 여정의 자취를 뒤돌아보면서 나는 종종 좌절감과 허탈감에 빠지곤 한다. (…) 학자로서 어떤 한 영역에서나마 인류에 크게 공헌할 수 있는 삶이 바람직함은 물론이다. 하나의 공자, 하나의 아인슈타인이 될 수 있다면 우리의 삶은 그만큼 보람 있는 것이 될 것이며, 가능하면 그러한 사람이 되도록 애써야 할 것이다. 그러나 모든 사람이 공자가 되고 아인슈타인이 될 수는 없다. 공자나 아인슈타인 같은 지적 업적을 남기는 것도 중요하고, 그만큼 유명하게 되는 것도 삶의 보람이 되겠지만 더 중요한 것은 어떤 업적을 남기고 사회로부터 인정을 받고 유명하게 되는 것보다, 그런 목적 이전에 오로지 앎 자체, 진리 자체에 정열을 갖고 자신의 지적 세계를 가능한 넓혀가는 것이 중요하다. 이처럼 각자 자신의 능력·분수·처지에 따라 자신의 지적 세계를 넓혀간다면 그만큼 그의 세계는 확대되고 그만큼 그의 삶은 깊고, 그만큼 그의 삶은 풍부하게 된다. 설사 내일 눈을 감고 의식을 잃은 송장이 되더라도 그 순간까지 하나라도 더 보고, 느끼고 알아지는 기쁨, 그 보람을 의식해야 한다고 생각한다.[14]

세속의 경쟁에 시달리던 활동의 시기를 지나 현장에서 은퇴한 노년의 시기에는 세상을 관조하며 살아가는 즐거움이 있다. 노년의 독서는 그런 삶의 달콤한 동반자가 된다. 많은 사람이 정년 후의 적적한 생활을 두려워한다. 그러나 독서가 주는 즐거움을 아는 사람은 나이들면서 할 일이 없어질 것을 두려워하지 않는다. 읽고 싶은 책이 많은 사람들은 정년 이후의 삶을 겁내기는커녕 오히려 기대한다. 모든 세속의 의무로부터 해방된 상태에서 아침부터 저녁까지 읽고 싶은 책을 마음대로 볼 수 있는 정년 후의 인생이야말로 깊이 느끼고 깨닫는 원숙한 사색의 시기가 될 수 있다.

평생의 독서
——

일본 수필문학의 고전 세이 쇼나곤의 『마쿠라노소시枕草子』의 첫 문단은 봄, 여름, 가을, 겨울의 아름다운 순간을 다음과 같이 묘사하고 있다.

봄에는 여명의 순간이 좋다. 조금씩 밝아오던 산 능선이 점점 분명히 그 윤곽을 드러내고 희미한 보랏빛 구름이 가늘고 길게 뻗어 있다.

2011년, 파리

여름은 밤이 좋다. 달이 뜬 밤은 말할 것도 없고, 어두워도 반딧불이 반짝거리며 날아다니는 모습이 보기 좋다. 비가 내려도 운치가 있다.

가을은 해질녘이 좋다. 석양이 환히 비추고 산봉우리가 가깝게 보일 때, 까마귀가 둥지를 향해 삼삼오오 짝을 지어 날아가는 광경은 가슴 뭉클한 감동이 있다. 기러기가 행렬을 이루어 날아갈 때, 그 모습이 점점 작아져가는 것도 아주 멋지다. 해가 지고 들려오는 바람 소리, 벌레 소리도.

겨울은 이른 아침이 좋다. 눈 내린 아침은 더욱 좋다. 서리가 새하얗게 내린 아침이나, 또 그렇지는 않지만 아주 추운 날 서둘러 불을 지피며 숯을 나르는 모습은 이맘때에 어울리는 풍경이다. 낮이 되어 추위가 누그러지면서 화롯불이 하얀 재로 변하고 마는 것은 아쉽다.[15]

봄, 여름, 가을, 겨울이 제각각의 운치와 아름다움을 간직하고 있다는 말이다. 프랑스 속담 가운데 "각각의 나이에는 그 나이에만 맛볼 수 있는 즐거움이 있다"는 말이 있다. 우리에게는 일생 살아가면서 언제 어디서나 읽고 싶은 책을 읽을 자유와 권리가 있지만, 청춘의 독서와 장년의 독서, 중년의 독서와 노년의 독서는 차이가 있을 수 있다. 청춘의 시기에는 감성을 일깨우고 인생의 의미를 깨달게 하는 책이 필요하고, 장년의 시기에는 세상을 넓게 보게 하는 책과 직업활동을 위한 지식을 전달하는 책을 읽게 된다. 하지만 중년으로 접어들수록 점차 위로와 위안을 주고 상처를 어루만져주며 마음을 다독거리고 보살펴주는 책을 읽게 된다. 그러다 노년이 되면 인생과 세상 전체를 관조할 수 있게 하는 지혜의 책을 가까이하게 되는 것이다.

살아 있는 생물체는 세상에 태어나 죽기까지 변화를 거듭한다. 변화하지 않는 것은 죽은 물체뿐이다. 독서의 근본적 목표는 인간의 변화에 있다. 더 나은 삶에 대한 희망을 갖고 그것을 실현하기 위한 나 자신의 내적 변화를 추구하지 않는 바에야 독서가 무슨 의미가 있겠는가? 책을 읽기 전이나 읽은 뒤나 아무런 변화가 없이 똑같은 사람으로 남아 있다면 무엇 때문에 책을 읽을 것인가?

목이 마르면 물을 마시고 배가 고프면 음식을 먹는다. 육체적 필요는 즉각적이고 그것을 충족시키지 않으면 우리는 더이상 생명을 지속할 수가 없다. 그런데 인간은 육체적 존재이면서 동시에 육체로 환원되지 않는 정신적 존재다. "건전한 육체에 건전한 정신이 깃든다"는 말의 순서를 뒤바꾸어 "건전한 정신에 건전한 육체가 깃든다"는 말도 가능하다. 오늘날 '웰빙well-being'이라는 말이 널리 쓰이고 있는데, 이 말 역시 육체적 측면만을 강조하는 경향이 있다. 나는 웰빙 하면 '피지컬 웰빙physical well-being'과 동시에 '스피리추얼 웰빙spiritual well-being'이라는 말을 떠올린다. 좋은 음식을 먹고 적당한 운동을 하여 병이 없는 육체적으로 건강한 상태와 더불어, 정신적으로 심리적으로 안정되고 영적으로 평안한 상태라야 진정한 웰빙이기 때문이다. 책은 바로 그 정신적 성장과 영적 웰빙에 절대적으로 필요한 영양분을 제공하는 필수품이다. 세상을 살아가면서 흔들리고 위태롭고 고뇌할 때, 독서는 자신을 바르게 세워 새 길로 나아갈 용기와 지혜를 선물한다. 매일매일의 독서야말로 정신적 웰빙을 유지시키는 일용할 정신의 양식이다. 누구라도 독서를 통해 맑은 영혼과 깊이 있는 지성을 유지할 수 있다.

인간은 종교생활과 영적 수련을 통해 거듭나거나 해탈하거나 깨달음을 얻을 수도 있지만, 진지한 독서를 통해서도 자기 자신을 변화시키는 체험을 할 수 있다. 독서는 종교와 수도생활에서 빼놓을 수 없는 요소이기도 하다. 성서와 불경과 코란 읽기 없는 기독교와 불교와 이슬람교는 생각할 수 없다. 작가 김동리는 자신을 찾아온 문학지망생들에게 글을 쓰려면 "성경을 많이 읽고 죽음을 생각하라"고 말했다고 한다. 어디 성서뿐이겠는가. 코란, 『논어』『금강경』 등 인류의 지혜가 담긴 종교적 경전을 두루 읽는다면 나이들수록 더욱 원숙한 삶을 살면서 다음 세대에게 삶의 지혜를 전달하는 역할을 담당할 수 있게 될 것이다.

우리는 누구라도 독서하는 습관을 기르면 독서를 통해 매일 눈이 밝아지고 새사람이 되는 체험을 할 수 있다. 인간이란 몸은 성장을 멈추지만 정신은 죽는 날까지 계속 성장하는 신통한 나무와 같다. 시력이 떨어지면 안경과 돋보기를 사용하면 되고 실명이 되면 다른 사람에게 낭독을 부탁할 수도 있다. 고전이나 명저를 성우나 연극배우 들이 낭독한 CD를 들을 수도 있다. 인생 사계의 독서체험은 어린 시절의 듣기에서 시작해서 읽기를 거쳐 노년에 이르러 다시 듣기로 끝나게 된다. 사철이 순환하듯 듣기와 읽기도 서로 꼬리를 물며 순환한다.

어떻게 보면 인생은 여러 개의 장들로 구성된 한 권의 책과 같은 모습을 하고 있다. 책과 마찬가지로 인생도 한 장이 끝나면 다음 장으로 넘어간다. 인생이 책과 같다면 인생을 의미 있게 산다는 것은 책을 한장 한장 써가면서 더욱 생생하고 감동적인 이야기를 만들어가는 일이다. 점점 더 체계와 일관성을 갖추어가는, 그리고 남들에게 감동을 주는 책을 쓰려고 노력하는 마음으로 하루하루를 살아간다면 그 인생은 한 권의 좋은 책으로 남을 것이다.

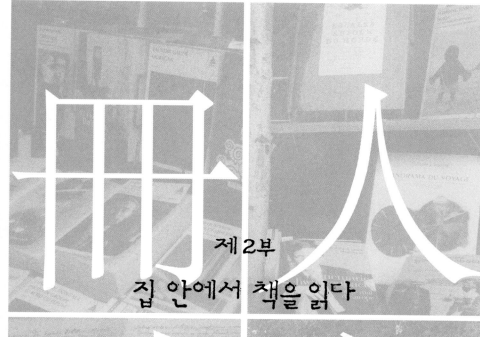

册 人

時 空

제2부

집 안에서 책을 읽다

서재에서 책을 　　　　　읽다

2009년, 파리

정원을 바라보며 창가에 서 있는데, 서재를 채우고 있던
온갖 살아 있는 책들이 부드럽게 소곤대는 소리가 들렸다. _버지니아 울프

서재란 무엇인가

조선시대에 책을 소유하고 읽을 수 있다는 것은 양반이라는 지위의 상징이었다. 개화기 이후 일제강점기까지도 어떤 사람의 집에 책이 있다는 사실은 그 사람이 신식 교육을 받은 엘리트층에 속함을 의미했다. 내가 초등학교를 다니던 1960년대는 말할 것도 없고 내가 대학생이었던 1970년대에도 집에 서재가 있는 집은 별로 없었다. 1980년대에 들어서 아파트나 단독주택의 거실을 책으로 장식하는 사람들이 늘어났지만 방 하나를 따로 서재로 만드는 경우는 그리 흔치 않았다. 교육, 연구, 종교, 문화 등의 분야에 종사하는 사람들을 제외하면 지금도 집에 오로지 책을 소장하고 읽기 위한 공간으로서의 서재가 있는 사람은 소수일 것이다.

서재는 객관적으로 말하자면 책과 책상이 있는 공간이다. 그러나 각자 하는 일에 따라, 취향과 취미에 따라 그 서재에 서로 다른 주관적 의미를 부여할 수 있다. 서재는 일상의 여가를 보내는 영혼의 사랑방이 될 수도 있고, 언제라도 달려가서 깨끗한 공기를 들이마시는 '아름다운 숲'이 될 수도 있다. 아이디어뱅크가 될 수도, 정신 에너지를 공급받는 충전소가 될 수도 있다. 서재는 먼 나라의 매력적인 여행지가 될 때도 있지만 고단한 작업실이 되기도 한다. 연구하고 글을 쓰는 직업을 가진 사람에게 서재는 '일터'이며 '작품의 산실'이 된다. 그곳은 좋은 문장을 캐내는 광산이며 지식을 만드는 공방이다. 서재는 즐거운 놀이터가 되기도 하고 갈 길을 밝히는 등대가 되어주기도 한다. 먼지가 날아다니는 세속에서 벗어나 몸을 숨기는 은둔처가 되기도 하고 책 속에 스스로를 가두는 감금처가 되기도 한다. 그렇다면 당신에게 서재는 무엇인가?

이상적인 서재의 조건

책을 읽기 위해서는 혼자만의 시간, 남에게 방해받지 않는 자유로운 시간과 더불어 혼자 조용히 책을 읽을 수 있는 공간도 있어야 한다. 독서에 몰두하기 위해 집 안에 만든 분리된 공간이 바로 서재이다. 그렇다면 서재를 어떻게 꾸밀 것인가? 이상적인 서재의 조건은 무엇일까?

서재는 일단 조용한 곳에 위치해야 한다. 아파트든 주택이든 가족이 자유롭게 드나드는 거실에서 가장 멀리 떨어진 구석방이 서재의 위치로 적합하다. 클 필요는 없다. 다소 작다는 느낌을 주는 아늑한 방이 오히려 집중력을 키워준다. 그곳에 은은한 조명이 갖추어지면 밤마다 안온한 분위기에서 책을 읽을 수 있을 것이다. 습도와 온

도도 중요하다. 유리창을 통해 햇빛과 바람을 받아들일 수 있다면 방의 공기를 맑게 유지할 수 있을 것이다. 여름엔 바람이 잘 통해 시원하고 겨울엔 난방이 잘되는 따뜻한 방이라면 사철 쾌적한 독서가 가능하다. 서재의 비품들도 방의 분위기를 만드는 데 중요하다. 책상과 의자, 서가와 장식장, 독서대, 문진과 필통 등 문방구류가 비치되어 있다면 책 읽기에 좋은 조건은 거의 다 마련된 셈이다.

방의 벽과 천장에는 무늬가 없는 흰색이나 베이지색 벽지를 바르고 바닥에는 카펫을 깔기보다는 마루를 놓으면, 서재에 들어서는 순간 일상의 공간을 벗어나 특별한 공간으로 들어왔다는 느낌으로 독서에 임할 수 있을 것이다. 벽에는 마음에 드는 그림이나 사진을 걸고 시계와 달력을 걸어도 좋다. 책꽂이의 책들 앞에 좋아하는 저자나 존경하는 인물의 사진을 놓을 수도 있고, 장식장 위에 사랑하는 사람과 함께 찍은 사진이나 가족사진을 놓을 수도 있다. 오디오 시스템을 갖추어놓으면 책을 읽는 중간중간에 음악을 들으며 정신을 새롭게 만들 수 있을 것이다. 음악 대신 비가 오는 날 옆집 지붕 위에 떨어지는 빗방울 소리를 들으며 책을 읽을 수 있다면 그 또한 행복한 서재가 될 것이다.

책상 맞은편에는 반드시 유리창이 나 있어야 한다. 그래야 책을 읽다가 눈을 들어 바람에 흔들리는 나뭇가지를 바라보며 생각을 정리할 수 있다. 때로 옆집 지붕 위에 앉은 새의 모습이 보이기도 할 것이며 창가에 다가서면 길가로 지나가는 사람들의 발걸음을 지켜볼 수 있을 것이다. 봄이면 열어놓은 유리창으로 불어오는 바람결을 따라 꽃향기가 날아들 것이며, 여름이면 천둥 치는 소리를 들으며 소나기 쏟아지는 모습을 내다볼 수 있고, 가을이면 나무에서 낙엽이 떨어져 땅 위를 구르는 모습을 바라볼 수 있고, 겨울이면 유리창 밖으로 눈이 내리는 모습을 바라볼 수 있을 것이다. 점심시간이면 멀지 않은 곳에 있는 초등학교 아이들이 뛰어노는 소리가 들리고 저녁이면 서둘러 귀가하는 사람들의 모습을 바라볼 수 있는, 유리창이 있는 작은 서재에서 책을 읽을 수 있는 사람은 행복하다.

서재 앞에 정원이 있어 가끔 그곳으로 나가 햇빛을 받으며 꽃과 나무 들을 바라볼 수 있다면 더욱 좋을 것이다. 비가 온 다음날 하늘이 맑아지면 정원의 젖은 땅이 마르면서 풍기는 흙냄새를 맡을 수도 있을 것이다. 정원의 나무에는 새가 날아들 것이다. 나는 서재에서 책을 읽다가 지루해지면 책을 덮고 나와 땅을 밟을 수 있는 정원을 가진 사람이 제일 부럽다. 서재와 정원, 그 두 공간이 마련된 집에 산다면 인생에 지루함은 없을 것이다. 읽고 싶은 책들이 가지런히 정리되어 있어서 언제라도 조용히 책을 읽을 수 있는 서재가 있고, 책을 읽다가 눈이 피로하거나 지루해지면 책을 덮고 나와 생각을 정리하며 흙을 만질 수 있는 정원이 있다면, 그곳은 지상의 천국과 비슷한 장소가 될 것이다. 그런 서재와 정원이 있는 집이야말로 '숨막

히는 집'이 아니라 '숨쉬는 집'이다.

> 집이 숨을 쉰다
> (…)
> 창이란 창엔
> 대형 풍경화
> 철 따라 바꿔 걸리고
> 햇빛 쏟아지는 소리
> 나뭇잎 몸 부비는 소리
> 새들 우짖는 소리
> 낙숫물 소리
> (…)
> 집이 숨을 쉰다
> 내가 숨을 쉰다

—성낙희, 「숨 쉬는 집」 중에서[16]

파리에 사는 동안 나는 그런 이상적인 서재를 상상해볼 수 있는 '숨쉬는 집'을 몇 군데 발견했었다. 파리 시내 뤽상부르 공원 서쪽 아사스Assas 거리에서 좁은 골목길을 지나 안으로 움푹 들어간 곳에 자리잡고 있는 미술관이 하나 있다. 그곳은 러시아 출신 조각가 자드킨이 살면서 작업하던 집이었다. 그곳에 들어서면 자드킨이 생활하던 자그마한 2층 양옥집이 있고, 그 맞은편에는 작업을 위해 따로 지은 아틀리에 건물이 있다. 그리고 그 두 건물 사이에는 집과 비례가 맞는 작은 정원이 있다. 관람객에게는 출입이 금지된 2층 양옥집의 정원이 내려다보이는 위층 구석방이 서재로 사용할 수 있는 이상적인 장소일 것이다. 그 정원에는 서너 그루의 나무가 서 있는데 나는 자드킨 미술관을 갈 때마다 정원의 나무 아래 마련된 벤치에 앉아 책을 읽곤 했다.

파리 16구의 한적한 골목길인 말레스티브스Mallet-Stevens 거리로 들어서 조금만 걸어가면 직사각형의 대지 위에 안이 들여다보이는 담으로 둘러싸인 이층집이 나온다. 자드킨의 집보다 조금 크기는 하지만 그 집과 마찬가지로 큰길에서 쑥 들어와 있어 아주 아늑한 느낌을 준다. 대지 한가운데 이층집이 서 있고 그 나머지 부분은 모두 풀밭에 나무가 서 있는 풍경이다. 그 집은 초현실주의 화가 마그리트가 그린 〈빛의 제국〉이라는 그림을 연상시키기도 한다. 저녁에 그 집 앞을 지나가다보면 2층 구석방에 노란 백열등이 켜져 있는 적이 많았는데, 나는 그곳이 분명 그 집의 서재일 것이라고 생각하며 책상 앞에 앉아 책 읽는 사람의 모습을 떠올려보곤 했다.

실제로 가보지는 않았지만 『마가진 리테레르』라는 문학 월간지에 실린 사진으로 본 철학자 자크 데리다의 서재도 기억에 남아 있다. 데리다는 혼잡한 도심의 좁은 아파트가 싫어서 파리에서 25킬로미터쯤 떨어진 교외인 리스오랑지Ris-Orangis에 단독주택을 마련해 살았다. 그의 서재는 1층에 있었는데 책상 앞에는 정원이 펼쳐져 있었다. 책상 앞은 전면 유리창으로 외부와 분리되어 있었다. 실내는 따뜻하고 아늑한 느낌을 주었으며 책상 앞에 앉아 창밖의 정원에 있는 나무와 풀 들을 바라볼 수 있었다. 여러 개의 책상 위에는 수많은 책과 자료가 쌓여 있었다.

서재인의 삶과 죽음

책이 좋아 서재에서 많은 시간을 보내는 사람을 서재인이라고 부를 수 있다면, 서재인은 책을 펴는 순간 독서인이 된다. 서재는 세상의 모든 일을 뒤로하고 정신을 정화하는 집 안의 성역이다. 집 밖에서 일하다가 집으로 돌아와 서재에 들어서는 순간, 서재인의 정신은 다시 어머니의 자궁 속으로 들어간 것처럼 편안해진다. 그곳은 안전하게 보호받는 장소이며 생각이 잉태되고 자라는 장소다. 아무리 바깥일에 시달렸어도 서재의 책상 앞에 앉으면 안도의 한숨이 나온다.

그래서 한 재일동포 학자는 이런 시를 썼다.

모두 깊이 잠들어
적막해오는 이 시각에

이렇게 혼자 앉으면
비로소 하루의 평온이 찾아온다.

— 윤건차, 「내 책상」 중에서[17]

서재는 정신적 삶의 공간이다. 서재는 책을 읽는 공간일 뿐만 아니라 책을 쓰는 공간이기도 하다. 르네상스 시기 독일의 화가 알브레히트 뒤러가 그린, 성 제롬이 서재에서 연구에 몰두하고 있는 그림을 찬찬히 들여다보면 성자의 머리 뒤편으로 아우라가 빛나고 그의 책상 오른쪽 진열대에는 두개골이 놓여 있다. 성 제롬은 온갖 세상일을 뒤로하고 홀로 서재에 앉아 히브리어 성서를 읽고 연구하면서 라틴어로 번역하는 막중한 작업을 수행했다. 어디 성 제롬뿐이던가. 몽테뉴는 세상과 분리된 성의 탑에 서재를 마련하고 그곳에 홀로 들어앉아 책을 읽고 사색에 잠기고 집필에 몰두했다. 서재는 그가 선택한 가장 확실한 삶의 공간이었다.
　몽테뉴 전기를 쓴 작가 슈테판 츠바이크도 서재인이었다. 그는 나치의 박해를 피해 브라질로 망명하여 그곳에서 생의 마지막 나날을 보냈다. 망명지는 안전했지만 그의 삶의 터전이었던 서재는 더이상 없었다. 타국 땅에서 외로움이 더해갈수록 비엔나의 서재가 생각났다. 그는 서재 없이 살 수 없는 서재인이었다. 외로움을 견디지 못하던 그는 결국 사랑하는 부인과 동반자살로 생을 마감했다.

서재의 서양사

서양의 지성사를 보면 독서 이전에 대화가 있었다. 소크라테스는 서재에서 책을 읽는 독서인이 아니라 광장에서 젊은이들과 대화하는 사람이었다. 라파엘로가 그린 〈아테네 학당〉은 야외공간에서 대화하는 철학자들의 모습으로 가득차 있다. 홀로 서재에 들어앉아 책을 읽으며 사색에 잠기는 학자의 모습은 중세에 들어서야 나타난다. 중세의 스콜라 철학자들에게 서재는 성스러운 문자가 지배하는 거룩한 공간이었다.

르네상스 시기에 이르러 중세의 스콜라 철학자들과 다른 새로운 독서인이 나타났다. 이제 독서는 신앙의 차원을 떠나 독립적인 지식 탐구 행위가 되었다. 단테, 보카치오, 초서, 페트라르카, 프랑수아 비용 같은 르네상스 시기의 작가들은 자신의 서재를 가진 독서인들이었다. 16세기에 들어서면서 왕과 귀족들의 저택에 서재가 만들어지기 시작했다. 프랑스의 프랑수아 1세는 퐁텐블로 궁전에 장중하고 우아한 왕실 서재를 만들었다. 파리에 사는 귀족들의 저택에도 서재가 만들어졌다. 귀족들의 서재는 독서를 통해 세상을 새롭게 인식하는 공간이었으며, 일반 서민들로부터 스스로를 분리시키는 지위의 상징이기도 했다. 새로운 공간에는 새로운 가구가 필요하다. 서재와 더불어 오로지 책을 읽고 글을 쓰는 데에만 이용되는 책상이 등장한 것도 이 무렵이다.

왕과 귀족을 몰아내고 새롭게 등장한 부르주아 계급도 부의 축적과 더불어 학문과 예술을 추구했다. 은행에 저축된 돈이 부를 상징하고, 창고에 보관된 포도주가 즐거움을 뜻하고, 목욕탕의 장식장에 쌓여 있는 수건이 안락을 상징한다면, 책은 그들이 세상을 보는 눈의 표상이었다. 기독교를 버리고 계몽사상을 선택한 새로운 지배계급에게 책은 인간과 사회, 역사와 문화, 자연과 우주에 대한 전체적인 비전을 갖게 할 뿐만 아니라 현실문제의 해결 방안을 모색하는 도구가 되었다.

19세기 유럽 소설 속에는 서재에 대한 묘사가 빈번하게 출현한다. 소설이 부르주아들의 세계관을 반영하는 문학양식이라면, 그들의 세계관을 구성한 책과 서재가 소설 속에 자주 등장하는 것은 당연한 일이다. 『아버지와 아들』에서 투르게네프는 어느 서재의 모습을 다음과 같이 그렸다.

> 파벨 페트로비치는 우아한 자기 서재로 돌아왔다. 기이한 색
> 깔의 아름다운 벽지를 바른 벽에는 알록달록한 페르시아 양탄자
> 가 걸려 있고, 양탄자 위로 여러 가지 무기들이 장식되어 있었다.
> 그리고 암녹색 벨벳을 씌운 호두나무로 만든 가구, 다 자란 검은
> 참나무로 만든 르네상스식 서가, 근사한 책상 위에 놓인 작은 청
> 동조각상, 벽난로 등이 있었다……18

조선 선비들의 서재

예로부터 선비들은 편안하고 고즈넉한 장소에 정취가 있는 집
을 짓고 거기에 서재를 마련하여 책 읽는 삶을 가장 이상적인 삶으
로 생각했다. 조선 중기의 선비 양산보도 그런 삶을 살았다. 그는 현
실정치에 환멸을 느껴 낙향하여, 맑고 깨끗한 기운의 소쇄원을 지어
그곳에서 책과 자연을 벗하며 살았다. 맑은 날이면 광풍각光風閣에서
대나무숲의 바람 소리를 들었고, 비가 오는 날이면 제월당霽月堂에
서 책을 읽었다. 비가 갠 날 저녁이면 그곳에서 달을 바라보며 바위
사이를 흐르는 시냇물 소리를 들었다. 담양의 소쇄원같이 도시 밖의

한적한 장소에 집을 지을 수 있다면 좋겠지만, 여러 가지 이유로 도시를 떠날 수 없다면 도시 안에서라도 차선의 거처를 찾아야 한다. 중국 명대의 학자 문진형은 '성시산림城市山林', 다시 말해 도시 안에 산림 같은 거처를 마련하려는 사람을 위해 이렇게 썼다.

> 굳이 도시 안에 거처를 마련하려거든 현관과 정원을 깨끗이 하고, 집 안을 말끔히 치우며, 정자는 넓은 땅의 기운을 품도록 하라. 또한 서재와 누각은 안정된 곳에 세우고, 좋은 나무와 흔치 않은 대나무를 심으며, 오래된 책을 진열해두라. 거기 머무르는 자는 늙지 않고, 잠시 들른 자는 돌아갈 줄 모르며, 즐기는 자는 피로를 잊게 되리라.[19]

정원 입구에 늠름하게 서 있는 느티나무와 느릅나무를 바라볼 수 있고, 뒤뜰 대나무숲을 스치는 바람 소리를 들을 수 있고, 풀 한 포기 나무 한 그루에도 우아한 정취가 배어나고, 이끼가 낀 돌에는 고풍스러움이 감돌고, 흐르는 물에 신선함이 느껴지는 정원이 있는 거처야말로 서재를 마련할 가장 이상적인 장소일 것이다.

조선시대 양반들의 주거공간에는 남녀유별의 원칙이 작용했다. 안채가 살림이 이루어지는 여성의 공간이라면 사랑채는 책을 보관하고 글을 읽는 남성의 공간이었다. 선비들이 소리내어 글을 읽던 사랑채야말로 유교문화의 본산이라고 할 수 있을 것이다. 책을 사랑하는 서양사학자 이광주는 조선시대 선비들의 서재를 다음과 같이 묘사했다.

> 그리 넓지도 그렇다고 좁지도 않은 적당한 크기의 사랑방, 미닫이를 열면 눈에 들어오는 사방탁자며 문갑, 그리고 읽고 있는 책 한 권이 놓여 있는 경상, 목기들 사이에 얌전히 제자리를 차지하고 있는 문방사우. 방 주인의 내면세계와 군자다운 검덕을 나타내는 그 소박한 아름다움. 여기에 다기와 함께 백자 달항아리나 분청사기 혹은 청자매병이라도 일품 자리하고 있다면 그 위에 또 무엇을 더 바랄 것인가."[20]

이상적인 선비들의 서재 비품에 거문고, 병풍, 발, 부채 등을 추가할 수도 있을 것이다. 그러나 서재의 분위기를 형성하는 데는 그곳에 배치한 물건보다도 그 공간에 배어 있는 서재 주인의 품격이 더 중요하다. 서울역사박물관 강홍빈이 관장 말하듯이 "아무리 벼락부자가 일류 실내장식가를 시켜 금으로 거실을 도배한다 해도 천덕스러움은 감출 수가 없고, 아무 장식 없는 서재에서도 주인의 고아한 품격은 배어나오기 마련이다".[21]

안동의 도산서원 안에 있는 퇴계 이황의 서재에는 그곳에서 글을 읽던 퇴계의 정신적 흔적이 남아 있다. 제자들의 증언에 따르면 그의 서재는 항상 조용했고 책상 주변은 언제나 깔끔했다. 벽의 서가에는 서책이 가지런히 정리되어 있었다. 새벽에 일어나 그곳에 향을 피우고 조용히 앉아 하루종일 책을 보는 게 그의 일과였다.

조선시대 그림에도 선비들의 서재가 나온다. 겸재 정선이 그린 두 장의 자화상에도 서재의 모습이 보인다. 그중 한 장은 인왕산 아래 초당에 선비 한 사람이 책과 함께 들어앉아 있는 모습이다. '인곡유거仁谷幽居'라는 제목의 이 그림은 정선이 생애 후반에 그린 자화상이다. 서재에는 책을 펼쳐놓고 앉아 있는 선비의 모습이 보이고, 마당에는 나무와 채소 들이 보인다. 『경교명승첩』에 들어 있는 '독서여가讀書餘暇'라는 제목의 그림에는 책이 가득찬 서재의 툇마루에 비스듬히 앉아 있는 정선의 모습이 보인다. 50대 초반의 정선이 북악산 아래 살던 시절의 자화상이다. 바깥사랑채에서 독서를 하다가 손에 부채를 쥐고 잠시 더위를 식히며 생각에 잠겨 있는 모습이다. 이 두 장의 자화상에는 품격 높은 독서인의 한가로운 공간이 보인다.

내가 본 선비의 서재 풍경으로 기억에 남는 또 한 장의 그림이 있다. 서세옥 화백이 그린 허균의 초상이다. 초상이라고 하지만 그림 속에서 허균은 서책이 가득한 서재의 책상 앞에 앉아 있다. 꼿꼿한 선비의 모습이다. 마당에는 십여 그루의 푸릇푸릇한 대나무들이 서 있고, 서재 앞에는 툇마루가 길게 놓여 있고, 댓돌에는 신발 한 켤레가 가지런히 놓여 있다. 허균이 서재의 문을 열어젖히고 책을 읽고 있는 모습인데 책상 위에는 필통과 벼루 등의 문방구가 보인다.

이제 옛 선비들의 서재는커녕 한옥도 찾아보기 힘들게 되었다. 선비가 사라지면서 선비의 서재도 더이상 존재하지 않게 되었다. 그래도 선비들의 서재를 보고 싶다면 오로지 박제화된 서재를 볼 수 있을 뿐이다. 서울시 용산의 미군부대가 이전한 자리에 지은 국립중앙박물관 4층에 가면 조선시대 선비의 서재가 재현되어 있다. 지난날 선비들의 서재는 방 주인의 인격이 배어 있는 독서의 공간이었다. 그러나 전시장의 박제화된 모형 서재에는 선비들의 인격과 정신이 빠져 있다.

프랑스 작가들의 서재

어떤 장소와 어떤 사람의 마음이 한순간 불꽃을 일으키며 결합할 때가 있다.

"처음에 입구를 열어서 보여주는데 정원이 눈에 확 들어왔다. 순간의 인상이 몇 초간 계속되었다. 입구로 들어서는 순간 내 입은 이 집을 꼭 사겠노라고 말하고 있었다. 그리고 그 자리에서 덜컥 현금으로 집값을 치렀다."

마르그리트 뒤라스가 파리 교외 노플Neauphle에 글을 쓰기 위한 거처를 마련했을 때의 순간을 기록한 문장이다. 뒤라스는 이 집에 대해서 다음과 같이 쓰기도 했다.

"이 집은 고독의 장소다. 하지만 집 앞에는 길가와 광장, 아주 오래된 연못이 있고 마을에서 통학하는 아이들도 이 길로 다닌다. 집은 내 어린 시절의 비참함을 달래주었다. (…) 나는 아직도 이 집에서 혼자일 수 있다. 내 책상, 내 침대, 내 전화, 내 그림, 내 책이 다 있다. 내 영화의 시나리오들도 다 있다."[22]

작가들은 집에서 철저히 혼자가 된다. 어휘를 고르듯 까다로운 눈으로 고른 자기만의 공간에서, 영감을 얻고 문자와 사투를 벌이고 마침내 승리자가 되어 글을 완성한다.

파리에는 작가들의 집이 잘 보존되어 있다. 오노레 드 발자크의 집, 빅토르 위고의 집, 조르주 상드의 집 등 지금은 박물관이 된 집들을 방문하면 그들이 글을 쓰던 서재와 책상이 그대로 남아 있다. 루앙에 가면 피에르 코르네유의 서재가 있고, 아비뇽 근처의 퐁텐 드 보클뤼즈에 가면 강가에 프란체스코 페트라르카의 서재가 있고,

프랑스 중부 노앙에 가면 조르주 상드가 촛불을 들고 들어가 밤새워 글을 쓰던 서재가 있으며, 프로방스의 작은 마을 마노스크에 가면 장 지오노의 서재가 있다.

작가들의 서재는 그들의 고양된 정신과 일상적 삶이 함께 깃들어 있는 내밀하고 사적인 공간이다. 나는 작가들이 살던 집을 방문할 때면 글을 읽고 쓰던 서재만이 아니라 집 전체의 구조와 방의 배치, 집 주변의 환경을 살피고, 서재 안의 책상과 아끼던 소품과 문방구들을 자세하게 관찰한다. 그러다보면 작가들의 삶과 내면의 소소한 흐름들이 내 마음속에 느껴지는 것만 같다.

내 인생의 서재
—

책을 즐겨 읽는 사람이라면 누구에게나 책을 읽은 자리의 역사가 있다. 나에게도 책을 읽은 공간의 개인사가 있다.

어린 시절에는 나만을 위한 방이 없었다. 고등학생 시절까지는 동생과 방을 나누어 썼다. 대학생이 되고 나서야 나만의 방을 갖게 되었다. 강북의 약수동에 있던 옛집을 허물고 새로 지은 건물의 3층에 내 방이 있었다. 그 방은 나에게 주어진 최초의 서재였다. 그곳에서 나는 대학 시절 4년을 책을 읽으며 보냈다. 창문으로는 멀리 남산과 장충단 공원이 보였다. 그 방에서 책을 읽다가 답답하면 옥상으로 올라가 평상에 앉아 있을 수 있어서 좋았다. 그후 강남의 논현동에 새로 지은 이층집으로 이사를 했다. 누나가 2층에서 제일 큰 방을 차지했고 계단 옆의 작은 방이 내 차지가 되었다. 나는 대학원 시절을 그 방에서 보냈다. 책을 읽다가 심심하면 2층 베란다에 나와 심호흡을 하고 언덕 위에 남아 있는 메마른 빈터와 다른 집들을 바라보곤 했다. 누나가 결혼해서 집을 떠난 이후 누나가 쓰던 큰 방이 나의 방이 되었다. 큰 방을 옷장으로 가로막아 자는 곳과 책 읽는 곳을 구분했다. 그렇게 해서 나는 침실과 구별되는 서재를 처음 갖게 되었다.

1980년대 프랑스 유학 시절 처음에는 서재가 없었다. 좁은 기숙사 방이 답답해 주로 도서관에 가서 책을 읽었다. 파리 14구 주르당Jourdan 거리에 있는 학생 기숙사에서 3년을 살고 나와, 파리 서쪽 교외 세브르 리브 고쉬Sèvres Rive Gauche에 있는 삼층집의 다락층으로 이사를 했다. 그곳의 커다란 거실을 서재로 쓰면서 봄, 여름, 가을 세 계절 동안 많은 책을 읽었다. 그런데 겨울이 오고 찬바람이 불면서 그 집은 추워서 도저히 살 수 없는 집이 되었다. 겨울의 추위와 주인할머니의 이상한 전기요금 계산법 때문에 나는 결국 그 집에서 떠나게 되었다. 그래서 이사 간 곳이 파리 남쪽 교외 오를리Orly 공항에서 멀지 않은 그리니 상트르Grigny Centre라는 신도시 아파트 단지였다. 내가 살던 아파트는 단지의 높은 쪽에 위치했고 12층 아파트의 12층에 살았기 때문에 전망이 좋았다. 그곳에서도 가장 큰 공간인 거실을 서재로 만들었다. 벽의 한쪽 면을 책장으로 두르고 베란다로 나가는 미닫이 유리문 앞에 책상을 배치했다. 책을 읽고 논문을 쓰다가 고개를 들면 창밖으로 하늘을 날아가는 새를 볼 수 있었다. 비와 눈이 내리는 것도 바라보았으며 지는 저녁햇살을 느끼기도 했다. 그곳에서 유학생활을 마치고 귀국했다. 23년 전의 일이다. 나는 지금도 그 아파트의 전망 좋은 서재가 그립다.

서울에 돌아와서도 아파트에 살았다. 처음에는 성산동에 살다가 잠원동으로 이사했다. 많은 책들을 펼쳐놓기 위해 아파트에서 가장 큰 방인 안방을 서재로 만들었다. 유리창이 있는 면을 제외하고 나머지 삼면의 벽에 천장까지 닿는 서가를 설치하고 거기에 파리에서 가지고 온 책들을 분류해 배치했다. 책은 날이 갈수록 늘어났다. 그러다가 책이 가득찬 방에서 답답함을 느끼기 시작했다. 어쩌면 헛도는 삶이 지루해졌는지도 모른다. 그렇게 서울생활 13년 끝에 다시 파리로 떠났다. 가지고 있던 책은 모두 상자에 넣어 처갓집 빈방에 보관하고 최소한의 책만 가지고 떠났다.

제2부 집 안에서 책을 읽다

파리에 도착해 집을 찾다가 우여곡절 끝에 16구 파시의 6층 아파트 1층에 살게 되었다. 그 아파트의 입구로 들어오면 왼쪽에 승강기가 있고 그 옆이 바로 내가 살던 집이었다. 입구에서 가장 멀리 떨어진 구석의 작은 방이 나의 서재가 되었다. 내가 살던 아파트는 ㅁ자 모양으로 되어 있고 가운데 정원이 있었는데, 내 아담한 서재의 유리창을 통해 그 안마당이 보였고, 마당 너머로 다른 건물 정원의 나무가 보였으며, 건너편 건물 돌벽을 덮고 있는 담쟁이덩굴도 보였다. 비가 오고 눈이 내리며 구름이 흘러가는 하늘도 보였다. 햇빛이 드는 집을 찾기 어려운 파리의 주택 사정을 고려할 때, 그런 서재를 가질 수 있었다는 것은 내 인생의 행운 가운데 하나다.

나는 그 작은 방에서 책을 읽고 책을 쓰며 아침저녁으로 요가와 명상을 했다. 매일 아침 그 방 책상 위에 놓인 컴퓨터 앞에서 글을 썼다. 오후에는 파리 시내를 하염없이 걸어다녔고, 저녁에 돌아와서는 밤마다 그 서재에서 책을 읽고 라디오를 들었다. 그곳에는 세 개의 책꽂이만 있었고 책상과 의자 그리고 등을 기대고 편한 자세를 취할 수 있는 긴 의자와 내가 좋아하는 음악을 들을 수 있는 CD 플레이어가 있었다. 거실, 식당, 화장실 등 다른 생활공간으로부터 멀리 분리되어 있는 그 서재에서, 나는 바깥세상의 일에 아랑곳하지 않고 책을 읽고 쓰는 일에 몰두할 수 있었다. 그곳에서 혼자 명상을 하다보면 수도원에 있는 것처럼 느껴지기도 했다. 조용한 밤이면 깊은 동굴 속 같기도 했고 신비한 우주공간을 떠다니고 있는 것 같기도 했다.

다시 서울로 돌아와서는 잠원동에 있는 오래된 아파트 거실에 서재를 만들었다. 거실 입구에 문을 달아 다른 공간과 차단시켰지만 파리의 서재에서와 같은, 바깥세상과 분리된 고요함은 다시 맛볼 수 없었다. 파리의 서재에 있던 책상과 의자, 책과 소품 들이 있어 그 분위기를 조금 간직하고 있을 뿐이다. 벽의 삼면에 책꽂이를 설치하고, 파리에서 배로 부친 책들을 며칠에 걸쳐 분류해서 책꽂이에 집어넣는 작업을 했다.

그러다가 파리로 떠날 때 처갓집에 두고 간 책들을 가져와야겠다는 생각이 들었다. 몇 달을 미루고 미루다가 드디어 몇 주일 전에 원효로 3가 한옥 안방에 갇혀 있던 책들을 꺼내 먼지를 털고 햇빛을 쏘인 다음 꼭 필요하다고 생각되는 책들을 골라내는 작업을 했다. 10년 가까이 방치되어 있던 오래된 책들에는 습기가 머물러 있었고 세월의 흐름과 더불어 빛이 바랜 나의 과거가 스며들어 있었다. 카를 마르크스와 막스 베버와 에밀 뒤르켐 등 고전 사회학자들의 저서와 연구서 들, 알랭 투렌과 피에르 부르디외와 미셸 크로지에와 레몽 부동 등 현대 프랑스 사회학자들의 저서들, 가장 친한 친구였다가 적이 된 장폴 사르트르와 레몽 아롱의 저서들, 사회학 이론과 사회운동에 관한 책들, 시민운동과 환경문제에 대한 책들이 종이상자에서 마술처럼 술술 쏟아져나왔다. 그 책들 가운데 일부는 파리에서 유학 시절 보던 것들이었으니 파리를 떠나 르아브르에서 배를 타고 인도양과 필리핀 앞바다를 지나 부산에 도착해서 고속도로를 통해 서울로 올라온 책들이었다. 종이상자에서 쏟아져나오는 책들을 집으로 가지고 갈 책, 버릴 책, 다시 놓아두고 갈 책으로 분류했다.

며칠 동안 한옥 마당에 돗자리를 깔고 앉아 그 책을 한 권씩 꺼내들어 표지를 닦고 책장을 스르륵 넘겨 책의 페이지들이 숨을 쉬게 하는데, 한권 한권 책을 꺼내들 때마다 그 책을 읽던 시절이 주마등처럼 지나갔다. 어떤 책은 천천히 들여다보며 표지를 어루만지기도 했고, 다른 책은 펼쳐들고 줄 친 부분을 다시 읽어보기도 했다. 어떤 책에서는 친구가 보낸 엽서가 나왔고, 다른 책에서는 편지가 나왔으며, 또다른 책에서는 10만 원짜리 수표가 세 장 나오기도 했다. 책갈피에는 습기와 더불어 오랜 세월의 이야기가 잠자고 있었다. 과거의 기억들은 책 속에서 죽지 않고 오랜 세월 동안 끈질기게 나를 기다리고 있었다. 오래된 책을 다시 만나는 것은 단지 책을 만나는 일이 아니라 과거의 나를 다시 만나는 일이었다.

서울생활을 단절적으로 청산하고 파리로 떠나던 그 시절의 아픈 기억들이 떠올랐다. 이제 없어져도 좋다고 생각하며 처박아두고 간 책들을 더위 속에서 다시 손에 드는 일은, 사라지지 않고 나를 기다리고 있던 과거의 기억들과의 피할 수 없는 만남이었다. 집으로 가지고 갈 책은 전체의 5분의 1 정도의 양이었는데 작은 트럭을 가득 채웠다. 그 책들을 집으로 가지고 와 파리에서 가지고 온 책들과 합쳐 하나의 서재 속에 공존하게 하는 일은, 단절되었던 서울생활과 파리생활, 서울의 나와 파리의 나를 하나로 연결하는 작업이기도 했다. 그 일을 마치고 나자 정신이 혼란스러웠으며 며칠 동안 몸과 마음이 아팠다. 분리되어 따로 있던 책들을 한곳에 모아놓은 지 몇 주일이 지났다. 어느 날 밤 습기 찬 집에서 가지고 온 책들 가운데 기형도의 시집을 펼쳤는데 우연히 이런 구절이 나왔다.

내가 살아온 것은 거의
기적적이었다
오랫동안 나는 곰팡이 피어
나는 어둡고 축축한 세계에서
아무도 들여다보지 않는 질서

(…)

나를
한 번이라도 본 사람은 모두

나를 떠나갔다, 나의 영혼은
검은 페이지가 대부분이다, 그러니 누가 나를
펼쳐볼 것인가

　　　　　　　　　　—기형도, 「오래된 서적」 중에서23

　요즈음 서재에 들어서면 과거에서 돌아온 책들이 나에게 말을 하는 소리가 들린다. "그동안 너를 얼마나 기다린 줄 알아! 이제 나를 꺼내 읽어줘!" 책들의 아우성에 나는 마음이 편치 못하다. 나는 그 소리들을 들으며, 저녁마다 다시 돌아온 책들을 바라보며 이책 저책을 꺼내 읽는다.

책이 넘치는 서재 　　　 관리법

2010년, 파리

한 사람의 서재에 진열된 책들을 보면
그 사람이 어떤 사람인지 알 수 있다. _니콜 라피에르

책을 수집한 사람들

—

희귀한 보석을 수집하는 사람이 있는가 하면 우표를 수집하는 사람도 있고, 구형 자동차를 수집하는 사람이 있는가 하면 나비를 채집하는 사람도 있다. 구텐베르크의 활자혁명 이후 인쇄된 책의 물량이 늘어나고 계몽사상이 확산되면서, 유럽에는 엄청난 양의 책을 수집하고 소장하는 장서가들이 등장했다.[24]

영국의 귀족 리처드 히버Richard Heber는 다섯 채의 저택을 30만 권의 책으로 가득 채웠다. 그 저택들은 그야말로 책으로 이루어진 숲이어서, 거기에는 서가와 서가 사이에 대로와 오솔길, 숲속의 빈터와 뒷골목이 있었다. 프랑스혁명 당시 파리 8구의 공증인이었던 앙투안마리앙리 불라르Antoine-Marie-Henri Boulard는 혁명정부가 귀족들로부터 몰수한 수많은 책들과 해외로 망명한 귀족들이 시장으로 빼돌린 책들을 닥치는 대로 사들였다. 살아생전 그렇게 수집한 60만여 권의 책은 10개의 건물에 분산 수용되었다. 그의 사후 아들들이 그 많은 책을 매각하기 시작하자, 파리의 고서점가와 센 강변의 중고책 서점에는 책이 넘쳐나서 몇 년 동안 책값이 형편없이 하락했다.

히버나 불라르 같은 사람들은 19세기에나 존재했던 희귀종이라고 생각할 수도 있다. 그러나 20세기에 들어와서도 그런 인물이 있었다. 독일 함부르크의 은행가 집안에 장남으로 태어난 아비 바르부르크Aby Warburg는 애초부터 사업에 관심이 없었다. 그래서 가업인 아버지의 은행 상속권을 동생에게 양여했다. 사업 대신 미술사에 관심이 깊었던 그는 은행 경영권을 동생에게 넘겨주는 대신 자신이 평생 매입하는 책의 대금을 지불해줄 것을 요구했고, 그렇게 해서 평생 10만 권의 책을 사모아 거대한 미술사 도서관을 만들었다. 그 도서관을 방문하는 사람들은 그가 매일 책을 이렇게 저렇게 분류하여 여기저기로 옮겨놓는 모습을 볼 수 있었다. 현재 런던에 있는 '바르부르크 연구소Warburg Institute'는 바로 그의 개인도서관을 바탕으로 설립된 것이다.

21세기로 진입한 오늘날에도 그런 대규모 장서가가 있다. 독일 출신으로 프랑스 파리에 근거지를 두고 활동하는 패션 디자이너 카를 라거펠트Karl Lagerfeld는 다섯 채의 집에 예술과 패션에 관한 책을 넘어 다양한 종류의 책 30만 권을 소장하고 있다. 팔순의 나이를 아랑곳하지 않고 깃이 높게 올라오는 흰색 셔츠를 입고, 붉은색 리본으로 꽁지머리를 장식하고, 굵은 테의 검은색 선글라스를 끼고 패션쇼에 나타나는 그가 그렇게 많은 책을 거느리고 사는 장서가라는 사실을 아는 사람은 그리 많지 않다.

서재가 책으로 넘치는 이유

—

장서가는 대체로 독서가인 경우가 많지만 반드시 그런 것은 아니다. 장서가가 집에 많은 책을 소유하고 있는 사람이라면, 독서가는 책을 소유하는 데 만족하지 않고 많은 시간을 책 읽기로 보내는 사람이다. 장서가 책으로 집과 자기 자신을 장식한다면, 독서가는 책을 읽어 내면과 정신을 풍요롭게 한다. 장서가가 희귀한 책을 많이 보유하고 있다는 사실에서 만족감을 느낀다면, 독서가는 좋은 책을 읽으면서 즐거움을 느낀다. 서재를 책으로 둘러싼 장서가가 책에 의해 지배받는 사람이라면, 그 책을 하나하나 꺼내 읽는 독서가는 책을 지배하는 사람이다. 장서가가 재산이 많으면서 책에 대한 엄청난 소유욕을 가진 사람이라면, 독서가는 사방으로 펼쳐지는 호기심과 꺼지지 않는 독서열을 소유한 사람이다. 세월이 흐르면서 장서가가 독서가가 되기도 하고 독서가가 장서가를 겸하기도 한다.

책을 좋아하는 사람은 도서관이나 친구들을 통해 책을 빌려 보기도 하지만 언젠가 돌려줄 생각에 부담이 되고 책에 마음대로 줄을 긋거나 표시를 할 수 없기 때문에 답답함을 느낀다. 그래서 다른 데쓸 돈을 아껴서 필요한 책과 읽고 싶은 책 들을 사들이기 시작한다. 그러면 호기심이 또다른 호기심을 낳고 그 호기심을 채우기 위해 자꾸 책을 사게 된다. 한계를 모르는 호기심과 지칠 줄 모르는 독서열은 계속 책을 사들이게 한다. 티끌 모아 태산이라고 한권 두권 늘어나는 책은 점점 서재의 수용능력을 넘어서게 된다.

새 책을 사들이는 만큼 헌책을 처분한다면 서재는 안정된 상태를 유지할 것이다. 그러나 책은 다른 물건과 달라서 버리고 나면 다시 필요할 때가 있다. 그래서 이미 읽은 책이나 지금 당장 읽지 않는 책도 언젠가 다시 꺼내 보게 될지도 모른다는 생각에 가지고 있게 된다(이상하게도 앞으로 보지 않을 것 같아 처분한 책을 얼마 후에 꼭 다시 보아야 하는 일이 생기기도 한다. 특히 글쓰는 직업을 가진 사람들에게 그런 일이 빈번하게 일어난다).

게다가 오랜 세월을 함께 살아와 눈에 익은 책을 없애버리는 일은 그리 쉬운 일이 아니다. 유년기에 읽은 동화책, 청소년기에 읽었던 손때 묻은 책, 대학생 때 읽었던 고전들, 친구나 애인에게 선물로 받은 책 등 지나간 시절의 추억이 담겨 있는 오래된 책을 버리는 것은 마치 그 시절을 내동댕이치는 것처럼 느껴지고 추억의 보금자리를 파괴하는 일 같다. 책을 저자의 정신이 스며들어 있는 신성한 물건으로 여기는 독서가들은 책을 싼값에 처분하는 일에 양심의 가책을 느끼기도 한다. 그래서 한번 서재에 들어온 책을 어떻게 하지 못하고 평생 껴안고 살게 된다. 그렇게 해서 다시 꺼내 읽을 가능성이 거의 없는 책들도 서가의 자리를 지키게 된다. 그렇게 세월이 가면 책꽂이는 넘치고, 늘어나는 책은 서재를 넘어 거실과 복도를 비롯해 집의 다른 공간들로 퍼져나간다. 그건 마치 넝쿨류의 식물들이 햇빛을 받아 점점 더 멀리, 점점 더 높이 담벼락을 덮는 것과 같은 현상이다.

너무 많은 책과 함께 사는 법

—

이미 많은 책을 소유하고 있고 앞으로도 계속 늘어나는 책과 함께 살아갈 사람이라면 누구나 그 책들을 배치할 공간문제로 곤란을 겪기 마련이다. 책을 상자에 넣어 구석방이나 창고에 차곡차곡 쌓아놓으면 작은 공간에 많은 책을 보관할 수 있지만, 그건 책 없이 사는 것과 마찬가지다. 통조림이나 쌀가마니는 창고에 쌓아놓고 필요할 때마다 꺼내먹을 수 있다. 그러나 책은 다르다. 책은 제목과 저자의 이름이 인쇄된 책등이 보이게 배치해놓아야 필요할 때 꺼내볼 수 있다. 그래야 책이 제구실을 한다. 점점 늘어나는 책이 서재를 넘어 집 안의 다른 공간으로 촉수를 뻗치게 되면 실내공간을 효과적으로 활용하는 방법을 모색해야 한다. 집 안 모든 벽의 바닥에서 천장까지 키가 큰 책꽂이를 설치하는 방법도 있고, 아예 한방에 서가를 여러 줄로 배치하여 그곳에 책을 넣는 방법도 있다. 바퀴가 달린 책꽂이를 여러 겹으로 배치하는 방법도 있다.

단위면적당 부동산 가격이 높아 넓은 공간에 책을 펼쳐놓고 살수 없는 대도시에서 집에 많은 책을 거느리고 살려면 특별한 방법이 필요하다. 1993년 여름 미국 동부의 보스턴에서 한 달간 체류한 적이 있다. 그때 뉴욕타임스 문화면에 실린 '너무 많은 책과 함께 사는 문제The Problem of Living with Too Many Books'라는 제목의 기사를 재미있게 읽었던 기억이 난다. 거기에는 뉴욕 북서쪽 어퍼 웨스트 사이드Upper West Side에 있는 아파트에서 7500권의 책과 함께 사는 작가, 뉴욕 소호Soho의 창고를 개조한 커다란 작업실에서 1만 권의 책을 거느리고 사는 작가이자 예술가, 뉴욕 5번가에 있는 작은 스튜디오에서 1천 권의 책을 끼고 사는 신문기자, 이렇게 세 사람의 이야기가 실려 있었다. 본 기사 옆의 박스기사에서는 책이 넘치는 공간을 최대한으로 활용할 수 있는 실내공간 활용법과 그런 공간을 만드는 데 필요한 재료와 기구 들을 소개하고 있었다(물론 그런 공간을 만들어주는 상점의 주소와 전화번호, 재료들의 가격도 잊지 않고 알려주고 있었다).

뉴욕만이 아니라 파리에도 너무 많은 책과 함께 사는 문제로 고민하는 사람들이 많다. 파리 5구의 좁은 아파트에 사는 한 사회학자는 현관 벽에서부터 시작해서 식당, 화장실, 목욕탕 벽까지 책으로 도배를 해놓아서 집안 식구들의 원성을 사고 있다. 그의 아내는 넘쳐나는 책을 정기적으로 헌책방에 팔아넘긴다.

파리나 뉴욕, 서울이나 도쿄 등 대도시에 살면서 수천 권 수만 권에 이르는 책을 계속 껴안고 살려면, 각자 자기 방식으로 책을 위한 공간을 확보해야 한다.

그 문제를 해결하기 위한 첫번째 방법은 현재 가지고 있는 책의 양과 평생 소유하게 될 책의 양을 예상하여 개인도서관 건물을 짓는 일이다. 일본의 독서가 다치바나 다카시는 '고양이 도서관'이라는 개인도서관을 지어 수만 권의 책을 체계적으로 분류하여 배치해넣고, 위아래층을 오르내리며 필요한 책을 찾아 읽으면서 책을 쓴다. 그러나 그건 아무나 할 수 있는 일이 아니다. 대도시에 개인도서관을 지으려면 특별한 재력이 있어야 한다. 개인도서관 건립은 아무나 꿈꾸지 못할 재력가만의 공간 해결방법이다.

책을 위한 공간문제를 해결할 수 있는 두번째 방법은 책이 늘어나는 속도에 따라 몇 년에 한 번씩 주기적으로 더 큰 집으로 이사를 다니는 것이다. 그러나 그 많은 책을 끌어안고 이사를 다니는 일은 번거롭고 수고스럽다(한 권의 책은 가볍게 손에 들고 다닐 수 있지만, 여러 권의 책을 상자에 넣으면 다른 무엇보다도 무거운 짐이 된다). 이사 다니기가 힘들다면 앞으로 계속 늘어날 책이 차지할 공간을 대비해 처음부터 큰 집이나 아파트를 사는 방법이 있다. 프랑스의 이슬람 연구가이자 신화학자 조르주 뒤메질은 파리 6구의 노트르담 데 샹 Notre-Dame des Champs 거리에 있는 커다란 아파트에 엄청난 양의 책과 자료를 보관하며 저술활동을 하다가 세상을 떠났다. 그러나 대도시에서 앞으로 늘어날 책을 위해 미리 큰 아파트를 살 자금이 있는 사람 역시 그리 많지 않다.

그럴 경우 다른 방법을 써야 한다. 부동산 가격이 비교적 저렴한 교외지역에 큼지막한 아파트나 단독주택을 마련하여 그곳에 책을 배치하는 것이다. 대학교수들의 경우에는 학교의 연구실과 집의 서재 양쪽에 책을 배치할 수 있기 때문에 공간에 여유가 있는 셈이다. 그러나 연구를 계속하다보면 책은 계속 늘어날 수밖에 없고, 어느 지점에 이르면 그 두 공간이 모두 포화상태에 이르게 된다. 건축 분야에서 중요한 저서를 잇달아 내고 있는 이화여대 건축학과 교수 임석재는 서울에서 조금 떨어진 경기도 광주에 아파트를 하나 마련하여 그곳에 모든 책과 자료를 소장하고 있다. 주중은 서울에서 보내지만 주말이나 방학기간이면 그곳으로 가서 온전한 독서와 집필의 시간을 누린다.

아예 집 전체를 서재로 만드는 방법도 있다. 서울 강북의 단독주택에 사는 원로 불문학자 민희식은 1층과 2층의 모든 방과 복도 그리고 지하실에까지 수만 권의 책을 배치하고 산다. 집에 소중한 물건이라고는 책밖에 없어서 몇 달씩 외국여행을 다니다 돌아와도 도둑이 든 적이 한 번도 없다고 한다(그러나 지하실은 위험하다. 내가 대학에 다니던 1970년대 당시 미국에서 가르치다 귀국한 교수가 강의와 연구에 필요한 전공서적들을 임시로 빌린 집 지하실에 보관했다가, 비가 많이 내려 지하실에 물이 차면서 그 소중한 책들을 한꺼번에 망쳐버린 적이 있었다. 강의시간에 그 이야기를 하면서 낙심하던 그 교수의 얼굴이 지금도 눈에 선하다).

작가나 은퇴한 학자 등 대도시에 상주해야 할 이유가 없는 사람들은 부동산 값이 비싼 서울을 떠나 아예 근교에 큰 집을 지어 이사하기도 한다. 양평, 안성, 춘천, 가평 등 서울에서 가까운 곳에 집을 지어 이사하는 작가들이 늘어나고 있는 추세다. 소설가이자 번역가 이윤기는 경기도 양평에 집을 지어 그곳에 책을 소장하고 작업에 몰두하다가 세상을 떠났다. 시인이자 문학평론가이기도 한 장석주는 경기도 안성 금광호수 자락에 '수졸재'라는 이름의 서재를 지어놓고 그곳에 수만 권의 책을 소장하고 산다. 그는 서울에 작은 작업실을 두고 안성과 서울을 오가는 생활을 하기도 했다. 세계적으로 유명한 철학자 자크 데리다는 파리에서 남동쪽으로 25킬로미터 정도 떨어진 교외 마을 리스오랑지에 커다란 집을 사서 그곳의 지붕 밑 다락방을 개조하여 거대한 창고를 만들고 수많은 책과 자료를 배치했다. 그는 그곳에서 연구와 집필에 몰두하다 일주일에 하루이틀만 파리에 강의를 다녀오는 생활을 하다가 세상을 떠났다.

1990년대 초 강원도 어느 오지에 있는 등산객을 위한 숙소에 하룻밤을 머문 적이 있다. 그 집은 장면 전 총리의 아들이 살던 집이었

　　　　　　　　　　　제2부 집 안에서 책을 읽다

다고 한다. 그 집을 관리하던 남자는 한때 서울의 모 일간지 기자였는데, 해직기자가 된 이후 그가 가지고 있던 모든 책을 다 가지고 오지로 들어왔다. 그리고 집 옆의 공터에 쇠파이프로 골조를 만들고 그 위에 비닐천막을 얹어 책을 펼쳐놓기 위한 공간을 만들었다. 그후 그가 그곳에 소장한 책을 얼마나 읽었는지는 알 수 없지만 가지고 있는 책을 한 바퀴 죽 둘러보는 일만으로도 만족감을 느꼈을 것이다.

2003년에 파리에서 베르나르 피보가 진행하는 〈두 개의 나Double Je〉라는 텔레비전 프로그램을 보다가 그 오지의 해직기자와 비슷한 사람의 이야기를 듣게 되었다. 문제의 남자는 아르헨티나 출신의 작가였는데, 반독재 투쟁을 하다가 본국에서 추방당해 남미와 유럽의 여러 나라를 전전하다가 어찌어찌하여 프랑스의 브르타뉴 앞바다에 있는 어느 섬에 비교적 큰 집을 한 채 마련하게 되었다. 그다음에 그는 세계 각지를 떠돌며 친척과 친지 집에 맡겨두었던 그의 장서들을 모두 불러들여 거대한 서재를 꾸몄다. 텔레비전 화면은 그렇게 완성된 서재에서 기쁨의 눈물을 흘리는 작가의 모습을 보여주었다.

파리에 대해 불평을 하면서도 파리를 떠나서는 살 수 없는 파리의 작가들 가운데는 먹고 자고 가족생활을 하는 살림집과 구별되는, 책을 소장하고 글을 쓰는 개인 아파트를 따로 가지고 있는 경우가 있다. 프랑스 최고의 문학출판사 갈리마르에서 『텔켈Tel Quel』에 이어 『랭피니L'infini』라는 문학잡지를 주관하는 문학평론가이자 소설가인 필리프 솔레르스Philippe Sollers는 아침마다 파리의 살림집 아파트를 떠나 6구의 뤽상부르 공원 근처에 있는 작업용 아파트로 출근을 한다. 몽마르트르에 사는 어느 시인은 살고 있던 아파트가 책으로 넘치자 그 아파트 전체를 개인 서재와 집필실로만 사용하기로 결정하고 길 건너편에 작은 아파트를 빌려 살림집으로 사용하고 있다.

그러나 부동산 값이 비싼 파리에서 두 개의 아파트를 가지고 사는 일은 재력이 있는 소수의 사람들만 누릴 수 있는 특권이다. 특별한 재력이 없는 평범한 장서가들은 지방에 있는 별장에 대부분의 책을 가져다가 그곳에 서재를 꾸민다. 프랑스 사람들의 대부분은 자신이나 배우자의 고향, 일가친척들이 사는 연고지에 별장을 하나씩 가지고 있다. 물론 자기 마음에 드는 고장을 선택해서 별장을 마련하는 사람도 있다. 파리에서 가까운 노르망디만이 아니라 부르고뉴, 브르타뉴, 프로방스 등에 별장을 가지고 있는 사람도 많다. 파리에서 교육계에 종사하는 사람들이나 작가들의 경우 여름 바캉스 세 달과 부활절 휴가, 2월 학년 말 방학, 가을의 만성절 휴가, 연말연시 휴가 등 많은 휴일을 지방에 있는 별장에 가서 보낸다. 그렇게 별장에서 많은 시간을 보내는 사람들은 별장에 책을 소장해도 그런대로 책을 잘 활용할 수 있다(그러나 파리에서 지내는 기간 중에 필요한 책이

수백 킬로미터 떨어져 있는 별장에 가 있으면 난감한 일이다. 그러므로 지방의 별장에 책을 소장할 경우 파리에 놓아둘 책과 별장에 가져다둘 책을 잘 구분해야 한다).

서재의 책 분류법

바다를 항해하기 위해서는 지도와 나침반이 필요하다. 책의 바다인 도서관이나 대형 서점에서 필요한 책을 찾아내거나 관심 있는 책을 발견하기 위해서는 도서관이나 서점의 구성원리를 알아야 한다. 모든 구성은 분류체계로 시작된다. 도서관 서고는 듀이십진법에 따라 분류되어 있지만 서점공간은 아동, 여행, 청소년, 학습, 외국어, 소설, 시, 종교, 사회과학, 자연과학, 역사, 종교, 철학, 경제경영, 건강, 스포츠, 요리, 처세술, 자기계발 등으로 구별되어 있다.

도서관이나 서점만이 아니라 개인 서재에도 책이 늘어나기 시작하면 책 분류 작업이 필요하다. 매달 또는 계절이 바뀌면 도착하는 잡지들, 마음을 위로하거나 정서적인 만족을 주는 책들, 구체적인 문제 해결에 도움을 주는 실용서들, 인생의 의미와 가치에 관련된 책들, 전문적인 학술서적, 동화책, 만화책, 학습서, 요리책, 인테리어 관련 책, 과학서적, 화가나 건축가의 도록, 사진집 등 집에 있는 그 수많은 책들을 어떻게 효과적으로 분류할 것인가? 사랑, 죽음, 돈, 여행, 예술, 가족 등 주제별로 분류할 수도 있고, 소설, 시, 인문, 문화예술, 역사 등 분야별로 정리할 수도 있다. 서재를 아름답게 꾸미기 위해서 책의 크기나 색깔에 따라 분류할 수도 있다. 저자별로 분류할 수도 있고 출판사별로 구분할 수도 있다. 논문이나 책을 쓰는 사람이라면 자신의 관심에 따라 프랑스 사회이론, 일본 문화, 중국 경제, 그리스비극, 19세기 영국소설, 분석철학, 동양사상, 파리, 빈, 프로방스, 독일 현대문학, 프란츠 카프카, 프리드리히 니체, 롤랑 바르트 등 크고 작은 주제별로 분류할 수도 있을 것이다.

어떤 집에 서재가 있다면 그 집주인이 어떤 사람인지 아는 일은 그리 어려운 일이 아니다. 서재 안의 책들을 찬찬히 뜯어보면 집주인의 내면세계를 대충 짐작할 수 있게 된다. 모든 사람이 각각 고유한 성격을 가지고 있듯이, 모든 서재는 그 서재만의 고유한 특성을 가지고 있다. 어떤 책들이 어떤 기준으로 분류되고 배치되어 있는가를 보면, 그 사람의 관심 분야와 지적 수준을 가늠할 수 있고 그 사람의 머릿속이 어떻게 구획되어 있는지도 알 수 있다. 모든 서재는 그 주인의 내면 풍경이다.

주인이 사라진 서재의 운명

　세상을 떠난 사람의 서재가 그의 살아생전 그대로 보존되어 있다면, 그곳은 그의 내면을 짐작해보기에 가장 적합한 장소가 될 것이다. 보르도 근처의 몽테뉴의 서재, 루앙의 코르네유의 서재, 프랑크푸르트의 괴테의 서재를 방문해보면 그 서재에서 책을 읽고 글을 썼던 서재 주인들의 정신세계를 그려볼 수 있다. 그들의 서재는 주인이 사라진 후에도 그곳을 찾는 사람들에게 영감을 주는 방문의 장소가 되고 있다. 안동에 가면 퇴계 이황이 글을 읽고 가르치던 도산서원이 있고 퇴계가 앉아서 글을 읽던 돗자리가 원형 그대로 깔려 있고 퇴계가 짚고 다니던 지팡이도 볼 수 있다. 그러나 이광수나 이상이나 김수영의 서재는 아예 흔적도 남아 있지 않다. 얼마 전에는 최남선이 살던 집이 완전 철거되면서 우리나라 근대 지성사와 문학사의 분위기를 짐작해볼 수 있는 공간이 없어져버렸다.

　프랑스의 남쪽 도시 아를에 가면 유럽번역문화센터가 있는데 그 건물은 빈센트 반 고흐가 치료를 받았던 병원 건물을 개조한 것이다. 센터 2층에 작은 도서관이 있는데 전체의 절반 정도 되는 공간에 한 사람의 서재를 고스란히 떠다놓았다. 장서가였던 어느 정신분석가가 죽기 전에 책을 기증하면서 자기가 분류하고 정리한 원래 상태 그대로 보존할 것을 부탁했기 때문이다(파리에는 서재만이 아니라 조각가의 아틀리에도 원형 그대로 보존된 곳이 있다. 퐁피두 센터 앞에 별관으로 지어진 브랑쿠시 미술관은 조각가 콩스탕탱 브랑쿠시가 살아생전 작업하던 아틀리에를 그가 세상을 떠날 당시의 상태 그대로 이전해놓은 것이다. 브랑쿠시는 늘 자신의 작품을 자기 마음에 맞게 자신의 아틀리에에 배치했는데, 유언으로 자신의 작품을 프랑스 정부에 기증하면서 자기가 세상을 떠날 때 있었던 그대로 보존해주기를 바랐다).

그러나 그런 특별한 경우를 제외한다면 이 세상의 서가는 주인보다 오래 살아남기가 힘들다. 대부분의 경우 주인이 죽고 나면 서재에 배치되었던 책들은 이리저리 분산될 운명에 처한다. 서재도 주인을 따라 사라지는 것이다. 주인이 죽자마자 한순간에 금방 사라지느냐 천천히 분산되느냐의 차이가 있을 뿐, 주인을 잃은 서재의 책들은 있는 그대로 존재할 이유를 잃게 된다. 그러므로 나이가 들면 앞으로 읽을 소수의 책만 남겨두고 읽을 가능성이 없는 책은 공공도서관에 기증하거나 주위 사람들에게 나누어주는 것이 어차피 흩어질 책들을 자기 뜻대로 처리하는 현명한 방식이다(최근 대학도서관에도 공간이 부족하여 은퇴한 교수들의 책 기증을 잘 받아주지 않는다고 한다. 그래서 같은 전공 분야의 후배나 제자 들에게 기증하는 관행이 생기고 있다). 프로방스의 작가 피에르 마냥Pierre Magnan은 지니고 살던 수많은 책을 다 기증하고 오로지 25권의 책만 집에 남겨두었다고 한다. 시인이자 사드 백작 연구의 전문가인 질베르 레리Gilbert Lély는 집에 오로지 1백 권의 책만 가지고 산다. 새로 한 권의 책을 더하면 이미 있던 것 중 한 권의 책을 덜어낸다. 『사물들』의 작가 조르주 페렉은 어느 책에선가 361이 가장 이상적인 숫자라며 그 숫자만큼의 책만 소장하는 친구 이야기를 한 적이 있다. 세상의 모든 것은 흩어지고 사라지게 되어 있다. 죽기 전에 서재를 없앨 것이냐 죽고 나서 서재가 흩어지게 할 것이냐, 그것이 문제로다.

집 안에서 책을　　　　읽다

2008년, 파리

어떤 책은 주방에서 읽히고 어떤 책은 거실에서 읽힌다.
그러나 진정으로 좋은 책은 아무 데서나 읽힌다. _토머스 챈들러

책 읽기는 어디에서 이루어지든지 간에 그 장소를
피정의 장소로 정화한다. _장석주, 「만보객 책 속을 거닐다」

서재 밖으로 나가라

—

공연을 보려면 공연장에 가야 하고 여행을 하려면 교통수단과 숙박시설이 필요하다. 운동을 하려면 운동복으로 갈아입고 운동장으로 나가야 한다. 그러나 독서에는 번거로운 준비나 도구가 필요 없다. 독서는 그저 책 한 권만 있으면 언제 어디서나 자유롭게 할 수 있는 가장 손쉬운 여가활동이다. 언제 어디서나 책을 읽을 수 있기에 상황에 따라 기분에 따라 책 읽는 장소를 달리할 수 있다. 집에서 책을 읽는다면 당연히 서재가 가장 적합한 장소로 생각되지만, 때로는 책으로 둘러싸인 서재가 답답하게 느껴질 때가 있다. 그때는 책을 들고 서재 밖으로 나와 집 안의 다른 곳으로 가야 한다. 그럴 경우 어디로 갈 것인가?

거실 소파에서

—

1980년대까지만 해도 단독주택에 사는 사람이 많았지만 오늘날 대도시에서 아파트는 지배적인 주거형태가 되었다. 아파트의 거실은 전통가옥의 구조와 비교하자면 마당에 해당한다. 그곳은 우선 식구들이 모이는 장소이고 텔레비전을 시청하는 곳이며 손님을 맞이

하는 자리가 되기도 한다. 필요한 경우 누구에게라도 공개될 수 있는 거실은 가장 공적인 장소이면서 집주인의 기호가 가장 잘 드러나는 사적인 공간이다. 거기에는 그림이 걸려 있고 화분이나 꽃병이 놓여 있으며 어항이나 수족관이 설치되어 있는 경우도 있다. 소파는 장식장, 시계, 텔레비전, 전화 등과 더불어 거실의 기본 품목이다. 거실이 아파트 안에서 가장 편하게 책을 읽을 수 있는 장소인 것은 거기에 그 푹신한 소파가 자리잡고 있기 때문이다.

일과를 마치고 집에 돌아오면 많은 시간을 소파에서 뒹굴며 지내게 된다. 그곳에서 텔레비전을 보거나 오디오 시스템을 작동시켜 음악을 듣기도 하지만 때로는 책을 본다. 그렇다. 거실 소파야말로 오늘날 많은 사람들이 책을 읽는 장소가 되었다. 쿠션이 놓여 있는 푹신한 소파에 등을 기대고 책을 읽는 시간은 행복하다.

부엌 식탁에서

—

부엌은 과거 단독주택에서는 따로 분리된 공간이었지만, 아파트가 대중화되면서 다른 실내공간들과 가까워졌다. 전통적으로 여성의 공간이었지만 이제는 그런 성별 구분도 희미해졌다. 물론 아직까지도 여성과 주부 들이 부엌살림의 대부분을 책임지고 있지만, 누구라도 시장하면 남녀노소 구별 없이 냉장고 문을 열고 필요한 것을 꺼내먹거나 가스레인지에 불을 켜고 간단한 음식을 만들어먹는 생활습관이 일반화되고 있다.

아파트 부엌공간에 있는 식탁은 때로 책을 읽는 장소가 되기도 한다. 따로 자신의 독서공간을 갖지 못한 주부들에게는 부엌 식탁이 가장 마음 편하게 책을 읽는 장소가 될 수 있다. 그곳에서 요리책이나 패션, 미용, 아이들 교육을 위한 실용서들을 읽을 수도 있고, 소설, 시, 인문학, 예술, 종교 서적을 읽을 수도 있다. 춘천에 사는 작가 오정희는 설거지를 하면서 작품의 한 장면을 구상하고, 살림하는 중간에 짬이 나면 식탁에 앉아 책을 읽는다. 그런데 꼭 주부만이 아니라 누구에게라도 식탁이 책을 읽는 장소로 전화轉化할 수 있다. 배우 차인표는 집 안 여러 곳에 책을 배치하고 기회 있을 때마다 책을 읽는데 특히 책상, 화장실, 부엌, 이렇게 세 곳에는 반드시 책을 비치한다. 그는 그렇게 책을 읽다가 책을 쓰게 되었다.

침대에서

—

아파트 생활을 하면서 좌식 생활양식이 사라지고 입식 생활이 보편화되었다. 거실의 소파와 부엌의 식탁과 의자들, 그리고 침대는 아파트 생활을 위한 최소한의 가구들이다. 소파가 방석을 대신하고 침대가 요의 자리를 차지했다. 그런데 요 위에는 드러누울 수밖에 없지만 침대에는 등을 기대고 앉을 수 있다는 이점이 있다. 이불 속으로 들어가 잠들기 전에 침대에 비스듬히 누워 침대맡에 두었던 책을 느긋한 마음으로 읽을 수 있다. 외부의 모든 정보를 차단하고 온전히 자기만의 시간을 누리게 되는 취침 직전 침대 위의 독서만큼 아늑한 시간도 없다.

작가 장정일의 어린 시절 꿈은 "동사무소의 하급 공무원이나 하면서 아침 9시에 출근하고 저녁 5시에 퇴근하여 집에 돌아와 발 씻고 침대에 드러누워 새벽 2시까지 책을 읽는"[25] 것이었다. 그는 하급 공무원 대신 작가이자 서평가가 되어 마음껏 책을 읽고 있다. 그가 새벽까지 책을 읽다보면 때로 침대는 파도 위에서 떠다니는 작은 배가 된다. 돛을 흔드는 바닷바람 소리를 들으며 몰아치는 폭풍 같은 책 읽기를 하다보면 창가에는 새벽의 여명이 밝아온다.

하루 중 다른 시간에 책 읽을 시간을 마련하기 어렵다면 침대야말로 단 30분이라도 독서할 수 있는 마지막 장소이다. 침대 옆에 읽고 싶은 책을 놓아두었다가 잠자기 전에 읽는 사람들이 있다. 라디오방송 PD 정혜윤도 그중의 한 사람이다. 편안한 옷으로 갈아입고 침대에 들어가 책장을 넘기는 그 순간 그녀의 영혼은 호기심과 설렘으로 충만하다. '나와 같이 가자'고 이끄는 책의 억센 손을 뿌리칠

수가 없다. 그녀는 『침대와 책』에서 발터 벤야민의 『일방통행로』 중 「13번지」를 참조하여 다음과 같이 침대와 책의 공통점 열 가지를 제시하기도 했다.[26]

1. 한번 빠져들면 쉽게 헤어나기 어렵다.
2. 시간을 헷갈리게 만든다. 밤을 낮처럼, 낮을 밤처럼 지배한다.
3. 책과 침대에게는 저마다 이들을 갈취하고 괴롭히는 사람들이 달라붙어 있다. 책에는 비평가들이, 침대에는 게으른 육신들이.
4. 특별한 사람에게만 빌려주고 싶다.
5. 화려한 커버를 두르고 있더라도 진가는 내용에서 드러난다.
6. 전시장에서는 누워 있는 것을 좋아한다.
7. 같이 있다보면 신체의 변형을 가져온다.
8. 때론 잠을 부르고, 때론 잠을 쫓는다.
9. 결코 방해받고 싶지 않다는 마음이 생긴다.
10. 필요에 따라 접기도 하고 펴기도 한다.

오늘날 프랑스를 대표하는 작가 미셸 우엘벡의 소설 『지도와 영토』에 나오는 우엘벡도 침대에서 책을 읽다 잠이 드는 남자다. 그는 자신의 일상습관을 이렇게 말한다.

"12월 말이 내가 가장 좋아하는 시기요. 오후 네시면 해가 떨어지거든. 해가 떨어지면 잠옷을 입고 수면제를 털어넣은 다음 와인 이랑 책을 가지고 침대에 들지요. 벌써 몇 년째 그렇게 살아오고 있소."[27]

책을 들고 혼자 침대로 들어가는 사람만 있는 건 아니다. 두 사람이 침대 위에서 책을 읽는 경우도 있다. 2004년 2월 24일 '르 몽드'에 실린 '책 읽기의 즐거움' 리스트에는 '마찬가지로 책을 읽고 있는 애인의 왼쪽 다리에 오른쪽 다리를 포개고 침대 위에서 책 읽기'라는 항목이 들어 있다.[28]

침대는 책을 읽는 장소일 뿐만 아니라 책을 쓰는 장소가 되기도 한다. 버지니아 울프, 콜레트 같은 여성 작가들은 아예 하루종일 침대에서 생활하며 글을 읽고 썼다. 그들은 침대에 쉽게 이동 가능한 판자로 된 받침대를 놓고 그 위에 흰 종이를 놓고 글을 썼다.

파리 시내를 걷다가 팔레 르와얄Palais Royal 북쪽 편 보졸레Beaujolais 거리를 지나갈 때면 건물 외벽에 붙어 있는, 콜레트가 이곳에 살았음을 알리는 석판을 바라보게 된다. 해방적 삶을 추구한 그녀는 삶의 모든 단계에서 방해받지 않을 장소와 시간, 오로지 책하고만 있을 수 있는 장소와 시간을 마련하려고 애썼다. 생의 마지막 몇 년간, 병 때문에 몸을 움직일 수 없었던 시절 그 아파트 안의 침대는 그녀에게 그런 장소가 되었다. 그녀는 자신의 침대를 '뗏목'

이라고 부르면서 그 침대에 기대앉아 방문객을 맞이했고 80회 생일 케이크를 받았으며 책을 읽고 글을 썼다.

평생 천식으로 고생했던 마르셀 프루스트도 침대를 독서와 집필의 자리로 삼았다. 그는 특히 한밤중에 침대에 누워 글을 쓰는 것을 좋아했다. 퐁피두 센터에서 멀지 않은 곳에 있는 파리시 역사박물관에 프루스트가 글을 읽고 쓰던 그 침대가 고스란히 모셔져 있다.

화장실에서

——

중국 송나라 시절의 시인 구양수는 책 읽기에 좋은 장소로 침상과 더불어 측간을 들었다. 화장실이야말로 그 누구의 방해도 받지 않는 자기만의 공간이 된다. 침대를 빠져나와 화장실로 들어가서 자기만의 시간을 가질 때 책이 잘 읽힐 수 있다.

1980년대 파리 유학 시절 잘 아는 한국 사람의 집에 초청받아 갔을 때의 일이다. 그 집 화장실을 들렀더니 1950년대 중반 파리에 체류했던 김환기 화백의 『어디서 무엇이 되어 다시 만나랴』라는 수필집이 한구석에 놓여 있었다. 수필집 옆에서 하얀 변기는 명상을 하고 있는 듯했다.

변기에 앉은
사랑, 진리, 지혜, 고민
죽음과 슬픔과 그리고 꿈
명상하는 변기

—박이문, 「반시反詩」 중에서29

어떤 친구가 특정의 책을 폄하하기 위해 "화장실에서나 읽을 책"이라고 말하는 것을 들은 적이 있다. 그러나 그 표현이 그 말을 한 사람의 의도를 잘 표현하고 있는지는 의문이다. 세련된 감각을 지닌 프랑스의 지식인 롤랑 바르트도 화장실에서 책을 읽곤 했는데 거기서 읽은 책의 내용이 제일 몸에 잘 새겨진다고 말한 적이 있다. 그렇다면 "화장실에서나 읽을 책"이 그렇게 나쁜 책인 것만은 아니다. 기호학자 롤랑 바르트만이 아니라 대학교수인 나의 친구 한 사람도 화장실을 중요한 독서의 장소로 활용한다. 파리 5구 몽주 거리에 있는 그의 아파트를 방문하여 화장실에 들어가보면 거기에 심사를 앞둔 박사학위 논문들과 새로 나온 전통 분야 연구서들이 여러 권 놓여 있음을 확인할 수 있을 것이다. 자기 전에 침대 위에서 애인과 함께 책을 읽는 도미니크 로로는 화장실에서 프랑스 고전들을 읽고 또 읽는다.

다락방에서

단독주택을 떠나 아파트 생활을 하면서 잃어버린 공간이 최소한 4개 있다. 마당과 장독대, 지하실과 다락방이다. 담장으로 옆집과 분리되어 있고 나무가 몇 그루 심겨 있어 그늘을 만들어주던 마당과, 반들반들한 장독들이 늘어서 있던 장독대와, 계단을 통해 내려가던 습기 찬 지하실과, 집의 제일 높은 곳에 있던 다락방은 더이상 없다. 아파트 동마다 지하에 넓은 공간이 있고, 아파트 안에서 가장 넓은 공간인 거실이 잃어버린 마당을 대신하고 있고, 베란다가 장독대의 일부 기능을 수행한다고 볼 수 있지만, 다락방을 대체할 공간은 없다. 대개 부엌 위에 위치한 다락방은 온전한 방이 아니고 높이가 낮아 키가 큰 어른들보다는 아이들이 더 편하게 움직일 수 있는 공간이었다.

한옥의 대문을 열고 집으로 들어가 문간방을 지나고 마당을 지나면 대청마루를 사이에 두고 안방과 건넌방이 있고, 안방 쪽으로 움푹 파인 부엌이 붙어 있었다. 안방 벽에 고정된 좁은 사닥다리를 기어올라가 다락방에 도달하면 거기에는 사진첩, 스크랩북, 오래된 편지들, 책, 빈 과일바구니, 병풍, 제기 등이 널려 있는 신비한 공간이 펼쳐졌다. 마당 쪽으로 창문이 나 있는 다락방은 바람이 잘 통해 건조하고 시원했다. 모든 사물이 잘 정돈된 다른 방들과 달리 다소 무질서하게 보이는 다락방에는 아이들의 환상을 자극하는 알지 못할 힘이 있었다. 어머니에게 꾸중을 들었을 때나 동네에 같이 놀 아이가 없어 심심할 때면 혼자 올라가 책을 읽거나 몽상에 잠기다가 스르르 잠이 들기도 했던 곳. 이제 그 다락방은 사라지고 없다.

사라진 다락방은 마치 나무 위에 지은 집처럼 몽상에 빠져들기에 좋은 장소였다. 그곳은 가족사 박물관이 되기도 했다. 그곳에 잠들어 있던 사진 한 장이나 편지 한 통이 가족의 과거와 조상들의 젊은 시절을 되살려냈다. 프랑스의 철학자 가스통 바슐라르는 다락방과 같은 "원초적인 거소居所들에 파묻혀 있는 우리의 무의식을 분석하기 위해서" 다음과 같은 질문을 던졌다. "그 방은 컸던가? 그 지붕밑 방은 잡동사니로 가득차 있었던가? 그 구석은 따뜻했던가? 그리고 빛은 어디서 흘러들어오고 있었던가? 또 그 공간들 속에서 존재는 침묵을 어떻게 알고 있었던가?"[30] 다락방, 그곳은 누구라도 홀로 책 속으로 빠져들어 상상의 세계로 날아갈 수 있는 신비한 행복의 보금자리다. 아직도 다락방이 있는 집에 사는 사람은 그 사실 하나만으로도 행복한 사람이다.

골방에서
—

책을 읽기에 적합한 장소는 어느 공간이든 간에 그 공간의 가운데가 아니고 구석이다. 옛날 한옥에 살던 시절 집의 가장 외진 구석에 골방이 하나씩 있었다. 대개 작고 조용하고 햇빛이 잘 들어오지 않아 가라앉은 분위기를 담고 있던 골방은 혼자 조용히 생각에 잠길 수 있는 공간이었다. 골방은 기도의 장소이기도 했다. 성서에는 사람들 앞에서 기도하지 말고 골방에서 기도하라는 구절이 나온다. 그래서 함석헌은 이렇게 물었다.

그대는 골방을 가졌는가?
이 세상의 소리가 들리지 않는
이 세상의 냄새가 들어오지 않는
은밀한 골방을 그대는 가졌는가?
　　　　　—함석헌, 「그대는 골방을 가졌는가」 중에서[31]

어느 가난한 시인이 젊은 시절 그런 골방에서 책을 읽고 시를 썼다. 그는 훗날 그 방을 이렇게 기억한다.

나는 이상한 방에서 살았지

두 사람이 누우면 꽉 찬 꼬막 같은 방
신양문고 몇 권 시집 몇 권 검은 상 하나
창문을 열면 바람이 소리쳐 들어와
켜켜이 쌓인 먼지를 날리고
(…)
꿈이 양식이었지, 꿈이 산이고
다도해이고, 구름, 비, 눈이었지,
겨울이면 사시나무 떨 듯 추운 내 방
내 집, 지금은 그리운,

　　　　　　　　　　　　　—최하림, 「방房」 중에서32

　골방은 아이들이 부모의 눈을 피해 놀 수 있는 장소이기도 했지
만 때로 훌륭한 독서의 장소가 되었다. 김영하의 소설 『퀴즈쇼』에 나
오는 주인공은 돈 한푼 없는 20대 중반의 미혼 남성이다. 어려서부
터 부모 없이 할머니와 함께 살았는데 할머니마저 돌아가시자 외톨
이가 되었다. 그는 대학을 나왔으며 책을 많이 읽어서 남보다 많은
상식을 가지고 있다는 점을 빼놓고는 내세울 게 아무것도 없는 청년
이다. 일자리가 없으면 당장 노숙자가 되어야 하는 상황에 처한 그
는 24시간 편의점에 아르바이트 자리를 구했다. 그러나 얼마 못 가
서 주인과 싸우고 나와 오갈 데가 없어졌다. 그래서 할머니가 돌아

가신 후 자기가 읽던 책을 처분한 헌책방을 찾아간다. 그는 책방 주인에게 간청해서 무보수로 일하는 대신 그곳의 1층 골방 한구석에 겨우 잠자리를 마련한다.

"다음날부터 나는 헌책방 일층의 골방에서 기거하기 시작했다. 외국 원서들을 쌓아두던 공간이었는데 그것들을 지하로 내리니 사람 하나 누울 공간이 생겼다. 책을 잘 쌓아 사이드테이블 비슷한 걸 만들고 전선을 연결해 간이 스탠드도 하나 설치했다. 그러니까 침대에 누워서 잠들기 전에 책이라도 몇 줄 볼 수 있었다. 물론 낚시용 야전침대는 옹색하고 불편했다. 그러나 잠을 못 이룰 정도는 아니었다."[33]

헌책방 이곳저곳에 흩어져 있는 예전에 읽던 책들을 주인 몰래 잠자리 주변으로 옮기자, 골방 구석의 분위기가 달라졌다. 책들은 그를 위로하고 현실의 삭막함을 잊게 했다. 아무리 낯선 장소라도 자기가 보던 책이 곁에 있으면 그곳은 익숙한 장소로 바뀌고, 아무리 좁은 장소라도 그곳에서 책을 읽을 수 있다면 그곳은 행복한 공간이 된다. 김영하의 주인공은 그곳에서 책을 읽으며 이렇게 독백을 한다.

"돈키호테를 생각해봐. 모험을 떠나자마자 친구와 식구들이 책을 불태웠잖아. 그에 비하면 넌 얼마나 행복해? 네가 사랑했던 책들과 여전히 같이 있잖아."[34]

골방, 그곳은 혼자만의 내밀한 독서가 가능한 환상의 공간이다. 그러기에 서재가 없다면 골방에서라도 책을 펼칠 일이다.

마루에서
—

판화가 이철수의 작품 가운데 햇빛 좋은 가을날 마당에 고추를 널어 말리고 있는 어느 농가 풍경이 생각난다. 그 그림에 나오는 집에는 툇마루가 있었고 나는 판화 속으로 걸어들어가 툇마루에 걸터앉아 책을 읽고 싶었다. 어느 날 우연한 기회에 나희덕이 쓴 시 한 편을 읽으니 이철수의 그 판화가 생각났다. 시인은 시골마을에 글을 쓸 방 한칸을 알아보러 다니는 중이었다. 그러다가 햇살이 내려앉는 마루를 만나게 된다.

　-저어, 방을 한 칸 얻었으면 하는데요
　　(…)
　아주머니는 빙그레 웃으며 이렇게 대답했다
　-글씨, 아그들도 다 서울로 나가불고
　　우리는 별채서 지낸께로 안채가 비기는 해라우
　　그라제마는 우리 이씨 집안의 내력이 짓든 데라서

맴으로는 지금도 쓰고 있단 말이요

이 말을 듣는 순간 정갈한 마루와

마루 위에 앉아 계신 저녁햇살이 눈에 들어왔다

—나희덕, 「방을 얻다」 중에서[35]

시인은 아주머니의 대답에 아무 말도 못하고 돌아섰지만, 그 마루 위에 비친 햇살을 보는 순간 마음으로는 그 집에 세 들어 살기 시작했다. 시인은 작은 방에서 글을 쓰다가 저녁햇살이 마루에 내려앉을 무렵이면 그곳에 앉아 마당의 나무를 바라보거나 책을 읽고 있을 것이다.

옥탑방에서
—

집에서 ㅅ자 모양의 지붕이 사라지고 一자 모양으로 평평한 슬래브 지붕의 건물들이 생기면서 지붕 대신 옥상이라는 공간이 생겼다. 때로 그 옥상 한구석에는 옥탑방이 있다. 겨울에는 춥고 여름이면 더운 옥탑방은 다른 층의 방보다 임대료가 저렴하다. 시인 황인숙은 그런 옥탑방이 좋아 옥탑방에 산다. 그녀는 어려서부터 높은 곳에 동떨어져 있는 공간을 좋아했다.[36] 그녀가 어린 시절 살던 집

제2부 집 안에서 책을 읽다

은 ㄷ자 모양의 홑겹 단층집이었는데 거기엔 복도는 물론이고 다락 방도 지하실도 옥상도 없었다. 대신 뜰 한끝에 엉성하게 지은 거의 허물어져가는, 쪽방 크기의 온실 비슷한 공간이 있었다. 어느 날 그 근처를 서성이다가 머리 끝에서 1미터쯤 높이에 있는 지붕을 발견 했다. 그녀는 온실 비슷한 그 공간의 무너진 벽을 타고 그 지붕 위로 올라갔다. 그랬더니 평평하고 네모반듯한 공간이 나왔다. 아무도 관심을 보이지 않는 옆집 마당 한구석 헛간 건물의 나지막한 슬래브 지붕은 그후 그녀만의 공간이 되었다. 그곳에서 보낸, 햇빛과 바람 과 정적이 가득한 여름날 하오의 시간들은 지금도 생생하게 기억에 남아 있다. 그때 그 공간의 분위기를 환기시키는 옥탑방은 훗날 그 녀의 독서와 집필의 공간이 되었다.

글을 쓰는 사람에게는 타인의 눈을 피해 혼자 있을 수 있는 공간 이 필요하다. 옥상 구석에 위치한 옥탑방은 비바람을 맞이하는 불안 한 공간이지만, 어떤 구속도 받지 않는 뚝 떨어진 자유로운 공간이 다. 그래서 그녀는 지금도 옥탑방에서 책을 읽고 시를 쓰며 산다.

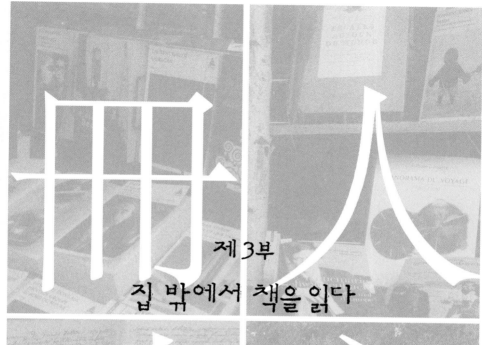

冊人時空

제3부
집 밖에서 책을 읽다

집 밖에서 책을   읽다

2009년, 파리

나는 모든 사람들이 그렇게 하듯이 방 안에서, 도서관에서, 지하철에서, 기차에서,
버스에서, 나무 밑에서, 앉아서, 비스듬히 기대어서, 누워서 소설을 읽었다.
_김화영, 「소설의 숲에서 길을 묻다」

기차, 침대, 풀밭 등 우리가 책을 읽는 공간은 책의 모습과 무게,
인쇄된 활자의 형태와 함께 우리의 독서행위에 영향을 미친다. _자크 루보

풀밭에서

—

일반적으로 책을 읽는 장소는 실내이다. 그래서 독서인은 실내인室內人이 되기 쉽다. 그러나 실외室外, 집 밖에서의 독서도 얼마든지 가능하다. 책의 '쪽面'을 말하는 '페이지page'의 라틴어 어원인 '파기나pagina'는 포도나무가 늘어서 있는 줄을 의미한다. 그렇다면 책 읽기는 포도밭의 줄을 따라 돌며 여름 내내 뜨거운 햇빛을 받아 잘 익은 진보랏빛 포도송이를 거두어들이는 일이라고 할 수 있다. 포도밭 대신 풀밭으로 나갈 수도 있다. 어린 시절 소풍 갔을 때 돗자리를 깔고 점심식사를 하던 나무그늘이 드리워진 풀밭은 독서의 장소가 되기도 한다. 프랑스의 여성작가 로랑스 타르디외의 소설 『사랑은 끝나지 않았다』에는 풀밭 위의 독서 장면이 나온다. 주인공 여성이 다섯 살 때 돌아가신 어머니를 회상하는 장면이다.

어머니와 나는 함께 공원을 산책하고 있었다. 여름이었고 더웠다. 나는 어머니의 손을 꼭 잡았다. 어머니는 키가 컸다. 거대해 보였다. 나뭇가지 사이로 바람이 불었다. 우리는 말을 하지 않았다. 잔디밭에 앉았다. 초록의 풀밭이었다. 냄새가 좋았다. 나는 누웠다. 하늘 위로 구름이 춤을 추는 듯 보였다. 어머니는 가방을 뒤져 책을 한 권 꺼내들었다. 어머니는 책을 읽었고 나는 그 모습

을 바라보았다. 어머니는 사려 깊고 아름다웠다. 어머니는 다른 세상에 있었다. 나중에 크면 나도 책을 읽어야겠다고 생각했다. 그래서 현실을 탈출하겠다고.[37]

파리 6구의 뤽상부르 공원이나 16구의 란느라그Ranelagh 공원, 아니면 8구의 몽소Monceau 공원 풀밭으로 가면 언제나 책 읽는 사람들을 만날 수 있다. 파리에 사는 동안 공원은 나에게도 독서의 장소가 되었다. 내가 살던 파리 16구의 집에서 걸어다닐 수 있는 거리에 있던 란느라그 공원을 산책하다보면 풀밭에서 나무 밑동에 기대고 앉아 책을 읽고 있는 사람의 모습이 종종 눈에 띄곤 했다. 어느 날부터 나도 가끔 그곳으로 가서 마음에 드는 마로니에 밑동에 등을 기대고 앉아 책을 읽었다. 한쪽 다리는 죽 뻗고 다른 쪽 다리는 세우고 앉아 평화롭게 책을 읽었다. 그 나무그늘 밑의 풀밭은 언제나 나에게 고마운 독서의 장소가 되어주었다. 여름을 파리에서 지낼 때면 거의 매일 오후 뤽상부르 공원으로 나갔다. 공원 남서쪽에 있는 영국식 정원 부근에 자유롭게 놓여 있는 개인용 철제의자에 앉아 책을 읽었다. 눈앞에는 초록색 풀밭이 펼쳐져 있고 마로니에 그늘 아래로 보들레르의 동상이 보였다. 그곳은 여름 내내 책 읽는 사람들이 모이는 야외 열람실이었다.

카페에서

—

1997년 여름 영국 스코틀랜드의 글래스고에서 일주일을 보낸 적이 있다. 그때 시내 중심부에 있는 워터스톤스Waterstone's라는 서점에 갔다. 서점 안에 편안한 의자들이 놓인 카페가 있었다. 그곳에서 사람들은 아직 값을 치르지 않은 책을 마음대로 읽을 수 있었다.

그러나 파리에는 그런 카페를 구비한 서점이 없다. 그 대신 서점 부근에 있는 카페테라스에 자리를 잡고 앉아 서점에서 방금 사가지고 나온 싱싱한 책을 꺼내 읽을 수 있다. 생쉴피스Saint-Sulpice 광장 앞의 카페 드 라 메리Café de la Mairie의 테라스에 앉아 책을 읽다가 가끔 고개를 들면, 물을 뿜어대는 분수대가 보이고 광장의 비둘기들이 비상하는 모습도 보인다. 그렇게 카페에 앉아 책을 읽다보면 한두 시간은 금방 지나간다. 파리 카르티에라탱Quartier Latin의 소르본 대학교 본부 건물 앞에는 몽테뉴의 동상이 있고 그 옆에는 콩파니Compagnie라는 서점이 있다. 그리고 서점 바로 옆에 르 소르봉Le Sorbon이라는 카페가 있다. 그곳에 가면 음료수 한잔을 시켜놓고 새로 산 책의 책장을 넘기는 사람들을 심심치 않게 만날 수 있다. 소르본 대학교 앞 광장에는 철학 전문 서점 브랭Vrin이 있고 그 맞은편에는 레크리트와르L'écritoire 카페가 있다. 파리 생제르맹데프레Saint-Germain-des-Près 거리로 나가면 라윈느La Hune 서점이 있고 그 바

2012년, 파리

로 옆에는 되마고Deux Magot 카페가 있다. 그곳에서 20미터쯤 떨어진 곳에 레큄 데 파주L'écume des pages 서점이 있고 그 옆에는 플로르Flore라는 카페가 있다. 파리에서 서점과 카페는 책을 사랑하는 사람들이 정신의 허기와 몸의 갈증을 해소하는 상호보완적 장소이다.

어디 파리뿐이겠는가. 서울에도 서점 옆 카페에서 책 읽는 사람들이 있다. 『철학이 필요한 시간』의 저자 강신주도 그중 한 사람이다. 그는 서점에 들러 새로 나온 책들을 뒤적이다가 마음을 흔드는 책을 만나면 서둘러 책을 구입하여 서점을 빠져나와 근처의 조용한 카페로 간다. 거기서 커피 한 잔을 시켜놓고 두근거리는 마음으로 새로 산 책의 책장을 한장 한장 넘긴다. 새로 산 책이 풍기는 향기와 파닥거리는 페이지를 한장 한장 넘길 때 손에 느껴지는 지적 감촉의 즐거움은 커피향과 함께 카페를 행복한 공간으로 만들어준다.

지하철에서

—

현대 도시생활에서 집과 학교를 오가는 등하교 시간이나 집과 직장을 오가는 출퇴근 시간은 누구에게나 피할 수 없는 시간이 되었다. 그 시간은 어차피 이동을 위해 빼앗기는 시간이다. 북적거리는

2010년, 파리

지하철 출근길에서 멍하니 수동적으로 있다보면 짐짝이나 먼지가
되어버린 느낌이 들 때도 있다.

> 출근길 지하철 플랫포옴에서
> 오늘도 나는 먼지가 된다
> 진공청소기 속 먼지로 빨려들어가
> 다시 지하철 내 몸 토해낼 때까지
> 하찮은 먼지가 된다
>
> —임병걸, 「지하철에서 2」 중에서[38]

지하철에서 스스로 먼지가 되는 느낌을 갖지 않기 위해 책을 읽
을 수 있다. 운수가 좋아 지하철에 자리를 잡고 앉으면 그곳은 훌륭
한 독서의 장소가 된다. 그 시간이야말로 다른 일을 다 잊고 독서에
몰두할 수 있는 시간이다. 크게 붐비지만 않으면 서서도 작은 책을
손에 들고 독서를 할 수 있다. 도쿄의 지하철에 타보면 가죽이나 비
닐로 만든 커버를 씌운 문고판 책을 서서 읽는 사람들을 심심치 않
게 볼 수 있다. 파리 지하철 안에서도 책 읽는 사람과 종종 마주친
다. 파리, 뉴욕, 런던, 도쿄, 서울 등 세계 어느 도시의 지하철을 타
보아도 거기에는 언제나 책을 읽는 사람의 모습이 있다.

그런데 지하철이야말로 집중이 잘되는 독서의 장소 가운데 하나다. 지하철 바퀴가 구르는 소리, 일정한 간격으로 반복되는 다음 역 안내방송, 차량이 정지하는 소리, 객실을 가득 메운 승객들이 내는 온갖 소리 등등 소음으로 가득찬 지하철 안에서 집중이 잘되는 것은, 그 시간은 어차피 잃어버리는 시간이기 때문이다. 지하철을 타고 이동하는 시간에는 이상하게 마음이 단출하고 단순해진다. 바로 그렇기 때문에 지하철 안은 책 읽기에 좋은 장소가 된다. 한때는 '메트로' 등의 무가지를 읽는 사람들이 많았지만 요즈음은 스마트폰 화면을 보는 사람들이 늘어나고 있다. 하지만 아직도 지하철에서 책을 읽는 사람들을 가끔이나마 볼 수 있다. 지하철에서 앞이나 옆에 앉은 사람이 책을 읽고 있으면, 나는 슬쩍 그 사람의 얼굴을 바라보고 그 사람이 읽고 있는 책의 제목과 연결시킨다. 그리고 그 사람의 머릿속에 피어나고 있는 생각들을 상상해본다.

버스에서

버스도 독서의 장소가 될 수 있다. 버스 노선의 종점 부근에 사는 사람의 경우는 출발시간을 기다리고 있는 버스에 올라타 자리를 잡고 앉는 경우가 대부분이다. 가방에 든 책을 꺼내 읽기 시작하면 어느새 버스는 목적지에 도착한다. 특히 저녁 무렵에 집을 나와 버스를 타고 어느 곳으로 갈 때면 해가 지면서 일과가 끝나는 도시의 분위기를 느끼며 책으로 빠져들 수 있다. 책은 읽는 장소에 따라 그 분위기가 달라지지만, 어떤 저자의 책은 그것이 갖는 독특한 분위기 때문에 그 분위기에 맞는 장소가 따로 있는 경우도 있다. 『로쟈의 인문학 서재』의 저자 이현우는 김훈의 책을 읽기에 가장 적당한 장소에 대해 이렇게 썼다.

김훈의 책을 읽는 가장 좋은 장소는 어디일까? 내 경험에 의하면 저녁시간에 좀 한산한 시내버스다. 나는 10년도 더 전에, 『풍경과 상처』에 맨 처음 실린 글이 책으로 묶이기 전에 바로 그 저녁 버스 안에서 읽었고, 읽으면서 황홀했다. 지방 소도시에서 방위병 생활을 하다가 퇴근길에 서점에 들러서 산 책의 말미에 그 글이 붙어 있었다. 그사이에 얼마나 많은 시간이 흘렀던 것인지. 나는 『자전거 여행』의 마지막 부분을 에어컨이 고장나 창문을 열어놓고 달리는 저녁 버스의 형광등 불빛 아래에서 읽었다. 창으로 들어오는 바람에 책장을 넘기며 그의 글들을 읽을 때, 나는 이 세상에서 그만 사라져도 좋을 듯했다.[39]

시내버스만이 아니라 시외버스도 좋은 독서의 장소가 된다. 나에게는 시외버스에서의 독서와 관련된 두 개의 기억이 있다. 1970년 대 중반 마장동 시외버스 터미널에서 버스를 타고 춘천에 갔을 때의 일이다. 비 내리던 가을날 오후 경춘가도를 달리는 버스 안에서 법정 스님의 『영혼의 모음』을 읽고 있었는데, 어느 순간 내 몸과 영혼이 맑게 정화되는 느낌을 받았던 기억이 지금도 선명하다.

또하나의 기억은 대학에 입학한 해 여름방학에 친구들과 제주도에 갔을 때의 일이다. 제주도를 한 바퀴 순회하는 오래된 시외버스는 먼지를 일으키며 비포장도로를 털털거리며 달리고 있었다. 나른한 오후 서너시 무렵의 버스 안은 한적했고 대부분의 승객들은 유리창 밖을 무심히 바라보고 있거나 졸고 있었다. 그때 배낭에 넣어가지고 다니던 헤르만 헤세의 『데미안』을 꺼내 읽었다. 그 책을 읽을 때 버스 안의 분위기는, 그날 저녁 무렵 서귀포에 도착했을 때 코끝을 스치던 바다 냄새와 더불어 젊은 날의 생생한 기억으로 남아 있다.

배에서

—

지하철, 전차, 버스, 택시가 주로 일상생활 속에서 단거리를 이동할 때 타는 것이라면, 기차, 배, 비행기는 일상의 공간을 떠나 먼 곳으로 이동할 때 이용하는 교통수단이다. 일상의 이동이 몇십 분이

2012년, 파리

나 한 시간 내외로 이루어진다면 장거리 이동은 적어도 몇 시간 이상이 걸린다. 비행기가 일반화되기 이전에, 국내여행의 경우에는 주로 기차를 이용했고 해외여행의 경우에는 배를 탔다.

나의 아버지 세대에 일본이나 유럽, 미국을 가려면 배를 타야 했다. 현해탄을 넘어 일본으로 가는 배는 일제강점기 일본 유학생들을 연상시키고, 태평양을 건너는 배는 미국 유학생들의 이야기를 떠올리게 한다. 1920년대 상하이에서 화물선을 타고 인도양과 지중해를 지나 마르세유 항구에 도착한 사람도 있고, 한국전쟁이 끝난 직후 LST라는 미국 군함을 타고 인천을 출발해 로스앤젤레스에 도착한 사람도 있다. 그들의 짐가방 속에는 어김없이 책이 들어 있었다. 바다를 건너던 그 배의 갑판에서 젊은 유학생들은 뱃길의 지루함과 도착 이후 생활에 대한 불안감을 달래기 위해서 책을 읽었다.

마르그리트 뒤라스의 소설을 영화화한 〈연인〉을 보면 베트남을 떠나 인도양을 지나서 지중해의 마르세유로 향하는 여객선의 모습이 나온다. 카메라는 저녁노을이 붉게 물들인 바다를 배경으로 갑판에서 수평선을 바라보며 책을 읽는 여주인공의 모습을 보여준다. 나는 대양을 건너는 배를 타본 적이 없다. 오로지 육지에서 섬으로 가는 배를 탄 경험만 있다. 프랑스에서는 브르타뉴의 키브롱Quiberon 이라는 항구에서 벨일앙메르Belle-Ile-en-Mer라는 섬을 가기 위해 배를 탄 적이 있고, 니스에서 코르시카로 가는 페리를 탄 적도 있다. 덴마크의 코펜하겐에서 스웨덴의 말뫼로 가는 페리를 탄 기억도 난다. 우리나라에서는 목포에서 홍도로 가는 여객선과 해남에서 보길도로 가는 여객선, 통영에서 남해도로 가는 배를 탔다. 물결이 출렁이는 뱃머리 부근의 갑판은 부서지는 파도를 보기에 좋은 장소이지만, 때로는 잠깐 독서를 하기에 매력적인 장소이다. 그래서 나는 언젠가는 부산에서 제주도로 가는 배나 포항에서 울릉도로 가는 배의 갑판에서 책을 읽을 날을 꿈꾸어본다.

비행기에서

———

오늘날 해외여행을 떠날 때 대부분의 사람들은 비행기를 이용한다. 좁아서 옴짝달싹 못하는 일반석이야말로 역으로 달콤한 독서를 즐기기에 적합한 자리다. 시속 1천 킬로미터로 날아도 열한 시간 남짓 걸리는 서울–파리 간 비행기 안은 300페이지 정도의 신간 소설을 읽기에 적합한 장소다. 인천공항 간이서점에서 마음에 드는 것으로 한 권 사서 공항 대합실에서부터 읽기 시작한 소설은, 비행기가 브뤼셀 하늘을 날아 파리 샤를드골 공항에 도착할 즈음이면 거의 마지막 부분에 도달하게 된다.

작가들의 독서일기를 읽다보면 가끔 책을 읽은 장소에 대한 이야기가 나온다. 최근에 비행기 안에서의 독서에 대한 이야기 두 편을 발견했다. 작가 장정일은 1995년 12월 9일 파리행 비행기에서 유하의『이소룡 세대에 바친다』를 읽었고 김탁환은 2006년 7월 7일 파리로 가는 비행기 안에서 플로베르의『감정교육』1부를 읽고 소설 25매를 썼다고 한다.『독서가 어떻게 나의 인생을 바꾸었나?』의 저자 애너 퀸들런도 비행기 안에서 책 읽기를 즐기는데 그녀는 하늘에 떠 있는 비행기 안에서 책을 읽으며 날아오르기를 원했다.

"비행기 안에서 혼자 행복하게 책 읽는 것, 그런 것이 내가 좋아하는 유형의 여행이다. 어린 시절의 내 자아가 날개를 가질 수 있다면 오직 그 아이의 영혼만이 높이 솟구쳐오르게 하고 싶다."[40]

기차에서

"독서는 머리로 떠나는 여행이고 여행은 몸으로 하는 독서"라는 말이 있고 "독서는 앉아서 하는 여행이고 여행은 서서 하는 독서"라는 말도 있지만, 장거리 여행길의 기차 안이야말로 독서하기에 적합한 장소다. 기차 여행은 자동차 여행과 달리 어느 곳에 멈춰설 유혹을 느끼지 않는 상태에서 독서를 하기에 적합하다. 우리나라에서

제3부 집 밖에서 책을 읽다

기차 안의 독서가 시작된 것은 기차와 더불어 근대적 의미의 독자가 탄생한 1920년대이다. 1924년 식민지 조선에서 기차를 탄 문학청년은 다음과 같은 글을 남겼다.

"나는 기차를 탔다. 녹색의 들을 미끄러지는 것처럼 달아난다. 산과 들과 나무와 풀과 전신주가 빼앵빼앵 돈다. 나는 문득 생각하였다. '세월이라는 것, 시간이라는 것은 이것보다 몇백, 몇천 배 빠를 터이지.' 나는 공연히 멍－하고 앉은 것이 두려워 책을 꺼내어 읽었다."[41]

기차는 특히 장거리 여행을 하는 사람을 내면으로 빠져들게 하는 이상한 힘이 있다. 긴 시간 동안의 기차 여행은 기분좋은 피로감을 선사한다. 한자리에 앉아 있으므로 안정감을 느낄 수 있는 반면 창밖에 펼쳐지는 풍경은 정신을 고양시킨다. 프랑스의 누벨바그를 대표하는 영화감독 장뤼크 고다르는 스위스의 제네바에 산다. 그는 제네바에서 파리로 가는 기차를 탈 때면 역에 있는 서점에서 서너 권의 책을 사서 기차에 오른다. 그는 가끔 유리창 밖 풍경을 바라보며 독서를 하고 난 다음 파리에 도착하면 그 책을 동행한 친구에게 주어버린다. 그의 영화 속 대사에는 그가 읽은 책 속의 문구가 등장하기도 한다. 『다시 쓰는 내 인생의 리스트』의 저자 도미니크 로로도 기차가 출발할 때 책을 읽기 시작해서 도착 직전까지 다 읽고 마는 독서습관을 가지고 있다. 일본 근현대 최고의 문예비평가 고바야시

히데오도 장거리 기차 여행길에서 독서를 즐겼다. 1930년대 말 식민지 문화정책의 일환으로 조선 반도와 만주의 작가들을 포섭하기 위해 기차 여행에 나섰던 그가, 반쯤은 방심한 기분으로 기차에 흔들리면서 독서를 즐겼다는 글을 본 기억이 난다.

작가 장정일도 기차에서 수없이 많은 책을 읽었다. 그의 독서일기를 읽다보면 "기차 속에서 책을 읽었다"로 시작하는 일기가 심심치 않게 나온다. 그 가운데 몇 개의 보기를 들어보면 다음과 같다.

- 1994년 11월 29일. 부산으로 내려가는 기차 속에서 김한길의 『낙타는 따로 울지 않는다』(청하, 1989)를 읽다.
- 1994년 12월 5일. 대구에서 서울로 오는 기차 속에서 윤정선의 『춤추는 시바』(문학사상사, 1992)를 읽다.
- 1995년 1월 10일. 대구로 오는 기차간에서 임진모의 『팝 리얼리즘 팝 아티스트』(대륙, 1993)를 읽다.
- 1995년 1월 13일. 대구에서 서울로 올라가는 기차간에서 카타리나 할케스의 『아들만 하느님 자식인가』(분도출판사, 1994)를 읽다.
- 1995년 2월 10일. 대구로 내려오는 기차 속에서 최윤의 『수줍은 아웃사이더의 고백』(문학동네, 1994)을 읽다.

제3부 집 밖에서 책을 읽다

- 1995년 3월 20일. 서울로 올라오는 기차 속에서 범우사에서 간
  행된 범우문고 가운데 김승옥의 『무진기행』(1994년 2판 5쇄)을
  읽다.
- 1995년 10월 28일. 서울로 올라가는 기차간에서 백지숙의 『이
  미지에게 말 걸기』(문예마당, 1995)를 읽다. 42

장정일은 기차를 탈 일이 있어서 기차 안에서 책을 읽었지만, 『종
이책 읽기를 권함』의 저자 김무곤은 한때 다른 아무런 이유 없이 책
을 읽으려고 기차를 탔다. 그에게 기차 안은 집중이 가장 잘되는 최
적의 독서공간이었다. 아직 서울 근교를 돌던 교외선 기차가 다닐
때였다.

"신촌 기차역에서 일산으로 가는 기차는 왕복 1시간 20분이 걸렸
다. 캔커피 하나, 책 두 권을 들고 매주 기차역으로 간 적이 있었다.
역 근처 서점에서 신간 한 권, 잡지 한 권 사는 기분은 늘 상쾌했다.
기차가 목적지에 도착해도 내리기 싫어진다."43

기차의 창가는 수많은 소설과 영화 속에서 주인공이 책을 읽는
장소가 되었고, 그 책을 매개로 사람과 사람의 관계가 맺어지는 장
소가 되기도 했다. 파리에서 본 홍상수 감독의 영화 〈생활의 발견〉
에도 책 읽는 장면이 나온다. 한 여자가 기차 안에서 헬렌 니어링의

『아름다운 삶, 사랑 그리고 마무리』를 읽고 있는데, 맞은편 좌석에 앉은 남자가 그 책이 여러 사람의 운명을 바꾸어놓았다며 말을 붙이는 장면이다.

호텔방에서
—

1950년대만 해도 파리의 작가나 시인 가운데 고정된 거처를 갖지 않고 마음에 드는 호텔에 장기체류하면서 책을 읽고 글을 쓰는 사람들이 있었다. 자크 프레베르는 생제르맹데프레의 호텔에 장기 투숙했고, 장폴 사르트르와 시몬 드 보부아르는 몽파르나스 지역에 있는 몇몇 호텔들을 거처와 집필실로 사용했으며, 레옹폴 파르그는 마비용Mabillon 거리에 있는 호텔에 머물면서 글을 썼다. 그들은 호텔에 살면서 부엌일이나 빨래, 청소 등 일상의 잡무에서 벗어나 자유를 누렸고, 살고 있는 호텔이 지루해지면 트렁크에 짐을 챙겨 다른 호텔로 거처를 옮겼다.

원래 호텔은 집을 떠나 객지로 돌아다닐 때 머무는 숙소다. 여행이나 학술회의 또는 사업차 외국에 가면 낯선 도시의 낯선 호텔에 머무르게 된다. 호텔에서 아침식사를 하고 하루종일 바깥일을 보고 저녁식사까지 밖에서 마치고 난 다음 어둠이 내린 후에야 호텔방에 들어온다. 샤워를 마치고 나면 긴장이 풀리면서 그제야 자기만의 나른한 시간을 갖는다. 그때 책을 펴드는 사람들이 있다.

프랑스의 작가 파트리크 드빌Patrick Deville은 세계 여러 나라를 여행하며 그 체험을 바탕으로 소설을 쓰는 떠돌이형 작가다. 그에게 가장 이상적인 독서의 장소는 프랑스에서 멀리 떨어진 낯선 도시의 호텔방이다. 아시아나 아프리카, 남아메리카 등 이국의 땅 이국의 도시에 있는 호텔방에 들어가 창문을 열면 길가에 모인 사람들이 이야기하는 소리가 들린다. 드빌은 그 알아들을 수 없는 소리를 들으며 책을 읽을 때 마음이 가장 편안하다고 말한다. 그의 이야기를 듣다 보면 에드워드 호퍼가 1931년에 그린 〈호텔방Hotel Room〉이라는 그림이 생각난다. 그림 속에는 어느 여자가 편한 속옷 차림으로 침대 가장자리에 걸터앉아 책을 읽고 있다. 창문을 열어놓은 채. 창문을 통해 햇빛이 들어오는 호텔방의 사적인 공간과 창문 밖의 공적인 공간이 기묘한 대조를 이룬다. 자기만의 공간에서 일순간 자기만을 위해 자기만의 책을 읽는 그 여인의 모습은 쓸쓸해 보이면서도 신비한 빛을 발한다.

산사에서

—

조선시대부터 산사山寺는 과거시험을 준비하던 젊은이들이 공부
에 전념하던 장소였다. 일찍이 퇴계 이황은 아들에게 절에 들어가
정신을 집중하여 책을 읽으라고 다음과 같은 내용의 편지를 써 보내
기도 했다.

"너는 본시 배움에 뜻이 독실하지 못하다. 만약 집에 있게 되면
그럭저럭 날이나 보내며 더더욱 공부를 폐하게 될 것이다. 모름지기
서둘러 조카 완이나 그 밖에 뜻이 독실한 벗과 함께 책상자를 지고
서 절로 올라가, 삼동의 긴긴밤을 부지런히 독서하도록 해라."⁴⁴

동지섣달 기나긴 밤을 산사에서 책을 읽으며 공부에 전념하라는
아버지의 권고가 준엄하다. 산사에서 겨울 내내 열심히 책을 읽다
가 봄이 되어 산사를 내려오는 젊은이의 눈빛은 등불처럼 반짝일 것
이다.

번역가이자 작가인 안정효는 젊은 시절 번역할 원서를 들고 산사
를 찾았다. 그곳에서 책을 읽고 원고지에 초벌 번역을 하곤 했다. 번
역을 하다가 지루해지면 산속을 거닐었고, 때로 비 오는 소리를 듣
고 흙냄새를 맡고 스님들의 예불 소리를 들으며 정신을 가다듬었다.
지금도 어느 산사의 고요함 속에서 인생과 세상의 의미를 물으며 책
을 읽는 젊은이가 있을 것이다.

바닷가에서

———

클로드 를루슈 감독의 영화 〈남과 여〉에는 노르망디의 해수욕장 도빌Deauville의 풍경이 나온다. 그곳은 19세기 후반 철도가 일반화되면서 파리의 부유층이 즐겨 찾는 해안 휴양도시가 되었다. 여름날 그곳에 가면 해변의 모래사장에 배를 깔고 소설을 읽는 사람들이 있다. 온몸에 올리브유를 바르고 폴리오 문고판 소설에 모래를 묻혀가며 선글라스를 끼고 독서에 몰두하다보면 몸은 짙은 밤색으로 변한다. 그리고 읽은 책의 내용들이 몸에 새겨진다. 몸이 뜨거워지면 시원한 바닷물에 몸을 담그고 수영을 하고 나와 다시 따뜻한 햇볕을 쬐며 휴식을 취하다가 심심할 때 펼쳐드는 한 권의 책. 가끔 수평선을 바라보면서 책장을 넘기는 재미는 상쾌하다.

나의 마음에 가장 깊이 새겨진 해변은 제주도의 협재 해수욕장이다. 대학에 입학한 1974년 여름방학에 처음 가본 협재 해수욕장의 모습은 지금도 기억에 선하다. 그때 작열하는 태양 아래 모래밭에서 가지고 다니던 책을 읽다가 가끔 눈을 들어보면, 비양도가 눈앞에 있었고 하늘에는 갈매기들이 날아다녔다. 그후 나는 그곳을 대여섯 번 다시 찾아갔는데 언제나 책을 가지고 갔다. 그곳에 가면 늘 '하얀집'이라는 민박에 머물렀는데 방의 창문을 열면 곧바로 바다였다. 낮에는 해변에서 책을 읽고 밤에는 그 방에서 책을 읽었다. 아침이 오면 바위에 파도가 부딪히는 소리를 들으면서 잠에서 깨어났다.

병실에서

—

막스 피카르트가 『침묵의 세계』에서 오늘날 진정한 침묵은 병실에만 있다고 말한 것처럼, 고요한 병실이야말로 자기만의 독서를 위한 장소가 될 수 있다. 혼자 조용히 책을 읽으면서 살아온 인생, 살아갈 인생의 의미를 새롭게 음미할 수 있다. 아무리 바깥일에 바쁜 사람이라도 아파서 병실에 눕게 되면 자기 안을 들여다볼 기회를 갖게 된다. 일상적인 임무 수행에서 면제되어 자신을 들여다보는 성찰의 시간이야말로 인생의 의미를 새롭게 하는 기회이다. 물론 너무 위독하거나 고통이 심할 경우에는 어떤 독서도 불가능하다. 그러나 장기간 입원하며 치료를 받고 있는 환자의 경우에는 조금씩이라도 책을 볼 수 있다. 그럴 때 독서는 지금 여기의 자신을 구심점으로 하여 동심원들을 그리며 주변 사람들에서 우주까지 생각의 범위를 넓혀갈 수 있게 해준다. 병으로 인해 정상적인 삶이 정지된 그때야말로 자기 자신과 세상살이에 대한 깊은 성찰을 유발하는 독서를 할 수 있는 시간이다. 병은 몸에 고통을 가져다주지만 그 고통은 정신을 심화하고 영혼을 순화한다. 병실에서의 독서는 건조하고 딱딱

해진 마음의 밭에 포근한 봄비를 내려 무뎌 있던 마음의 씨에서 새싹이 돋아나게 한다. 병실에서 책을 읽어 새로운 삶의 의미를 발견할 수 있다면 그것이야말로 블레즈 파스칼이 말하는 '질병의 선용'이 될 것이다.

감옥에서

사방이 벽으로 막힌 감옥을 천국으로 만드는 방법은 책 읽기다. 그 폐쇄공간은 책을 읽는 순간 몰입의 장소로 전화한다. 수많은 정치범들에게 감옥이야말로 오랜 기간 홀로 독서에 몰입할 수 있는 학습과 집필의 장소였다. 이탈리아의 마르크스주의 이론가 안토니오 그람시가 감옥에서 독서하며 사색한 내용을 적어놓은 『옥중수고』는 마르크스주의 문화 연구의 중요한 고전이 되었다. 김대중, 고은, 김지하, 박노해, 신영복, 박성준, 서준식, 황대권 등도 정치범 시절 감옥에서 많은 책을 읽었다.

시인 고은은 1980년 5월 내란음모죄로 육군교도소에 구속 수감되었을 때, "책 한 권 없고 글을 쓸 수 있는 종이와 펜이 없었던" 그 기간을 가장 고통스러웠던 시절로 기억한다. 그후 군사재판을 받고 일반 교도소로 옮겨와 12일간의 단식 끝에 국어사전 하나를 얻어 읽고 또 읽고, 외우고 또 외우면서 비로소 살아 있다는 것을 느꼈다.

오늘도 수많은 수인이 감옥에서 책을 읽고 있을 것이다. 『문학의 숲을 거닐다』 등의 베스트셀러를 펴낸 영문학자 장영희는 자신이 받은 팬레터의 80~90퍼센트가 수인들이 보낸 것이었다고 밝혔다. 저자는 세상을 떠났지만 오늘도 감옥에서 그녀의 책을 읽고 삶의 용기를 얻는 사람들이 있을 것이다. 실제로 광주교도소에 수감중인 황○○씨는 「교도소 독서일기」에서 이렇게 썼다.

세상과 단절된 채로 모든 희망이 절망으로 바뀌어버려 제 주위에는 아무것도 남아 있지 않았다고 여긴 그 순간에 제 손에 한 권의 책이 주어졌습니다. [그 책은] 모든 걸 포기하고 싶었던 아니 포기했던 그때 제게 또다른 희망의 문이 있다는 것을 알게 해주었습니다. (…) 제 손길이 닿은 순간 책은 굳게 닫힌 입술을 열고 그동안 꾹 참아왔던 얘기들을 쉴 새 없이 건네었습니다."[45]

이렇듯 독서는 감옥에 갇힌 사람을 바꾸어놓는다. 그래서 브라질에서는 수감자가 책 한 권을 읽으면 수감기간 나흘을 감해주는 제도를 도입했다. 프랑스의 플뢰리 메로지Fleury Mérogis 교도소에는 '읽는 것은 사는 것이다Lire C'est Vivre'라는 이름의 시민단체가 들어가서 도서관을 운영하며 다양한 독서 프로그램을 제공하고 있다.

제3부 집 밖에서 책을 읽다

감옥의 개념을 넓게 잡아 자유로운 출입이 금지된 폐쇄된 공간이라고 정의한다면, 교도소 말고도 다른 감옥들이 있을 수 있다. 프랑스에서 라디오를 듣다가 등대지기 출신 작가의 이야기를 들은 적이 있다. 지금 그 사람의 이름은 잊었지만 그는 브르타뉴 앞바다 대서양 연안의 어느 작은 섬에 설치된 등대에서 홀로 바다에 조명을 비추며 살았다. 처음에는 어느 누구의 간섭도 받지 않는 생활이 좋았지만 갈수록 시간을 보내기가 어려워졌다. 그래서 그 외로움을 이기기 위해 책을 읽기 시작했다. 그러다가 어느 날 글을 쓰는 작가가 되었다.

서울이나 파리 등 대도시 대로변 보행로에 군데군데 설치되어 있는 신문 가판대도 자발적으로 선택한 감옥이다. 온갖 잡지와 신문으로 둘러싸인 그 좁은 공간이야말로, 어떻게 보면 따분해 보이는 공간이지만 잘만 활용한다면 아무도 침범할 수 없는 독서의 공간이 될 수 있다. 파리 지하철 에콜 밀리테르École Militaire 역에서 계단을 걸어올라와 밖으로 나오면 신문 가판대가 하나 있는데, 그 안에 앉아 있는 주인도 어엿한 작가다. 그는 가판대 안에서 책을 읽기도 하고 지나가는 사람들을 관찰하기도 하고 다양한 유형의 손님들과 이야기를 나누기도 했다. 그러다가 어느 날 떠오르는 생각들을 바탕으로 소설을 썼다고 한다.

묘지에서
—

파리의 몽파르나스 묘지와 페르라셰즈 묘지 등은 나의 파리 체류 시절 익숙한 산책 장소 가운데 하나였다. 철학자이자 시인인 박이문은 유럽의 공동묘지 순례자였다.

몽파르나스 공동묘지에서 돌로 변한
사르트르
비석마저 삭아버린
보들레르의 흔적
파리는 여전히 화려해도

프라하 교외
유태인 공동묘지를 찾는 것은
잡초에 파묻힌 비석 'Doktor Franz Kafka'
앞에 잠깐
서 있어보자 해서

비석이 되어 남아 있는 형이상학 철학자 헤겔
비석으로만 남아 있는 공산주의 작가 브레히트

동베를린의 지저분한 묘지에 누워

(…)

파리의 또하나의 공동묘지 페르 라셰즈에서
쇼팽의 비석이 삭아버린다
우화작가 퐁텐의 비석이 쓰러져 있다
돌도 삭고
돌에 새긴 이름도 지워지고
거기 꽃송이 하나

—박이문, 「공동묘지 순례」 중에서[46]

묘지는 죽은 자들의 안식처이지만 때로 산 자들이 삶에 대해서 진지하게 생각해보는 장소가 되기도 한다. 유럽에서는 젊은 남녀가 사귀다가 어느 한쪽이 묘지에 가자는 제안을 하면 거기에 특별한 의미가 있다고 한다. 삶이 끝나는 죽음의 장소에서 가장 진지하게 두 사람의 미래에 대해서 이야기해보자는 뜻인 것이다. 그건 청혼일 수도 있고 두 사람이 함께 어디든지 멀리 떠나자는 약속일 수도 있다.

묘지는 때로 독서의 장소가 되기도 한다. 파리 20구 언덕에 위치해 파리 시내를 굽어볼 수 있는 페르라셰즈 묘지의 벤치는, 나에게 한두 시간 동안 훌륭한 독서의 장소가 되어주곤 했다. 재일동포 작가 유미리도 젊은 시절 묘지를 책 읽는 장소로 사용했다. 그녀는 어릴 적부터 에드거 앨런 포, 고이즈미 야쿠모, 나카하라 주야, 다자이 오사무 등 이미 세상을 떠난 사람들의 작품을 즐겨 읽었다. 그녀는 집 근처 묘지의 돌계단에 앉아 죽은 작가들과의 대화에 열중했다. 자신이 책을 좋아한다는 사실을 의식하지도 못한 채 그냥 읽고 싶은 책을 읽었다. 그러다가 어느 날 그녀는 다음과 같은 결론에 도달했다.

"내가 묘지에서 죽은 사람들과 대화하는 것은 글로 쓰인 말을 통해서였으며, 말이 창출하는 소우주가 책이라고 한다면 나는 오랫동안 책이라는 무덤 속에 살고 있었다."[47]

요절한 시인 기형도는 휴일이면 죽은 자들의 책을 읽었는데, 그 이유는 유미리가 이미 세상을 떠난 사람들의 책을 즐겨 읽은 것과 크게 다르지 않다.

휴일의 대부분은 죽은 자들에 대한 추억에 바쳐진다
죽은 자들은 모두가 겸손하며, 그 생애는 이해하기 쉽다
나 역시 여태껏 수많은 사람들을 허용했지만
때때로 죽은 자들에게 나를 빌려주고 싶을 때가 있다
수북한 턱수염이 매력적인 이 두꺼운 책의 저자는

의심할 여지 없이 불행한 생을 보냈다. 위대한 작가들이란
대부분 비슷한 삶을 살다 갔다. 그들이 선택할 삶은 이제 없다

　　　　　　　　　　　　　　─기형도, 「흔해빠진 독서」 중에서[48]

어디에서라도

───

언제 어디서나 마음이 내키면 책을 꺼내 읽을 수 있다. 대학생이
라면 굳이 학교 중앙도서관만이 아니라 빈 강의실에서도 책을 읽을
수 있다. 그곳이 너무 적적하다면 지나가는 사람들을 풍경처럼 바라
볼 수 있는 카페 테라스도 좋은 독서의 장소다. 공원의 벤치나 개인
용 의자도 잠시 동안 독서의 장소가 된다. 텐트 속도 독서의 장소가
될 수 있다. 1992년 여름날 저녁 나는 알프스 산속의 텐트촌에 잠시
머문 적이 있는데, 그때 ㅅ자 모양의 텐트 속에서 랜턴으로 불을 밝
히고 앉아 책을 읽는 남자의 모습을 본 적이 있다. 하루종일 등산을
하고 돌아와서 일찍 저녁밥을 지어먹고 난 후 책을 읽던 그 중년 남
자의 모습은 참으로 편안해 보였다.

무언가를 또는 누군가를 기다리는 장소도 훌륭한 독서 공간이 될
수 있다. 기차역, 고속버스 터미널, 공항, 항구의 대합실, 호텔 로
비, 카페의 탁자 앞, 공원 벤치, 병원, 은행, 관공서의 대기석 등 앉

을 수 있는 곳이 있으면 그 모두가 책 읽는 장소가 될 수 있다. 물론 서서도 책을 읽을 수 있다. 파리에서는 지하철에서 읽던 책을 역에서 내려 길을 걸어가면서도 계속 읽는 사람을 종종 볼 수 있는데, 앙드레 지드도 그런 사람이었다. 그는 산책하다가 책 읽는 것을 좋아하여 외출할 때면 언제든지 무엇인가 읽을거리를 들고 다녔다. 파리만이 아니라 서울 거리에도 길을 걸어가면서 책 읽는 사람을 본 적이 있다. 그런데 이상하게도 걸어가면서 책을 읽어도 넘어지거나 어디에 부딪히는 사람은 보지 못했다. 책의 여신이 책에 빠진 사람을 보호하는 모양이다.

2011년, 파리

서점에서 책 읽기

2011년, 파리

서점은 고요함과 외교적 면책특권을 누릴 수 있는 피난처다. _파트릭 모디아노

서점의 고요, 서점의 향기

영국에서는 서점을 북숍bookshop이라고 하고 미국에서는 북스토 어bookstore라고 한다. 일제강점기에는 서점書店과 더불어 서관書館, 서림書林 등의 한자어가 함께 쓰였다. 당시 경성에서 가장 유명한 서 점은 박문서관과 한남서림이었다. 서점, 서관, 서림 가운데 '책의 숲'이라는 뜻을 담은 서림이 가장 아름답게 들리는데 '책 파는 상점' 을 뜻하는 서점이 점점 더 널리 쓰이게 되었다. 그런데 요즈음은 대 형 서점들이 서점 대신 '글의 창고'라는 뜻을 담은 문고文庫라는 간판 을 달고 있다. 교보문고와 영풍문고가 가장 눈에 띄는 보기다. 1970 년대 서울에서 가장 컸던 서점은 종로서적書籍이었다. 그곳에서 종 로3가 쪽으로 조금 떨어져 양우당이라는 서점도 있었고, 신문로 쪽 에는 범한서적이라는 서점도 있었다. 범한서적이나 종로서적은 서 점이면서 출판사도 겸하고 있었다. 그래서 서점이라는 칭호 대신 서 적이라는 간판을 달았던 모양이다.

그것을 지칭하는 말이야 어찌 되었든 책을 좋아하고 사랑하는 사 람이라면 누구라도 서점에 들어서는 순간 다른 세상에 들어왔음을 느끼게 된다. 아무리 소란한 도시라 해도 서점에 들어가면 그곳에 는 정적과 고요가 있다. 서점에는 크기와 두께, 제목과 저자, 출판 사와 출판연도가 다른 수많은 책들이 주제별로 분류되어 있다. 진열대에는 신간과 베스트셀러 들이 앞표지를 보이며 전시되어 있고, 서가에는 출판된 지 일정 기간이 지났으나 종종 찾는 사람이 있는 책들이 책등만 보이며 꽂혀 있다. 그 많은 책들 가운데 마음이 가는 책한 권을 집어들고 흐르는 글자에 시선을 집중하면 뇌세포가 천천히 움직이기 시작한다. 책은 말이 없고 서점은 고요하다. 소리가 있다면 오로지 책장 넘기는 소리뿐이다. 책을 읽는 사람의 눈은 빛나고 입은 굳게 다물어져 있다. 사람들은 조용히 이책 저책을 들여다보다가 마음에 드는 책이 있으면 그 책을 손에 들고 조용히 계산대로 향한다.

서점은 책이라는 물건을 사고파는 일종의 시장이다. 내용을 담은 문자를 제외하고 나면 책은 일단 크기와 두께와 무게를 가진 물체이다. 책은 표지의 색상과 디자인이 주는 시각적 느낌, 그리고 종이가 전해주는 감촉으로 먼저 다가온다. 우리는 책을 읽기 전에 책을 들어서 만져보고 느껴본다. 그리고 책의 향기를 맡는다. 그 향기는 책속에 들어 있는 생각들이 풍기는 추상적인 문향文香일 수도 있지만, 후각을 통해 실제로 느껴지는 직접적인 감각이기도 하다. 서점에는 서점 특유의 향기가 있다. 새 책이 풍기는 종이와 잉크 냄새가 어우러진 서점의 공기는 그 어떤 장소와도 다른 분위기를 연출한다.

서점에서의 고통

—

서점은 고통의 장소다. 누구라도 어린 시절 '책을 많이 읽어야 훌륭한 사람이 된다'는 이야기를 들으며 자란다. 그런데 누구나 그 말처럼 책을 많이 읽게 되지는 않는다. 책이 없어서, 책이 재미없어서, 다른 재미있는 일에 정신이 팔려서 책을 많이 읽지 않은 사람들이 대부분이다. 소수의 책벌레들을 제외하면 성인이 되어서까지 책을 많이 읽는 사람은 많지 않다. 그러나 많은 사람의 머릿속에서는 어린 시절 수없이 들은 '책을 많이 읽어야 훌륭한 사람이 된다'는 진리의 주문呪文이 계속 힘을 발휘하고 있다. 그렇기에 많은 책이 한 곳에 모여 있는 서점에 가면 죄책감이 발동한다. 이 책도 읽어야 할 것 같고 저 책도 읽어야 할 것 같다. 그래서 서점은 고통의 장소다.

평소에 책을 많이 읽는 학자들마저 그런 죄책감에 시달리곤 한다. 『근대의 책 읽기』의 저자인 국문학자 천정환은 이렇게 토로했다.

서점에 가는 일은 두렵다. 서점에서 수많은 책 사이에 서 있는 일은 고통 그 자체이다. 서점에 가지 않은 얼마 동안 책들이 쏟아져나와 있다. 그 책들을 들추고 있노라면 내 게으름과 무식함이 발가벗는 것 같다.[49]

제3부 집 밖에서 책을 읽다

서점의 신간들 앞에서 죄책감을 느끼는 사람은 책을 사지 않을 수 없다. 지금 당장 읽지 않더라도 언제가 읽을 날을 기약하며 책을 산다. 그래서 서재의 책꽂이에는 읽히기를 기다리고 있는 책들이 점점 늘어만 간다. 재일동포 학자 윤건차가 펴낸 시집 『겨울숲』에 들어 있는 '책'이라는 제목의 시는, 읽지 않은 책 앞에서 느끼는 고통을 이렇게 이야기한다.

책이 꽉 차서 답답한
연구실
집의 서재
급히 마련한 서고
마치 늘어붙인 무엇인가처럼
침묵을 지킨 채로

낭비라고
꾸중 들으면서 사모은 보물
젊을 때부터
공부한다고는
무거운 책을 팔짱에 끼고
또 양손에 늘어뜨리고

옮기는 것과 마음가짐

고생해 모은 책이 울고 있다
다 읽은 책은 그저 불과
10분의 1인가
100분의 1인가
여기저기 넘겼을 뿐인
책
책
책

—윤건차, 「책」 중에서[50]

서점에서의 행복

—

도서관과 더불어 서점은 언제고 들러 책을 읽을 수 있는 소중한
공간이다. 모든 상품의 구매자는 상품을 만지고 들여다볼 권리가 있
다. 서점에는 상품으로서의 책이 즐비하게 전시되어 있고, 누구라
도 그곳에 들어가 주인의 허락 없이 책장을 넘겨볼 수 있다. 공공도

서관이 거의 없던 어려운 시절에는 서점이야말로 책과 만날 수 있는 희귀한 공간이었다. 집에 책이 없는 소년소녀가 책을 좋아하게 되면 집 밖으로 책을 찾아나서게 된다. 일제강점기에 태어나 학교교육을 통해 서구의 근대사상과 근대문학을 맛본 세대의 청소년들이 그랬다. 그들에게는 서점이야말로 읽고 싶은 책의 책장을 넘겨볼 수 있는 황홀한 장소였다.

1930년대 초에 태어나 중학생 때 한국전쟁을 맞이한 영문학자이자 문학평론가 유종호도 그런 사람 가운데 하나다. 1951년 한국전쟁 당시 고향 공주를 떠나 미군부대에서 허드렛일을 하며 정신적으로 헐벗은 생활을 하던 그는, 어느 날 서점에 들어가 그곳 서가에 진열된 시집 한 권을 꺼내 읽었던 체험을 다음과 같이 기록하고 있다.

"나는 탐하듯이 책을 읽었다. 모두 낯익은 시편이었으나 피난지에서 접하는 시집을 서서 읽기는 기댈 언덕조차 없는 황야에서 맛본 오랜만의 문화접촉이었다."[51]

그로부터 50년 이상의 오랜 세월이 지나 시인 임병걸은 서점에서의 행복을 이렇게 노래했다.

1센티미터 유리문 하나 들어섰을 뿐인데
북적이던 세상 흔적 없이 사라지고
잔잔하게 스며드는 활자의 향기

폐부로 파고드는 역사의 숨결

녹록잖은 세상 살다가 쩍쩍 갈라진 마음
촉촉이 적셔주는 활자의 샘물
먹어도 먹어도 허기진 영혼에
풍성하게 차려지는 활자의 식탁

—임병걸, 「길담서원」 중에서[52]

책을 좋아하는 사람들은 책을 발견하기 위해 서점을 순례한다. 시인 정현종도 그중의 한 사람이다. 2009년 책 출판을 위해 서교동에 있는 문학과지성사에 갔을 때 우연히 그를 만나 들은 이야기다. 그는 젊은 시절 청춘의 갈증을 이기지 못해 책방을 많이 돌아다녔다. 북아현동 헌책방 골목과 청계천 헌책방 밀집지역이 주무대였다. 빼곡하게 쌓인 책들 속에 묻혀 이책 저책을 꺼내 보다가 원하는 책을 발견했을 때의 기쁨은 무어라 말로 할 수 없는 것이었다. 시인은 중학교 때는 윤동주의 시집 『하늘과 바람과 별과 시』, 바이런이나 셸리 같은 영국 낭만주의 시인의 시집을 들고 다녔고, 고등학교 때는 사르트르, 카뮈, 하이데거, 야스퍼스 등의 실존주의 철학책을 끼고 다니며 책의 신성한 기운을 느꼈다.

사방이 막힌 좁은 공간에서 오래 지내다보면 바깥으로 나가 마음
껏 걷고 싶은 마음이 든다. 『야생초 편지』의 저자 황대권은 1985년
구미 유학생 간첩단 사건에 연루되어 청춘의 시절을 거의 교도소 독
방에 앉아서 책만 들여다보며 지냈다. 감옥에서 풀려나 자유의 몸
이 된 그는 영국의 런던에서 2년 동안 공부할 기회를 얻었다. 그래
서 런던 거리를 걷기 시작했다. 그러나 무작정 걸을 수는 없었다. 이
정표가 필요했다. 런던의 서점들을 찾아다니기로 했다. 그래서 런
던의 길이 자세하게 나와 있는 지도책과 런던에 있는 각종 서점들
을 소개하는 책을 마련했다. 그 두 권의 책을 들고 골목마다 박혀 있
는 서점들을 찾아다니는 일을 시작했다. 거의 매일같이 점심용 샌드
위치를 하나 싸들고 서점 거리를 어슬렁거렸다. 작은 서점은 하루에
두세 군데 방문할 수 있었다. 하지만 '포일스Foyles' 같은 대형 서점에
는 상당 기간 매일 아침 샌드위치를 싸가지고 출근했다. 그곳에서 하
루종일 책 속에 파묻혀 지냈다. 책 속에 빠져들어 끼니때를 놓치기도
했다. 그래도 행복했다. 보고 싶은 책을 마음껏 볼 수 있었으므로.

파리 센 강변의 부키니스트
—

센 강변을 산책하다보면 헌책을 진열해놓고 고객을 기다리는 '부

키니스트^{bouquiniste}'들을 만나게 된다. 그들은 시테 섬과 생루이 섬 부근의 센 강 양안 둑에서 길이 2미터, 너비 1미터, 높이 50센티미터가량의 초록색 철제상자에 책을 진열하고 센 강변의 산보객들을 맞이한다. 시원한 강바람을 맞으며 강변을 걷다가 마음이 내키면 초록상자 앞에 멈추어서서 이책 저책을 넘겨보는 일은 파리 산책의 묘미 가운데 하나다.

처음에는 파리의 가난한 학생들이나 지식인들을 고객으로 했던 이 중고서적상은, 점차 파리를 파리답게 만드는 고유한 장소의 하나가 되었다. 파리 센 강변 중고책 노점상 협회는 몇 해 전부터는 매년 파리를 대상으로 한 책 가운데 한 권을 뽑아서 상을 주는 행사도 벌인다. 파리의 명물이 된 부키니스트들의 초록색 철제상자는 20세기 초 파리 시에 의해 철거될 위기를 맞이하기도 했으나 저명한 지식인들의 구명운동 덕분에 살아남았다. 노벨상 수상작가 아나톨 프랑스도 그 가운데 한 사람이었다. 그는 "세상에서 책을 읽는 일보다 더 평화로운 일을 알지 못한" 사람이었다. 그래서 적어도 일주일에 한 번은 낡은 외투에 모자를 쓰고 센 강변으로 산책을 나가 부키니스트들의 상자에 놓인 책들을 구경하곤 했다. 그에게는 바람에 흔들리는 나무들이 늘어서 있고, 초록상자에 책이 진열되어 있고, 아름다운 여인들이 지나다니는 센 강변이야말로 세계에서 가장 아름다운 장소였다. 그러니 센 강변에 그의 이름이 붙은 아나톨프랑스 강변로

Quai Anatole France가 있는 것은 지극히 당연한 일이다.

　오늘날에도 센 강변에는 약 80여 개의 부키니스트 중고책 서점이 오랜 전통을 고수하고 있다. 부키니스트들의 초록색 철제상자는 파리 시 소유로, 파리 시가 심사를 거쳐 서적상에게 영구 임대한다. 그 대신 서적상은 책 판매수익의 5퍼센트를 파리 시에 납부해야 한다. 서적상이 사망하면 자동 상속은 안 되지만 가족들이 승계를 신청할 수 있다. 서적상들은 개인 연결망을 통해 장서가들이 사망하고 난 뒤 인수하거나 고물상을 통해 사들인 책을, 먼지를 털고 바람을 쏘인 다음 주제별로 작가별로 시대별로 분류하여 초록상자 속에 진열한다. 상자 안을 들여다보면 각 서적상들의 전공 분야를 알 수 있다. 정치가나 연예인 들의 전기물을 모아놓은 상자가 있는가 하면, 1차대전과 2차대전을 중심으로 전쟁에 관한 책을 모아놓은 상자도 있다. 그 밖에도 중고서적상의 취향에 따라 20세기 문학, 예술사, 종교사, 왕실의 역사, 파리 여행기나 관광안내, 영화 등 고객들의 관심을 끌 만한 주제의 책들이 상자마다 서로 다른 방식으로 전시되어 있다. 책 전체를 셀로판지로 싸고 오른쪽 위에 매직펜으로 가격을 써놓기도 하며 때로 강변의 둑 위에 책을 올려놓기도 한다.

　책을 좋아하는 사람들은 센 강변을 산책하다가 우연히 눈에 띄는 재미있는 책을 발견하는 것을 즐기는데, 그런 책을 발견했을 때 '고

　　　　　　　　　　제3부 집 밖에서 책을 읽다

기 한 마리 낚았다'는 표현을 쓴다. 어느 날 나는 생루이 섬Ile Saint-Louis을 한 바퀴 산책하고 생트마리Sainte-Marie 다리를 건너 아랍문화원 쪽으로 가다가 강변의 부키니스트 상자에서 고기 한 마리를 낚았다. 중세역사의 권위자 자크 르 고프Jacques Le Goff의 자서전이었는데 책 표지 다음 장에 저자가 누군가에게 해준 서명이 들어 있었다. 그날 저녁 그 책 속에서 1980년대 내가 공부했던 파리 사회과학고등연구원의 초창기 역사를 기록한 부분을 재미있게 읽었다.

그런데 안타깝게도 부키니스트의 미래는 그리 밝지 못하다. 젊은 세대로 내려갈수록 점점 더 책을 읽는 독자 수가 줄어들고 있으며 저렴한 가격의 문고판이 쏟아져나오고 있기 때문에, 굳이 냄새 나는 중고책을 살 필요성이 줄어들었기 때문이다. 인터넷 중고서점들이 생긴 이후로 센 강변 중고서적상들의 입지는 점점 더 줄어들고 있다. 그러나 파리에는 사라져야 할 것들이 버젓이 자리를 잡고 살아 있다. 부키니스트도 사라지지 않고 오래도록 파리 센 강변 풍경의 일부로 남아 있게 될 것이다.

아를과 오세르의 서점들
—

파리에 이어 내가 두번째로 잘 아는 프랑스의 도시는 프로방스의 아를이다. 프랑스에 사는 동안 거의 열 번 정도 아를을 찾았고 한번 가면 일주일에서 한 달 정도 머물렀다. 그때마다 파리에서와 마찬가지로 아를의 곳곳을 걸어다니다가 서점이 나타나면 들러보고는 했다.

아를에서 내가 많이 들르는 서점이 두 군데 있다. 하나는 빈센트 반 고흐가 폴 고갱과의 말다툼 끝에 자신의 귀를 자르고 입원했던 병원 앞에 있는 '포럼 아르모니아 문디Forum Harmonia Mundi'(조화의 세계 포럼)다. 이 서점은 아르모니아 문디라는 음반 제작 회사와 필리프 피키에 출판사Éditions Philippe Picquier가 공동으로 운영하는 문화공간이다. 나는 그곳에서 고흐의 그림책은 말할 것도 없고 고흐의 방 그림을 표지에 실은 『반 고흐의 방』이라는 소설을 보기도 했다. 그러나 서점 안으로 들어가보면 왼편에는 문학과 인문학, 사회과학 서적이 고르게 전시되어 있고, 오른쪽에는 아르모니아 문디가 제작한 음반을 비롯해서 클래식음악을 중심으로 한 다양한 CD와 음악가와 음악에 대한 책들이 전시되어 있다. 실내에는 클래식 음악이 엷게 깔려 있다.

고흐가 말년에 수많은 그림을 그렸던 아를에 가면 론 강변을 산책하게 된다. 강변의 트랭크타유 다리 부근에는 고흐가 그린 〈노란 집〉을 연상시키는 건물이 하나 서 있다. 그곳이 내가 자주 가는 또 하나의 서점인 악트 쉬드Actes Sud 출판사 서점이다. 파리를 떠나 아를에 자리잡은, 프랑스의 대표적 문학출판사 가운데 하나로 꼽히는 악트 쉬드 출판사는 그 건물 1층에 서점을 열었다. 강변 쪽으로 난 서점의 진열창에는 보통 프로방스의 새, 프로방스의 로마 유적 등 프로방스를 주제로 하는 책들이 전시되어 있다. 서점에 들어서면 왼쪽에는 시집이 있고 오른쪽에는 문학이론과 전기물 들이 있다. 계산대를 지나 정면 진열대 앞에 서면 신간들을 볼 수 있다. 계산대에서 오른쪽 코너로 꺾어 들어가면 악트 쉬드 출판사의 신간과 레몽 장, 낸시 휴스턴 등 악트 쉬드를 대표하는 작가들의 책이 전시되어 있다. 계산대 왼쪽의 아늑한 구석에는 어린이책들이 전시되어 있고, 나지막한 계단을 걸어올라가야 하는 위쪽 공간에는 인문학과 사회과학 책들이 독자들을 기다리고 있다. 지하에는 전시공간이 있어서 사진전이나 회화전 등이 열린다. 서점 안에는 론 강변을 향해 소파가 하나 놓여 있어 그곳에 앉아 마음에 드는 책을 읽다 나올 수도 있다.

프랑스 중부 욘 강이 흐르는 오세르라는 도시에서는 매년 가을 특정한 주제로 '오세르 토론회Les Entretiens d'Auxerre'가 열린다. 이 모임을 기획하는 나의 친구 미셸 비비오르카의 초청으로 나도 이 모임에 두 번 정도 참석한 적이 있다. 오세르 시립극장에서 사흘 연속 아침부터 저녁까지 계속되는 이 토론회의 주제는 이슬람, 반미의식, 식량 위기, 자녀 양육, 돈, 프랑스 쇠퇴론, 테러리즘 등으로, 상당한 정도의 공적 관심과 지적인 수준을 요구한다. 그런데 매일 500석가량의 좌석이 거의 꽉 찰 정도로 많은 사람들이 참여한다. 오세르와 그 주변의 중고등학교 교사들을 비롯해 지역의 지식인, 문화인, 예술인 등이 참석한다고 한다. 나는 행사장 가까이에 있는 고등학교 구내식당에서 주최 측이 제공하는 점심식사를 마치고 소화도 시키고 머리도 식힐 겸 오세르 시내와 욘 강변을 산책했는데, 그때마다 여기저기에서 서점을 발견할 수 있었다. 토론회가 열리는 시립극장 부근에 제법 큰 서점이 하나 있어서 들어가보니, 전시되고 있는 인문학 책들의 수준이 파리 중심부의 수준과 크게 다를 바가 없었다. 어디 아를이나 오세르뿐이겠는가? 많은 사람이 책의 위기를 말하고 서점의 쇠퇴를 말하고 있지만, 프랑스 지방 소도시에 아직 여러 개의 품격 있는 서점들이 존재한다는 사실은 책을 읽는 문화적 교양층이 그리 쉽게 사라지지 않고 있음을 말해준다.

파리에서 동네 서점이 살아남는 이유
—

세계 도처에서 소규모 동네 서점이 사라지고 있다. 우리나라만 해도 1990년대 5천 개가 넘었던 서점이 2000년대에 들어서는 그 반 정도로 줄어들었다. 지금도 계속 줄어들고 있다. 젊은 세대가 책을 읽지 않고 대형 서점과 인터넷 서점의 시장 점유율이 높아졌기 때문이다. 프랑스의 동네 서점들도 그런 대세를 벗어나는 것은 아니다. 서점 주인들이 모여 만든 '프랑스 서적상 조합'이 『마가진 리테레르』라는 월간 문학잡지에 실은 다음과 같은 내용의 캠페인도 동네 서점이 마주하고 있는 분위기를 반영한다.

"서점은 살아 있다. 당신과 함께라면 앞으로도 그럴 것이다."
"수천 권의 책이 내 앞에 있는데 나의 서점 주인이 거기 없다면 누가 좋은 책을 고르는 일을 도와줄 것인가?"
"책에 대한 도움말과 만남의 장소인 서점을 지키는 일은 당신이 단골 서점에서 계속 책을 사는 것으로 충분합니다."

어려움에도 불구하고 파리에는 동네 서점들이 살아 있다. 왜 그런 것일까?

먼저 파리지엔들의 구매습관을 그 이유로 들 수 있다. 파리 사람들에게는 각자 단골로 가는 병원, 약국, 미용실, 빵집, 과일가게와 마찬가지로 단골로 다니는 서점이 있다. 그래서 나의 의사, 나의 약사, 나의 미용사, 나의 제빵사, 나의 과일상처럼 나의 서적상이 있다. 단골이 된다는 것은 개인적 관계를 갖는다는 것을 뜻한다. 그래서 물건을 사면서 자신의 취향과 기호를 알리고, 바캉스 다녀온 이

2012년, 파리

야기라든가 감기에 걸려서 고생한 이야기 등 사생활에 대해서도 자연스럽게 서로 이야기를 나눈다. '고객님'에 대한 형식적인 미소를 띤 감정노동이 아니라 그냥 자연스럽게 이루어지는 인간관계인 것이다.

둘째 이유는 파리의 서점 주인들의 적극적 역할이다. 그들은 계산대 앞에 앉아 손님이 골라온 책을 봉투에 넣어주고 돈만 받는 것으로 자신의 일을 축소시키지 않는다. 그들은 자부심을 가지고 책에 대해 이야기하고 독자에게 어울리는 책을 전달하는 것을 자신들의 일로 삼는다. 옷이나 구두를 팔려면 손님의 기호를 알아내고 여러 가지 상품을 입어보고 신어보게 해주어야 한다. 서점 주인도 고객과의 대화를 통해 고객의 기호와 요구에 맞는 책을 선정해주는 능력을 갖추어야 한다. 포도주 상점의 주인이 포도주의 종류와 맛에 대해 잘 알고 있어서 고객의 기호에 따라 적절한 포도주를 권하듯이, 파리의 서점 주인들은 책에 대한 해박한 지식으로 고객의 책 선정에 도움을 준다. 그들은 고객과 수시로 대화하며 고객의 독서 성향을 알아내고, 고객이 물어보는 책에 대한 자신의 의견이나 평가를 이야기해주며, 고객이 좋아할 만한 책을 미리 권하기도 한다. 고객들도 필요에 따라 서점 주인에게 책에 대한 의견을 묻는다. '50대 남자친구가 병원에 입원했는데 요즈음 나온 책 가운데 그 사람이 재미있게 읽을 수 있을 만한 책이 있느냐'고 물으면, 서점 주인은 역사서로는 어떤 책이 있고 소설로는 어떤 책이 있다고 몇 권의 책을 추천한다. 고객이 책장을 넘겨보다가 그중에 한 권을 선정하면 서점 주인은 책 뒤표지의 책값이 인쇄된 부분에 작은 동그라미 스티커를 붙이고 예쁜 종이로 멋지게 포장을 해준다.

파리 사람들에게 서점은 꼭 사야 할 책이 있을 때만 가는 장소가 아니라 지나가다가 심심하면 들러보는 곳이다. 프랑스 작가들이 성장기에 동네 서점 주인과 맺은 관계를 이야기한 글을 모아놓은 책도 본 적이 있다. 그 책에 실린 글들은 한 사람이 책을 읽고 작가로 성장하는 과정에서 동네 서점 주인과의 관계가 매우 특별하고 중요했음을 보여주었다. 서점 주인들은 텔레비전의 책 소개 프로그램에 고정으로 출연하기도 하며, 라디오 프로그램에서도 서점 주인들을 전화로 연결하여 신간 안내를 부탁하기도 한다. 서점 주인들은 저자를 서점으로 불러 독자와의 대화 모임을 만들기도 하는 문화기획자들이다.

내 청춘의 서점 순례기

—

오늘날은 인터넷 서점이 중요한 역할을 하고 있지만, 1950년대 중반에 태어난 나에게는 아직도 손으로 만질 수 있고 눈으로 읽을 수 있는 실물 책을 전시하고 판매하는 서점이야말로 진정한 의미에서의 서점이다. 파리에서 산책을 하다가 심심하면 서점에 들어가곤 했던 나의 서점 기웃거리기는 초등학교 시절 학교 앞 문방구에서 시작되었다. 책이 귀하던 시절, 나도 다른 아이들처럼 문방구가 겸업하던 참고서 중심의 서점 한구석에 진열되어 있던 동화책들을 주인의 눈치를 보면서 들여다보곤 했다.

나의 본격적인 서점 순례는 1970년대 대학 시절에 시작되었다. 그 시절 젊은이들은 명동과 충무로, 종로2가와 광화문 사이를 일없이 오갔다. 종로2가의 서울YMCA 건물 건너편에 있던 '종로서적센터'는 편리한 약속 장소였다. 서점에 들어가 매대나 서가에서 흥미 있는 책을 꺼내들고 이곳저곳을 읽다보면 만나기로 약속한 친구가 저편에서 나타나곤 했다(1907년에 개점한 종로서적센터는 운영난에 부딪혀 내가 서울을 떠나 파리로 간 2002년 문을 닫고 말았다).

대학원에 진학해서는 주말이면 신문로에 있는 범한서적을 비롯해 양서를 파는 서점에 드나들면서 영어와 프랑스어로 된 책을 구경하고 다녔다. 미국, 영국, 프랑스에서 발행된 책들을 손에 들고 먼 나라의 냄새를 맡았으며, 책의 이곳저곳을 펼쳐보면서 외국 유학의 꿈을 키웠다. 그때 산 원서 중 몇 권은 지금도 나의 서가에 꽂혀 있다. 세종문화회관 뒤에 있던, 원서의 해적판을 만들어 파는 '논장'이라는 서점을 드나들며 비판적 사회과학서적을 구입해 밤늦게까지 눈에 불을 켜기도 했다. 강의가 없는 시간이면 학교 정문 앞에 있다가 교내 학생회관으로 들어온 구내서점을 일없이 드나들었다. 나를 알아보고 반겨주던 그 서점 주인은 지금 은퇴하고 그곳에 없다. 요즈음도 나는 그 시절을 회상하면서 광화문의 교보문고, 종로의 영풍문고 등 대형 서점들을 약속 장소로 잡기도 하고 살 책이 없어도 가끔 그냥 들러본다.

파리 산책길에 만나는 서점들
—

파리 시내를 산책하다보면 학생들과 지식인들이 많이 다니는 카르티에라탱이나 생제르맹데프레는 말할 것도 없고 18구, 19구, 20구 등 노동자와 이민객 들이 많이 사는 동네에도 그럴듯한 서점들이 버젓이 자리를 잡고 있다.

1980년대 유학 시절 나는 주로 카르티에라탱의 소르본 광장 앞 퓌프PUF 서점과 퀴자스Cujas 거리 21번지에 있는 '티에르미트Tier-Myth' 서점, 레알Les Halles과 몽파르나스 등에 있는 대형 서점 프낙FNAC에 가서 필요한 책을 구입했다. 다른 서점들은 거의 들어가볼 생각을 하지 않았다. 가능하면 많은 시간을 도서관에서 책 읽고 서재에서 논문 쓰는 일에 매진하기 위해 파리를 산책하는 여유를 즐기지 못했기 때문이다.

본격적인 서점 순례는 2002년 내 인생에서 두번째로 파리에 체류하면서 시작되었다. 나의 두번째 파리생활의 일과는 아침에는 글쓰기, 오후에는 파리 시내 산책, 저녁에는 책 읽기로 짜여 있었다. 매일 오후 발길이 가는 대로 파리 시내 곳곳을 샅샅이 걸어 다녔다. 그러다가 저만치 서점이 나타나면 호기심을 가지고 들어가보곤 했다. 서점에 진열된 책의 종류와 수준, 서점 주인과 고객들의 분위기가 서점이 위치한 동네에 따라 달랐다. 각각의 서점들은 서로 비슷하면서도 각자 고유한 분위기를 만들고 있었다. 그 차이를 느껴보는 일도 파리 산책에서 만나는 즐거움 중 하나였다.

2002년 이후 파리에서 내가 자주 가는 서점들은 나의 주요 산책 코스 안에 있다. 파리 6구의 뤽상부르 공원이나 소르본 대학교 광장을 지날 때면 에콜 거리에 있는 콩파니 서점에 들른다. 서점 주변에는 소르본 대학교, 콜레주 드 프랑스, 클뤼니 중세박물관, 오래된 영화상영관 샹포Champo, 몽테뉴 동상 등이 있어 동네 전체에 학문과 역사의 향기가 넘친다. 소르본 대학교나 콜레주 드 프랑스 등을 방문한 세계 각국의 학자나 지식인 들은 이 서점에 들어가보지 않을 수 없다.

서점의 삼면이 진열창으로 되어 있고 거기에는 소설, 사회과학, 역사, 정신분석, 철학, 예술, 장르문학 등 주제별로 신간들이 전시되어 있다. 진열창 안에 전시된 책들의 제목과 표지만 보아도 뇌세포가 살아난다. 정원, 전쟁, 지식인, 이슬람, 루트비히 비트겐슈타인, 발터 벤야민 등 주제와 인물에 대한 책들을 모아 전시하기도 한다. 서점 앞을 지나가다가 진열창만 들여다보아도 하나의 주제에 얼마나 다양한 책들이 나와 있는지 알게 된다. 진열창 앞에서 책의 제목과 표지를 눈으로 바라보는 것으로 만족하지 못할 경우에는 서점 문을 열고 서점 안으로 들어간다.

서점은 1층과 지하로 되어 있다. 1층에는 문학 코너가 가장 넓게 자리하고 있고, 안으로 쑥 들어가면 조용한 구석에 예술 분야의 책들이 마련되어 있다. 출입구에서 가까이에 있는 평평한 진열대에는 새로 나온 책들이 앞표지를 보이며 전시되어 있고, 벽에 늘어선 책장들에는 이미 출간된 책들이 책등만 보이고 꽂혀 있다. 프랑스 문학은 말할 것도 없고 세계 여러 나라 작가들의 작품이 나라별 대륙별 작가별로 진열되어 있다.

계단을 통해 지하로 내려가면 전체 공간이 두 개의 구역으로 나뉘어 있다. 복도 벽에 추리소설들이 진열되어 있는 왼쪽 방향으로 들어가면, 그곳에는 각종 학술 문화 잡지들이 자리하고 있는 아담한 방이 있다. 그곳에서 나와 오른쪽으로 들어가면, 그보다 세 배 정도 큰 인문학 서적 코너가 있다. 진열대에 놓여 있는 철학, 역사학, 사회과학, 정신분석학, 인류학, 종교학 분야의 신간들은 프랑스 지성의 현주소를 보여주기에 손색이 없다. 진열창을 통해 햇빛이 많이 들어오는 1층의 문학 코너에 비해 은은한 조명으로 어둠을 몰아내는 지하의 인문학 코너는 훨씬 더 안정된 분위기를 선사한다. 1층에는 문학 코너와 계산대가 있어서 언제나 사람들이 붐비는 편이지만 지하 인문학 코너는 거의 붐비지 않는다. 먹물이 많이 들어가서 자기들 나름의 지적 세계를 구축한 듯이 보이는 점잖은 분들이 책장을 넘기며 일용할 정신의 양식들을 고르고 있다. 인문학 코너 안쪽 구석에는 점원이 책상 앞에서 사무를 보고 있다가 고객의 요청이 있으면 언제든지 친절하게 응답한다.

소르본 광장에 있는 철학 전문 서점 브랭도 가끔 들러보는 곳이다. 그곳에는 시대별 학파별 학자별로 분류된 철학서적들이 책의 우주를 만들고 있다. 광장 앞을 지날 때면 거의 언제나 왼쪽과 오른쪽 두 개의 진열창에 전시된 신간 철학서적들을 들여다보게 된다.

카르티에라탱을 지나 생제르맹데프레로 나가면 거기에는 파리의 지식인인 체하는 사람들이 많이 다니는 두 곳의 서점이 있다. 되마고 카페 옆의 '라윈느La Hune'(배의 망루) 서점과 플로르 카페 옆의 '레큄 데 파주L'écume des Pages'(책장의 거품) 서점이다. 소르본 대학교

2012년, 파리

앞의 콩파니 서점은 저녁 7시면 문을 닫지만 생제르맹데프레의 이 두 서점은 어둠이 내리면 이 지역으로 몰려드는 지식인층의 수요에 부응하여 밤 10시까지 문을 연다. 두 서점 모두 콩파니 서점과 마찬 가지로 그림, 사진, 디자인, 영화, 건축 분야의, 사진이 많이 들어가 고 무겁고 가격이 비싼 예술책들을 진열하는 코너가 있다. 라윈느 서점은 2층 전체가 '아름다운 책'이라고 불리는 예술책들로 가득차 있고 레큄 데 파주 서점은 생제르맹데프레 대로변을 향한 서점 앞부 분에 '아름다운 책' 코너가 마련되어 있다. 크리스마스가 가까워오 면 그곳에는 책 선물을 사려는 사람들로 붐빈다.

카르티에라탱과 생제르맹데프레를 잇는 므슈르프랭스Monsieur le Prince 거리에도 내가 가끔 들르는 두 곳의 서점이 있다. 이 길의 생 미셸Saint-Michel 거리 쪽에 있는 '류퐁Lufung' 서점은 중국 서적을 판 매하는 서점인데, 중국 관련 프랑스 서적도 한데 모아놓아서 가끔 들러 구경해본다. 므슈르프랭스 거리와 오데옹Odéon 거리가 만나고 갈라지는 코너에 위치한 '레슬칼리에L'escalier'(계단) 서점도 콩파니 서점처럼 삼면이 유리창으로 되어 있어 진열창에 많은 책을 전시하 고 있다. 서점 유리문에는 이 서점에서 열리는 저자와의 만남을 알 리는 포스터가 붙어 있고 그 저자의 신간에 대한 신문, 잡지 서평들 도 붙어 있다.

2010년, 파리

내가 가끔 들어가는 서점들 가운데 이름에 '나무'가 들어가는 곳이 두 군데 있다. 팡테옹과 앙리카트르 고등학교를 지나면 무프타르Moufftard 거리가 나타난다. 이 거리 양편에는 재미있는 식당들이 즐비한데 저녁나절 사람들이 많이 모이는 이 길을 걸어내려가다보면 '라르브르 드 봐이야죄르L'arbre de voyageur'(여행자의 나무)라는 이름의 서점이 이내 그 모습을 드러낸다. 그러고 보니 이 서점도 두 면이 진열창으로 되어 있어 지나가다가 눈길을 주지 않을 수 없다. 무프타르 거리를 따라 남쪽으로 계속 걸어내려가면 생메다르Saint-Médard 성당이 나온다. 그곳에서 오른쪽으로 방향을 바꾸어 클로드 베르나르Claude Bernard 거리쪽으로 나가면 구석으로 조금 들어가 약간 나지막한 자리에 커다란 진열창 두 개에 책이 전시되어 있는 한적한 모습을 볼 수 있다. '라르브르 아 레트르L'arbre à Lettres'(글자가 달린 나무) 서점이다. 나는 파리 시내 곳곳을 걸어다니면서 길거리 표지판이나 상점의 간판을 많이 보고 다니는 편인데 '라르브르 아 레트르'라는 이름의 서점이 이곳 말고도 최소한 한 군데 더 있다. 어느 날 몽파르나스 묘지 뒤편의 불라르Boulard 거리를 걸어가고 있는데 새로 생긴 서점이 눈에 띄었다. 그 서점 입구 유리창에 '라르브르 아 레트르'라는 이름이 붙어 있었다.

　　지하철 6번선 라스파이Raspail 역에 내려 캉파뉴 프르미에르

Campagne - Première 거리를 지나면 몽파르나스 대로가 나온다. 그 대로 125번지에 내가 자주 가는 '찬 서점Tschann Librairie'이 있다. '찬'은 1927년에 이 서점을 창업한 루이 찬Louis Tschann의 성이다. 이 서점 진열창에는 몽파르나스 지역의 자유로운 정신을 가진 지식인과 예술인 들에게 영감을 주는 책들이 전시되고 있다. 서점으로 들어가면 오른쪽은 문학서적이고 왼쪽은 인문학과 사회과학 책들이 주로 전시되어 있다. 안쪽 깊숙이에는 문고판들이 배치되어 있다.

풍피두 센터가 있는 마레Marais 지역에도 재미있는 서점들이 여럿 있다. 그 가운데 랑뷔토Rambuteau 거리 23번지에 있는 '콜레트Colette' 서점을 자주 들르는 편이다. 콜레트는 소설가의 이름이 아니라 서점 주인 콜레트 케르베르Colette Kerber의 이름을 딴 것이다. 젊은 시절 이곳에 서점을 연 콜레트는 지금은 칠순 할머니가 되었지만 오래전부터 이 동네에 사는 단골 고객을 많이 확보하고 있다. 콜레트는 아직도 계산대를 지키며 고객들과 책 이야기도 하고 근황을 물어보기도 한다. 최근에 『왜 책을 읽는가?Pourquoi lire?』의 저자 샤를 당지그 Charles Dantzig가 이 서점에 와서 독자들과 만남의 시간을 가질 때 들른 적이 있다. 그때 사회를 보던 이 서점 주인 할머니가 독자들의 질문에 재미있게 답변하는 저자의 얼굴을 귀여운 손자 대하듯 쓰다듬어주던 모습이 인상적이었다.

마레에 내가 가끔 들르는 또하나의 서점이 있다. 생트 크루아 드 라 브르토느리Sainte Croix de la Bretonnerie 거리의 6번지에 있는 이 서점의 이름은 '레 모 아 라 부슈Les Mots à la Bouche'(혀끝에 붙어 있는 말)이다. 동성애자들이 많이 다니는 이 서점의 진열대에는 게이 문학작품들과 더불어 미셸 푸코, 디디에 에리봉, 롤랑 바르트, 피에르 파올로 파솔리니 등 동성애자였던 지식인이나 문화예술인 들의 책들이 전시되어 있다.

평소 오후에는 사는 동네에서 멀리 떨어진 다른 동네를 떠돌지만, 주말에는 동네 시장 골목에 채소와 과일 등을 사러 가기도 했다. 16구 아농시아시옹Annonciation 거리에는 정육점, 생선가게, 치즈가게, 채소가게, 빵집, 카페, 포도주가게, 꽃가게, 커피 볶아 파는 상점 등이 늘어서 있다. 그런데 재미있는 것은 거기에 서점이 하나 있다는 것이다. 그래서 나는 가끔 물건으로 가득찬 시장바구니를 들고 그 서점에 들러 새로 나온 책 구경을 하는 것으로 그날의 장보기를 마감하곤 했다. 이 서점의 이름도 창업자의 성을 딴 '퐁텐 서점Librairie Fontaine'이다. 1834년 오귀스트 퐁텐August Fontaine이 문을 연유서 깊은 서점인데 파리 시내를 다니면서 여러 군데서 같은 이름의 서점을 보았다. 우선 우리 동네에서 멀지 않은 오퇴이Auteuil 거리에 퐁텐 서점이 있고 트로카데로의 클레베르Kléber 거리, 지하철 뒤록

^{Duroc} 역 근처에도 오래된 분위기의 퐁텐 서점이 있다.

구매한 책을 넣어주는 퐁텐 서점 전용 비닐봉지에는 다음과 같은 글이 적혀 있다.

> 서점을 차려서 높은 자리를 차지하기는 매우 어렵다. 사업의 성패를 좌우하는 복잡하고 많은 변수들이 있다. 그러므로 이 직업에 필요한 지식을 충분히 습득하지 않고 이 분야에 뛰어든 많은 사람들의 뒤를 따라서는 안 될 것이다. 서점 운영이 지적인 것만은 아니다. 상거래에 필요한 절차에 대한 정확한 지식을 갖추어야 하고 특별한 기술과 상품에 대한 지식이 있어야 한다. 그러므로 서점을 운영하려는 젊은이는 기업 운영, 회계, 은행일, 법 그리고 상거래 관행에 대해 공부해야 한다.

파리에는 갈리마르 출판사에서 직영하는 서점이 여러 군데 있는데, 나는 라스파이 거리와 팔레 르와얄 앞에 있는 서점을 주로 다녔다. 생제르맹데프레에서 15구 콩방시옹^{Convention} 거리로 옮긴 '르 디방^{Le Divan}'(정신분석용 침대의자) 서점도 갈리마르 출판사가 운영하는 서점이다.

나는 파리에서 세 군데의 영어책 서점을 다녔다. 생쉴피스 광장을 지나갈 때는 프랭세스^{Princesse} 거리에 있는 '빌리지 보이스^{Village}

Voice'에 들어가서 책을 구경했고, 튈르리Tuileries 공원을 한 바퀴 돌고 나서 리볼리Rivoli 거리에 있는 스미스W. H. Smith 서점과 갈리냐니 Galignani 서점을 다니기도 했다.

여행할 때면 주로 기차를 이용했는데 리옹 역, 몽파르나스 역 등에서 기차에 타기 전 기다리는 시간에 역 안에 있는 서점들을 들러 보았다. 물론 비행장 대합실로 가는 길에 있는 서점도 잊지 않고 들르는 편이다.

파리 시내 군데군데에는 미술과 디자인, 정원, 연극, 영화, 종교, 만화, 전쟁, SF소설, 명상, 여행 등 주제별 전문 서점들이 오아시스처럼 박혀 있다. 세브르Sévres 거리에는 '리브르 키 샹트Livre qui chante'(노래하는 책)이라는 어린이 책 전문 서점이 있고, 브레아Bréa 거리에는 역사책 전문 서점이 있다. 소르본 광장에는 철학 전문 서점이 있고 라스파이 대로에서 몽파르나스 대로로 나가는 작은 골목길인 레오폴드로베르Léopold Robert 거리에는 음악 전문 서점이 있다.

오데옹에서 뤽상부르 공원 쪽으로 걸어올라가다보면 '모니퇴르 Moniteur'라는 건축 전문 서점이 나온다. 오데옹 광장 왼쪽 구석에 자리잡은 이 서점의 커다란 진열창에는 언제나 새로 나온 건축 관련 책들이 전시되어 있다. 광장의 구석에 위치하고 있기 때문에 두 면이 전시를 위한 진열창으로 꾸며져 있다. 서점에서 뤽상부르 공원으로 올라가는 쪽에는 53번 버스 정거장이 있다. 광장 가운데에는 주로 현대연극을 공연하는 오데옹 극장이 자리하고 있고, 오른쪽 코너에는 한적한 느낌을 주는 메디치 호텔이 투숙객을 기다리고 있다. 서점 안의 책들은 유명 건축가들의 작품집 코너, 병원, 도서관, 학교, 백화점 등 장르별 건축물들 코너, 생태건축 코너, 정원 코너, 건축사 코너 등으로 구별되어 있다. 2층에는 강연을 위한 작은 방도 있어서 재미있는 책을 출간한 건축가들을 초청하여 강연을 듣기도 한다.

파리를 걷다보면 재미있는 이름의 서점들을 만나게 되는데 '콤므 엉 로망Comme un Roman'(소설처럼—다니엘 페낙의 책 제목), '르 리브르 아 브니르Le Livre à Venir'(도래할 책—모리스 블랑쇼의 책 제목), '라 트라프쾨르L'attrape-Coeur'(호밀밭의 파수꾼—제롬 데이비드 샐린저의 소설 제목) 등 책 제목을 이름으로 붙인 서점들도 있다. 어느 날 파리 코뮌 당시 마지막 격전을 벌였던 퐁텐 오 르와Fontaine au Roi 거리를 지나 레퓌블리크République 거리로 들어섰는데 의미심장한 이름의 서점이 나타났다. '르 방 키 게트Le Vent qui Guette'(동태를 살피는 바람)라는 이름의 그 서점 진열창에는 무정부주의와 마르크스주의 서적들이 즐비하게 진열되어 있었다.

도서관에서 책을   읽다

2008년, 파리

나의 '우주'. 이것을 다른 사람들은 도서관이라고 부른다.
_호르헤 루이스 보르헤스, 「바벨의 도서관」

하버드 졸업장보다 소중한 것은 독서하는 습관이다.
오늘의 나를 있게 한 것은 우리 마을 도서관이었다. _빌 게이츠

도서관은 무엇인가

———

  인간은 아득한 옛날부터 자신의 생각을 글로 표현했고 그것을 책으로 만들어 보관했다. 프랑스어로 도서관을 비블리오테크 bibliothèque라고 하는데 이 말은 책을 뜻하는 비블리오biblio와 작은 상자를 뜻하는 테크thèque라는 말이 조합된 것이다. 그러니까 도서관은 책이라는 귀한 물건을 보관하는 커다란 상자라고 볼 수 있다. 책을 읽지 못하거나 읽지 않는 사람들에게 도서관은 무의미한 종이더미를 모아놓은 거대한 상자에 불과하지만, 책을 읽고 사유할 줄 아는 사람들에게 도서관은 마술상자다. 도서관이 커다란 상자라면 그것은 영혼을 위한 약상자이기도 하다. 그곳에 들어가 책을 펴고 책 속에 빠지다보면 마음의 상처를 위로받으면서 세상의 근심걱정이 다 사라진다.

  도서관은 쥐라기의 화석들과 빙하기에 사라진 동물들의 흔적과 여러 겹으로 켜켜이 쌓인 지층을 떠올리게 한다. 도서관은 썩지 않게 처리한 지식의 표본들을 보관하는 지식의 박물관이다. 도서관은 지혜의 보고이며 정보의 원천이다. 그곳은 세상과 우주에 대한 온갖 호기심을 충족시켜주는 책의 우주다. 도서관은 사유의 냉장고다. 상하지 않게 잘 보관되어 있는 다양한 사유의 재료들을 꺼내 생각을 요리할 수 있는 곳이 도서관이다. 요리에 필요한 불은 머리에서 나

제3부 집 밖에서 책을 읽다

온다. 책 속의 문장에 눈길이 닿으면 냉동되어 있던 생각의 얼음들이 녹아 따뜻해지면서 생각의 아지랑이를 무럭무럭 피어나게 한다.

도서관과 책은 둘 다 육면체로 되어 있다. 그러니까 도서관에 가서 책을 읽는 행위는 육면체 속에 들어가 또하나의 육면체로 들어가는 일이다. 책 읽기의 즐거움을 모르는 사람들에게 도서관은 수많은 책들이 매장되어 있는 책의 공동묘지로 보일 수도 있다. 책만 펴들면 머리에 쥐가 나는 사람들에게 도서관은 피하고 싶은 지옥이 될 수도 있다. 그들에게 도서관에 가서 책을 펴는 일은 공동묘지의 무덤 속으로 들어가는 일처럼 생각될 수도 있다. 그러나 책이 좋아 책과 함께 지내는 시간을 가장 행복한 시간이라고 생각하는 사람에게 천국은 거대한 도서관의 모습을 하고 있을 것이다. 일이 놀이가 되고 놀이가 일이 되는 곳이 천국이라면, 독서를 직업으로 하는 사람들에게는 읽고 싶은 책을 마음대로 읽을 수 있는 도서관이야말로 천국에 가장 가까운 장소일 것이다.

독서가 저자와 독자 사이의 소리 없는 대화라면 그런 대화가 이루어질 적절한 장소가 필요하다. 도서관은 저자가 말하려는 바가 무엇인지 알기 위해 독자가 조용히 입을 다물고 귀를 기울이는 경청의 장소이다. 책을 읽고 난 다음 독자가 쓰는 글은 저자에게 들려주고 싶은 이야기이다. 도서관에는 서로 다른 입장과 의견을 표명하는 책들이 한자리에 모여 있다. 책들은 들리지 않는 소리로 격렬한 토론을 벌이고 있다. 그렇다면 도서관은 서로 다른 생각들이 싸우고 있는 전쟁터이기도 하다. 시인 남진우는 사람들과 빛이 사라지고 침묵이 지배하는 밤의 도서관 서가를 걸으며 이렇게 썼다.

책들이 달려든다
화려한 표지를 치켜세우고
현란한 광고 문구와 장엄한 저자 약력을 앞세우고
날선 종이들이 사방에서 달려와
일제히 내 몸을 베고 찌른다
나를 읽어야 해 나를 읽어달라니까
책들이 아우성치며 내 몸을 타고 오른다
빽빽이 종이로 들어찬 몸이
책상 위에 머리를 처박고
다시 꾸역꾸역 종이를 삼킨다

─하늘에 계신 우리 아버지
오늘 우리에게 책을 멀리할 수 있는 자만심을 주시옵고

─남진우, 「도서관에서의 기도」 중에서[53]

도서관에 들어가기 전에

―

도서관은 미술관, 박물관과 더불어 범속한 일상사와 이해갈등으로 점철된 먼지 나고 시끄러운 현실세계로부터 떨어져나와 다른 세계로 날아갈 수 있는 자기완결적 공간이다. 읽고 싶은 좋은 책으로 가득찬 도서관은 언제나 벅찬 기대와 설레는 마음으로 찾아갈 수 있는 열락의 공간이다.

파리 16구의 트로카데로 광장에 가면 에펠탑을 향해 샤이오 궁전이 마치 부채처럼 펼쳐져 있다. 좌우대칭의 이 건물 양쪽 출입구 위쪽에는 프랑스의 명징한 '에스프리'를 대표하는 시인 폴 발레리가 이 장소를 위해 고심해서 만든 문장이 금박으로 새겨져 있다.

여기에 진귀하고 아름다운 것들이
정성껏 체계적으로 모여 있다.
그것들은 우리의 눈이
이미 세상에 있는 모든 것을
마치 처음 보는 것처럼 볼 수 있도록 가르친다.

도서관에 아무리 진귀한 책들이 체계적으로 분류되어 있다 해도 그것을 읽고 즐길 관심과 욕구가 없는 사람들에게 책은 무의미한 종이뭉치에 불과하다. 그러니까 도서관을 천국으로 만드는 것은 책과 더불어 책을 읽고 세상을 다르게 보고 싶다는 욕망이다. 폴 발레리는 도서관에 소장된 책의 입장이 되어 다음과 같이 말했다.

> 내가 무덤이 되느냐 보물이 되느냐,
> 내가 말을 하느냐 침묵을 지키느냐는
> 내 앞을 지나가는 사람에게 달려 있다.
> 그것은 오로지 당신에게 달려 있다.
> 친구여, 욕구 없이는 부디 들어오지 마라.

도서관 건립의 작은 역사

도서관의 역사를 말할 때 빼놓을 수 없는 것이 기원전 280년경에 북아프리카 교역의 중심지였던 항구도시 알렉산드리아에 세워진 거대한 도서관 이야기다. 당시 지중해 세계를 하나로 연결한 알렉산더 대왕의 세계주의적 이상을 지식의 세계에서 구현하고자 했던 프톨레마이오스 1세가 건립한 이 도서관은, 아리스토텔레스의 서재에 있던 장서를 그대로 가져와 소장하고 있었으며 여러 가지 방법으로 책을 모아서 무려 70만 권의 장서를 소장한 엄청난 규모의 도서관이었다.

아테네와 로마가 인문학의 중심이라면 알렉산드리아는 자연과학이 강했다. 아르키메데스와 유클리드가 알렉산드리아 출신이다. 그들은 아마 이 도서관에서 공부했을 것이다. 그런 유명한 학자들만이 아니라 클레오파트라도 그곳에서 책을 읽었을 것이다. 그러나 안타깝게도 이 도서관은 여러 번에 걸친 전쟁으로 수난을 겪다가 기원전 48년 카이사르가 일으킨 전쟁의 와중에 불타 재가 되고 말았다.

오랜 세월이 지나 2004년 그 자리에 다시 세계 최대의 도서관이 문을 열었다. 1974년 유네스코가 인류문화의 상징으로 알렉산드리아에 세계 최대의 도서관을 건립하자는 제안을 한 지 30년이 지나, 드디어 그 도서관이 완공된 것이다. 그렇게 해서 사라진 도서관이 부활했다. 알렉산드리아 도서관 건립에는 중동의 산유국들과 유럽 여러 나라들의 도움이 있었다. 그래서 이 도서관은 이슬람 문명과 기독교 문명 사이의 대화를 상징하기도 한다. 이 도서관의 서가에 처음 꽂힌 두 권의 책은 코란과 성서였다.

알렉산드리아 도서관으로 시작된 도서관의 역사는 중세 수도원의 도서관으로 이어졌다. 수도원은 4세기 말 로마제국이 몰락한 이후 12세기에 들어서 대학이 출현할 때까지 유럽문화의 중심 역할을 했다. 수도원에 부속된 도서관은 중세학문의 중심지였다. 책은 '무지와 싸우는 정신적 무기'였고, 책을 보관하는 도서관은 신의 메시지가 흘러나오는 발신처였다. 중세철학을 대표하는 토마스 아퀴나스는 수도원 도서관에서 학문에 열중하던 수도사였다. 수도원 소속 도서관에서 소장한 모든 책은 필사본이었다. 인쇄술의 발명 이전이라 모든 책을 손으로 써서 제본했다. 그러기에 도서관에 보관된 장서는 수도원 문화의 황금기라고 할 수 있는 9세기 후반에도 500권을 넘지 못했다. 중세 말 교황청 도서관의 장서도 2천 권 정도였다 (오늘날 바티칸 도서관의 장서 수는 180만 권에 이른다).

중세 후기로 가면서 도시가 발달하고 그곳에 대학이 들어섰다.[54] 수도원이 문화의 중심이던 시대가 끝나고 대학문화의 시대가 찾아왔다. 13세기 후반 파리에 소르본 대학교가 문을 열면서 파리는 새로운 문화의 중심지가 되었다. 대학도서관은 장서와 더불어 독서하고 연구하는 공간이 되었다.

수도원의 수사들이 소리내어 책을 읽었다면, 대학의 학자들은 입을 다물고 책을 읽었다. 음독에서 묵독으로 독서의 방식이 전환되면서 학자들은 더 많은 양의 책을 내밀하고 자유롭고 빠른 속도로 읽게 되었다. 책을 읽는 방법만 아니라 읽는 책의 종류도 달라졌다. 학자들은 성서나 교부철학 서적 대신에 아리스토텔레스를 비롯한 '이교도'의 저작을 탐독하기 시작했다. 로마교황은 이러한 상황을 개탄하면서 파리를 '사탄의 거리'라고 저주하였다. 수도원 중심의 '학승'

의 시대에서 대학 중심의 '학자'의 시대로 변화가 시작된 것이다.

수도원이 경전과 종교서적을 필사하고 보관하는 장소였다면, 대학도서관은 연구를 위해 그리스 고전을 비롯한 다양한 종류의 훨씬 더 많은 책을 체계적으로 소장하는 장소였다. 1325년 소르본 대학교 도서관의 장서는 대출이 불가능한 귀중본이 330권, 대출 가능한 복사본이 1091권 소장되어 있었다고 한다.

15~16세기 르네상스 시기 인문주의의 부흥과 더불어 늘어나기 시작한 도서관은 17~18세기에 이르러서는 유럽의 크고 작은 도시의 도서관 건립 붐으로 이어졌다. 도서관 건립을 재정적으로 뒷받침한 지방도시의 귀족과 부호 들은 도서관을 그 도시의 가장 고귀한 상징물로 생각했다. 미켈란젤로가 설계하여 1534년에 세워진 피렌체 메디치가의 라우렌치아나 도서관은 이탈리아 인문주의를 꽃피운 중요한 장소 가운데 하나다.

파리 센 강변에도 도서관이 들어섰다. 예술의 다리 좌안에 위치한 한림원 건물 안에는 프랑스어 표준사전을 제정하는 아카데미 프랑세즈만이 아니라 마자린Mazarine 도서관도 있다. 1643년에 마자린 대주교에 의해 창립된 이 도서관은 프랑스 최초의 공공도서관이다.

중국에도 오래전부터 도서관 건립의 전통이 있었다. 이미 당나라 때 궁정과 대관 부호들이 앞다투어 서고 및 서루를 세웠다고 하며, 청나라 시대에는 책이 넘쳐 그 책들을 보관하기 위한 커다란 도서관들이 건립되었다.

조선시대 세종이 만든 집현전과 정조가 만든 규장각은 왕립도서관이자 연구기관이었다. 집현전은 성삼문 등 거기에 소속된 학자들이 단종복위운동에 관련되었다는 이유로 세조가 즉위하면서 폐지되었지만, 정조 때 만들어진 규장각은 아직도 존재한다. 창덕궁의 주합루라는 건물에 있던 규장각은 해방 이후 서울대학교 안으로 옮겨졌다. 정조 당시 중국으로부터 수입되는 책의 양이 엄청나서 이곳에는 국내 서적 약 1만 점, 중국 서적 약 2만 점이 소장되어 있었다. 유득공, 박제가, 이덕무 등이 모두 규장각의 검서관 출신들이다. 오늘날 규장각에는 『조선왕조실록』 『승정원일기』 『일성록』 『삼국유사』 『동의보감』, 대동여지도 등의 원본이 소장되어 있다.

도서관 사용법

—

어떤 물건이라도 그 양이 많아지면 분류를 해서 보관해야 한다. 그래야 필요할 때 제때제때 찾아쓸 수 있다. 책도 마찬가지다. 수십 권일 때는 괜찮지만 수백 권이 넘으면 일정한 기준에 따라 분류하고 배치해야 쉽게 찾아 읽을 수 있다. 도서관의 일차적 기능은 그냥 놓

제3부 집 밖에서 책을 읽다

아두면 파손되고 사라질 책들을 모아 분류하여 보관하는 일이다.

분류는 체계적 사고의 출발이다. 무질서한 자연계를 이해하기 위해 인간은 식물, 동물, 광물을 구별하고 각각의 분류체계를 발전시켰다. 파리 5구의 식물원 부근에는 식물 분류체계를 만든 린네와 뷔퐁 같은 식물학자들의 이름이 붙어 있다. 그 안의 자연사 박물관에 들어가면 공룡에서 새에 이르기까지 다양한 동물들이 체계적으로 분류되어 있고, 광물박물관에 들어가면 온갖 광석들이 질서정연하게 분류되어 전시되고 있다. 프랑스의 작가 조르주 페렉은 『생각하기/분류하기Penser/Classer』라는 책을 썼고, 자기가 사는 방에서 우주공간에 이르기까지 다양한 종류의 공간을 분류하여 각각의 공간에 대한 자신의 생각을 담은 『공간의 종류Espèces d'Espaces』라는 책도 썼다. 셀 수 없이 많은 무질서한 책의 우주에 질서를 부여하려면 분류가 필요하다.

오늘날같이 정보가 넘쳐나는 사회에서는 점점 더 노하우know how보다 노웨어know where가 중요해지고 있다. 노하우를 얻기 위해서 노웨어가 먼저 있어야 한다. 책이 집결해 있는 도서관의 책을 잘 이용하기 위해서는 우선 도서관의 책 분류법을 알아야 한다. 도서관 서가의 수많은 책들은 19세기 말 미국 컬럼비아 대학교 도서관에서 일하던 멜빌 듀이가 1876년에 창안한 십진분류법DDC, Dewey

Decimal Classification에 따라 총류, 철학사상, 사회과학, 자연과학, 어학, 문학, 예술, 역사 등으로 분류되어 진열되어 있다. 대부분의 도서관들이 듀이십진법을 따르고 있다. 우리나라에서는 1920년대 연희전문학교 도서관이 처음으로 듀이십진법을 도입했다. 현재 우리나라 도서관들은 듀이의 십진법을 한국 상황에 맞게 수정한 한국십진분류법KDC, Korean Decimal Classification을 사용하고 있다. 종교 분야에는 불교 항목을 세분화했고, 문학의 경우에도 한국 소설이나 시 같은 분류 항목을 따로 만들었다.

파리에서 내가 자주 다니던 일본문화원 도서관의 책들도 듀이십진법에 따라 분류되어 있다. 그런데 잘 살펴보면 일본 책과 서양 책이 다소 다르게 분류되어 있다. 일본 책은 000총류, 100철학, 200역사, 300사회과학, 400자연과학, 500기술, 600산업, 700예술, 800언어, 900문학으로 분류되어 있고, 프랑스어와 영어 책 위주의 서양 서적은 000총류, 100철학, 200종교, 300사회과학, 400언어, 500과학과 자연, 600기술, 700예술, 800문학, 900지리와 역사로 되어 있다. 그런데 정작 듀이의 고국인 미국의 도서관들은, 장서가 늘어나면서 십진법으로 분류하는 방식에서 알파벳으로 분류하는 방식으로 전환하고 있다.

대형 서점의 경우에도 듀이의 십진분류법을 참조하여 책을 분류 배열했지만 점차 고객들의 흥미와 호기심을 유발하는 새로운 분류

방식을 개발하고 있다. 자기계발서와 학습서, 수험서, 취업준비서를 하나로 묶기도 하고, 작가별 출판사별 시리즈별로 분류하기도 한다. 아동 도서와 요리, 건강 등의 실용 도서를 하나의 범주로 묶어 주부와 아이 들이 함께 있을 공간을 마련해주기도 한다.

도서관이 많은 책을 효과적으로 분류하는 데 강조점을 둔다면, 서점은 잘 팔리는 책을 고객이 쉽게 찾을 수 있도록 배치하는 데 더 신경을 쓴다. 도서관의 경우에는 한정적인 공간에 계속 늘어나는 많은 책을 보관해야 하기 때문에 다닥다닥 배열된 서가를 이용할 수밖에 없지만, 서점의 경우에는 서가와 더불어 매대를 활용하기도 한다. 출입구 쪽 매대에는 베스트셀러가 높게 쌓여 있어 누구라도 피해갈 수 없게 전시되어 있다. 고객들의 주요 동선을 따라 기획매대를 활용하여 스테디셀러, 서점 추천도서 등의 특별 코너를 만들기도 한다. 어떻든 책을 좋아하는 사람이라면 어느 도서관, 어느 서점에 들어가도 어떤 책들이 어떻게 분류되고 배치되어 있는가를 즐겁게 살피며 돌아다닐 것이다.

공공도서관이 있어야 하는 이유
—

나만이 아니라 수많은 사람들의 삶에 공공도서관은 주요하게 작용했다. 집에 서재는커녕 읽을 만한 책이 없는 사람들이나 학교에 다니기 싫거나 다닐 수 없었던 사람들에게, 공공도서관은 읽고 공부할 책을 제공해주었다.

"나는 시립도서관에서 동과 서, 옛것과 새것을 두루 찾아 읽었으며 그것을 향해 한발 한발 내딛는 청년 시절을 보냈다. 어깨 너머로 햇빛이 쏟아져들어오던 시립도서관의 참고열람실에서 이루어진 책 읽기는 잊을 수 없는 추억이다. 희망 없는 내일과 궁핍이 의식을 목 죄었지만 날마다 책들을 읽는 것으로 그 고통을 견뎌냈다."[55]

훗날 시인이자 평론가가 된 장석주의 회고담이다. 대학 진학을 포기한 그에게는 도서관이 대학이고 대학원이었다.

장석주만이 아니라 마이크로소프트의 창업자 빌 게이츠의 삶에도 공공도서관이 중요하게 작용했다. 그는 많은 사람이 선망하는 하버드 대학교를 다니다 중퇴했는데 훗날 대학에서 배운 것보다 동네 공공도서관에서 더 많은 것을 배웠다고 술회했다.

누구에게나 무료로 책을 빌려주고 책 읽을 장소를 제공하는 공공도서관의 출현이야말로 지식의 민주화에 결정적인 역할을 했다. 대부분의 나라에서 국립중앙도서관은 애초에는 왕립도서관으로 출발했다. 프랑스의 경우 프랑수아 1세는 1522년 퐁텐블로 궁전에 도서관을 만들었고, 1537년에 프랑스 내에서 출판되는 모든 책을 국가에 바치는 납본제를 실시했다. 그후 루이 14세는 정식으로 왕립도서관을 설립했다. 왕립도서관의 책들은 1789년 프랑스혁명 당시 국가 재산으로 환수되었는데 그 밖에도 성직자, 해외 망명 귀족들, 처형된 자들, 모든 학회 소유의 장서 가운데 총 1천만 권 정도의 책이 국립중앙도서관 장서가 되었다.

19세기 후반 유럽의 대도시들은 시청사, 공설운동장, 학교, 보육시설, 양로원, 병원, 극장, 오페라, 박물관 등의 문화시설과 함께 공공도서관을 건립하기 시작했다. 미국에서는 벤저민 프랭클린이 시작한 시민도서관 건립운동이 계속되었고, 유럽에서는 노동운동의 일환으로 노동야학과 더불어 민중도서관 건립운동이 일어났다. 의무교육이 일반화되고 문자 해독 인구가 증가하면서 근대적 의미의 독자가 탄생했다. 그에 따라 공공도서관의 필요성은 더욱 커졌다.

도서관은 책을 읽는 장소이면서 동시에 소속이 없는 자유로운 지식인들이 책을 쓰기 위한 자료를 모으고 책을 집필하는 장소가 되기도 했다. 마르크스는 영국 런던 망명 시절 대영박물관 부속 국립도서관에서 『자본론』 집필을 위한 자료를 수집했다. 파리 리슐리외 Richelieu 거리의 국립중앙도서관도 명저의 산실이 되었다. 발터 벤야민의 『파리, 19세기의 수도』, 시몬 드 보부아르의 『제2의 성』, 미셸 푸코의 『감시와 처벌』이 모두 그곳에서 집필되었다. 베티 프리던은 뉴욕 공공도서관에서 『여성의 신비』를 썼다.

공공도서관 건립은 시민의 문화향유권이라는 기본권을 실현하는 구체적 수단의 하나다. 시민은 누구라도 자유롭게 책을 읽을 권리가 있고, 국가는 국민에게 독서할 수 있는 권리를 보장하기 위해 공공도서관을 건립할 의무가 있다. 공공도서관 건립이야말로 국민의 독서할 권리를 충족시키기 위한 구체적 수단이다. 프랑스 정부는 2차 대전 이후 대학도서관을 우선 지원하는 정책을 펴다가 1967년에 가서야 공공도서관 설립 쪽으로 방향을 돌렸다. 1977년에 개관한 퐁피두 센터에도 커다란 공공도서관이 설치되었다. 1981년 집권한 미테랑 대통령 시절에는 공공도서관 건립이 더 활발해졌다. 특히 1984년 이후 지방자치가 실시되면서 지역 주민 개개인의 '정신적 문화적 삶의 질 향상을 목표로 하여 지역 공공도서관들이 많이 생겼다.

우리나라 공공도서관의 비율은 아직도 매우 낮은 편이다. 공공도서관의 장서도 부족한 편이다. 2005년 OECD 회원국의 도서관 현황 자료를 보면 덴마크는 1인당 장서 수가 6.12, 스웨덴은 4.98, 노르웨이 4.72, 미국 2.90, 일본 2.36, 영국 2.04, 호주 2.01, 프랑스 1.53, 독일 1.42인 데 비해 우리나라는 0.55에 불과하다. 그러나 지방자치제 실시 이후 지역도서관 건립이 활발해지면서 공공도서관의 수가 늘어나고 있다. 실제로 2004년 487개였던 공공도서관이 2011년에는 759개로 늘어났다. 그러나 도서관 건물이 다가 아니라 그곳에 보유하고 있는 장서의 양과 질, 그리고 도서관 이용자들에 대한 공공서비스가 향상되어야 한다. 국가 지식경쟁력 강화라는 거대한 목표와 학습능력 향상이라는 실용적 목표도 좋지만 한 사람한 사람의 시민이 책을 읽으며 자신의 삶을 깊이 있고 의미 있게 가꾸어갈 수 있는 도서관의 분위기를 만들어나가야 할 것이다.

도서관의 공공서비스 기능에서 가장 중요한 것은 무료 대여다. 프랑스의 공공도서관들은 주말이면 책을 빌리고 반납하러 오는 사람들로 분주하다. 도서관은 책에 대한 다양한 정보를 제공하는 서비스도 한다. 2002년 파리 교외의 불로뉴비양쿠르Boulogne-Billancourt 공공도서관에 갔을 때의 일이다. 세계적인 사회학자 피에르 부르디외가 사망한 지 한 달쯤 되었을 즈음이다. 그 도서관의 사서가 부르디외 사망 이후 신문과 잡지에 나온 온갖 기사를 스크랩하고 복사하여 자료집을 만들어서 무료로 제공하고 있었다. 도서관은 단지 책을 빌려주고 책 읽을 장소를 제공하는 기능만이 아니라 책을 잘 읽는 방법을 가르쳐주는 일도 하고 있었다. 그곳 도서관의 사서는 은퇴한 노인, 어린이, 청소년, 주부 등을 위한 독서 모임을 개최하기도 한다. 비행청소년들을 가두고 교화하는 교도소나 재교육 시설을 건립하는 비용을 도서관을 중심으로 한 문화활동에 투자한다면 훨씬 더 효과적일 것이라고 말하기도 했다. 좋은 책들이 효과적으로 전시되고 다양한 서비스가 제공되는 도서관이야말로 시민의 교양수준을 높이는 데 중요한 역할을 할 수 있다.

지역도서관을 찾아서

　　도서관은 학교와 더불어 국민의 지적 수준을 높이는 공적인 기관이다. 그러므로 공공도서관 건립은 학교 건립 못지않게 중요하다. 대규모 도서관도 좋지만 시민의 일상적 삶이 이루어지는 동네와 마을에 작은 도서관을 많이 만드는 일이야말로 독서를 생활화하여 국민의 지식과 교양의 수준을 높이는 가장 좋은 방법이다. 브라질의 작은 도시 쿠리치바에 붉은색을 칠한 등대 모양으로 지은 마을도서관이나, 파리에서 건축학을 공부한 '말하는 건축가' 정기용이 설계하여 마산과 진해 등에 지은 '기적의 도서관'은 지역 주민과 어린이들을 위한 모범적인 지역도서관이다.

　　영화 〈닥터 지바고〉에 나오는 도서관도 그런 도서관 가운데 하나다. 시베리아의 어느 지역으로 처가 가족과 함께 피신한 지바고가 일상에 지루함을 느껴 가까이 있는 마을의 도서관에 책을 빌리러 갔다가 그곳에서 사서로 일하고 있던 과거의 연인 라라를 우연히 만나게 되는 바로 그 도서관 말이다. 그런 시골 소도시의 자그마한 인간적 규모의 도서관이야말로 꿈 많은 젊은 시절에 꿈을 꾸기 위한 이상적 독서의 공간이다.

프랑스 곳곳의 지방도시와 마을에도 그런 작은 도서관들이 있다. 노르망디에 있는 나의 프랑스 친구 브리지트의 별장에서 며칠 지낸 적이 있다. 인구 2천 명 정도의 바시Vassy라는 이름의 작은 도시였는데, 알고 보니까 1836년 조선에 선교사로 왔다가 1839년 기해박해 때 붙잡혀 참수당한 피에르 모방 신부의 고향이었다. 모방 신부가 다녔다는 성당 근처에 마을도서관이 있었다. 몇 년 전 마을 사람들의 기대에 부응하기 위해 원래 있던 도서관을 현대식으로 리모델링하여 미디어테크로 만들어놓았는데, 그 지역 특유의 거무스레한 돌로 지어져 향토색을 풍긴다. 지방자치단체와 중앙정부 그리고 유럽연합이 지원한 기금을 모아 설립된 이 지역도서관은 마을 사람들이 언제고 들러 책을 읽고 빌려갈 수 있다. 브리지트의 사촌 클레르는 이 도서관에서 자원봉사자로 일주일에 이틀, 여덟 시간을 일하고 있다. 그 도서관을 보면서 이 작은 마을에 살더라도 저 도서관이 있기 때문에 심심하지 않게 살 수 있을 것 같다는 생각이 들었다. 이 작은 마을에 사는 젊은이들도 저 도서관에 들어가 동서고금의 책들을 접하면서 자신의 꿈을 키울 수 있고, 언젠가는 이 마을을 떠나 더 큰 도시나 외국을 다니며 새로운 인생을 살게 될 거라는 생각도 들었다.

다케우치 마코토의 소설 『도서관에서 만나요』에는 일본의 어느 지방도서관의 모습이 다음과 같이 묘사되고 있다.

"지방세를 꼬박꼬박 받는 덕에 재정적으로 여유가 있어서 그런가? 확실히 도서관에 예산을 쏟아붓는 것은 어처구니없을 정도로 호화스러운 청사를 짓거나 아무도 건너지 않는 다리나 도로를 건설하는 것보다 현명한 행위다. 쾌적하고 보유 도서가 충실한 도서관은 주민의 문화수준 향상에 기여하니 말이다."[56]

소설 속의 이야기가 아니라 실제로 일본의 지방자치단체는 도서관에 많은 예산과 정성을 쏟고 있다. 일본의 우라야스 시는 인구 25만 정도의 도시인데, 큰 중앙도서관이 하나 있고 시내 곳곳에 6개의 분관과 이동도서관을 갖추고 있다. 그래서 우라야스 시민의 90퍼센트는 집에서 걸어서 10분 이내에 도서관에 갈 수 있다. 시민의 60퍼센트 정도가 일상적으로 도서관을 이용한다. 시민 한 사람당 도서관에서 대출하는 부수가 전국 최고수준이면서, 그와 동시에 서점에서 책을 구입하는 가계예산도 전국 최고수준이다. 흔히 도서관에서 책을 빌려볼수록 서점에서 책을 덜 구입할 것으로 생각한다. 그래서 '도서관은 출판사의 적이다'라는 주장도 있다. 그런데 이상하게 우라야스 시내에는 6개의 대형 서점이 있다. 도서관 이용이 오히려 책에 대한 구매욕구를 상승시키는 것이다. 그렇다면 지역도서관을 짓는 일이야말로 지역 서점을 살리는 길이다.

제3부 집 밖에서 책을 읽다

이상적인 도서관

—

도서관이라고 다 똑같은 도서관이 아니다. 도서관을 도서관답게 만드는 것은 그곳에 들어가면 나도 모르게 책을 읽고 싶게 하는 분위기다. 건물만 멀쩡하게 지어놓고 장서는 빈약한 도서관, 시험 준비하는 사람들로 가득차 독서실 같은 분위기를 풍기는 도서관이 아니라, 책의 세계에 빠진 사람들의 영혼이 떠다녀서 그곳에 들어가면 저절로 책을 읽고 싶어지는 분위기 있는 도서관을 그려본다.

그런 이상적인 도서관을 만들기 위해서는 일단 좋은 위치가 선정되어야 한다. 조용하고 한적한 언덕, 강물의 흐름이 내려다보이는 강변, 동네의 조용한 광장 한구석에 위치한 도서관으로는 누구라도 발걸음을 옮기고 싶을 것이다. 도서관 진입로의 흐름, 현관의 분위기와 열람실로 이어지는 계단의 흐름, 계단 중간에 설치된 돌조각들, 개가식 서가의 배치방식, 책상과 걸상의 형태, 조명, 계단이나 열람실 벽에 걸린 그림들에 세심한 배려가 깃든 품위 있고 고아한 도서관이 그립다. 열람실 곳곳에 책의 여신들과 작가들의 석상, 지혜를 상징하는 그림들, 책 읽는 선비들의 그림, 구름을 타고 날아가는 신선의 모습이 그려진 풍경화가 적절하게 배치되어 있는 도서관 풍경을 떠올려본다.

그러나 그 무엇보다도 도서관의 분위기를 만드는 데 가장 주요한 역할을 하는 것은 그곳에서 책을 읽는 사람들이다. 책을 대하는 그들 각자의 얼굴 표정에서 묻어나는 사고와 사색의 분위기들이 합쳐져 도서관 전체의 분위기를 만드는 것이다. 아무리 잘 지은 초현대식 도서관이라고 해도 이어폰을 귀에 꽂고 껌을 씹으며 책을 뒤적이는 사람들로 가득찬 열람실을 상상해보라. 무슨 영혼의 흐름을 느낄 수 있겠는가?

내 인생 초기의 도서관들
—

　내 인생에서 도서관은 중요한 의미를 지니는 장소다. 초등학교 시절 내가 도서관에서 책을 읽었던 기억은 없다. 내가 다닌 초등학교는 일본 아이들이 다니던 학교라서 시설이 좋았다. 1960년대에 수세식 변기와 라디에이터가 설치되어 있었고, 동산에는 야외 풀장까지 있었다. 그런데 이상하게도 시설만 있었지 사용하지는 않았다. 일본 학생들이 다니던 시절에는 학교에 도서관이 있었을지도 모르겠다. 하지만 1961년 내가 입학했을 당시에는 따로 도서관이 없었다.

　내가 학교도서관을 처음 구경한 것은 중학생이 되어서다. 건물 맨 위층 강당 옆에 마련된 그 도서관 열람실은 방과후 공부하는 장소였으며 가끔 책을 빌려 보기도 하는 장소였는데, 서고에는 도난 방지를 위해 철망이 쳐져 있었다. 나는 그 철망 안 서가에 즐비하게 늘어선 수많은 책들을 바라보며 경외감에 사로잡히곤 했다. 그 세계는 내가 지금 사는 여기와는 다른 무언가 신비로운 세계처럼 여겨졌다. 그때 나는 장폴 사르트르의 『자유의 길』이라는 책의 제목을 보면서, 그게 무슨 뜻인지도 모르면서 나도 '자유의 길'을 걷고 싶었다.

내가 개가식 도서관을 처음 경험한 것은 대학에 들어와서다. 다른 책들은 모두 도서관 1층에 있던 가나다라와 ABC 순으로 분류된 카드를 참조하여 대출신청서를 작성해야 빌려 볼 수 있었지만, 2층에 있던 참고열람실에서는 백과사전과 분야별 사전 등 사전류와 미술 도록 등을 마음대로 꺼내 볼 수 있었다. 거기에는 김구 선생이 친필로 쓴 '祖國光復'이란 글씨가 걸려 있었다. 대출받을 때는 책 뒤에 끼워진 대출카드에 사인해야 했는데 나보다 이전에 그 책을 빌린 사람들의 이름이 적혀 있었다. 나는 그때 에밀 뒤르켐의 『종교생활의 원초적 형태』를 프랑스어판으로 빌려 보았는데, 그 책의 대출카드에 1920년대 프랑스에 유학했던 철학과 정석해 교수 단 한 사람의 이름이 적혀 있는 것을 보고 마음 뿌듯했던 기억도 있다. 대학원 시절에는 새로 지은 중앙도서관의 서고를 자유롭게 출입할 수 있는 특권을 누리게 되어 서고를 마음대로 돌아다니며 이책 저책 자유롭게 꺼내 볼 수 있었다. 그러나 아직 학문의 세계에 처음 발을 들여놓은 햇병아리였던 나는 거대한 도서관 서가에서 종종 방향감각을 상실했고, 책들이 풍기는 퀴퀴한 냄새에 질려 도망쳐나오기도 했다.

파리에서 내가 다닌 도서관들

—

1982년에서 1989년 초까지 파리에서 유학생활을 하는 중에는 라스파이 거리 56번지에 있는 '사회과학고등연구원' 건물 2층에 있는 도서관에서 많은 시간을 보냈다. 강철기둥에 투명한 유리로 지은 현대식 건물의 도서관에서 인문학과 사회과학 분야의 유명한 학술잡지 최신호들을 자유롭게 열람할 수 있었고, 한국에서는 읽을 수 없었던 프랑스어 책과 영어 책을 마음대로 빌려 볼 수 있었다. 그 당시나는 굶주렸던 아이가 밥상을 대한 듯 아침부터 저녁까지 책 속에 빠져들었다. 저녁 6시가 되면 목에 돋보기안경을 걸고 다니던 사서가 "끝났습니다!"라는 말을 반복하고 다녔다. 그 사서의 단호한 목소리는 이제 읽던 책을 덮고 빨리 나갈 준비를 하라는 명령이었다. 나 말고도 많은 사람들이 읽던 책을 더 읽으려고 도서관 문 닫는 시간을 잘 지키지 않았던 모양이다.

박사학위를 받고 귀국해서는 사직터널 위에 있는 '한국 사회과학 도서관'을 많이 이용했다. 정신적으로 힘들었던 그 시절 연대와 이

대에서 강의할 때 학교도 가깝고 구내식당도 있어서 편리했기 때문이다. 그 도서관은 에스콰이아의 이인표 회장이 내놓은 기금으로 만든 도서관으로, 미국의 최신 사회과학 도서들과 학술잡지들이 많이 들어왔다. 나는 그곳에서 복사도 참 많이 했다. 파리의 라스파이 거리에 있던 학교도서관 분위기와는 천지 차이로 다른, 사직터널 위의 달동네에 위치한 한국 사회과학도서관을 올라다니면서 격세지감을 느끼기도 했다. 그러나 5월 말 6월 초가 되면 주변 인왕산의 아카시아꽃이 만개하여 열어놓은 도서관 열람실 창문으로 향기를 날려보냈다. 그리고 나면 한 학기가 끝나고 여름방학이 시작되었다.

2002년 서울생활을 접고 다시 파리생활을 시작한 이후 파리에서 내가 가장 많이 다닌 도서관은 센 강변 케브랑리Quai Branly에 있는 파리 일본문화원 도서관이다. 내가 사는 집이 있는 파시 언덕을 걸어내려와 멀리 몽마르트르 언덕과 에펠탑을 바라보면서 센 강을 건너면 이내 브랑리 강변로에 있는 일본문화원에 도착한다. 걸어서 10분 정도의 거리다. 문화원 4층에 자리한 도서관에는 일본어, 영어, 프랑스어로 된 일본에 관한 연구서적들이 즐비하고 프랑스 현지의 신문과 잡지가 구비되어 있으며 일본 잡지와 신문도 볼 수 있다. 나는 이 도서관에서 내가 일본에 대해 너무 무식했다는 것을 알게 되었고, 일본의 역사와 문화, 사상과 종교, 문학과 예술 등을 주제로 하는 책들을 읽으면서 일본에 대한 나의 무지를 깨우치려고 노력했다. 아니 프랑스에서 일본문화를 공부하는 게 재미있었고, 프랑스 사람들과 미국 사람들이 일본을 어떻게 이해하고 있는가를 아는 것도 흥미로웠다. 일본의 대기업들이 출자하고 일본인 건축가가 설계한 파리 일본문화원 건물은 산뜻하고 편안한 느낌을 주었는데, 도서관에서 책을 읽다가 고개를 들면 센 강이 아래로 내려다보였다.

나는 파리에 사는 미국인들이 만든 파리 미국도서관에 다니기도 했다. 에펠탑 옆에 위치한 미국도서관 2층 한구석의 조용한 열람실이 내가 주로 책을 읽는 장소였다. 그곳에서 미국 사람들이 파리와 프랑스에 대해 쓴 책들을 보기도 하고 때로 읽고 싶은 책을 집으로 빌려오기도 했다. 도서관에서 책을 읽다가 지루하면 도서관 주변 동네를 산책하다가 에콜 밀리테르 앞의 카페로 가서 커피 한잔을 시켜놓고 지나가는 사람들을 바라보기도 했다.

파리 13구에 있는 마르그리트 뒤랑 여성도서관도 한참 다녔다. 지하철 6번선 나시오날Nationale 역에 내려 길게 이어지는 나시오날 거리를 죽 걸어들어가면 13구 구립도서관이 나오는데 그곳 3층에 여성학 전용도서관이 마련되어 있다. 원래 팡테옹 맞은편 5구 구청 건물 안에 있었는데 그 좋은 자리에서 밀려나 13구 한구석으로 밀려났다고 한다. 이 도서관은 19세기 말 여성의 권리를 옹호하는 '라 프롱드La Fronde'라는 신문을 창간한 마르그리트 뒤랑이라는 여성 언론인의 개인 서재에서 출발했다. 그녀의 서재는 사후 프랑스 여성운동의 기본 자료와 여성학 연구서들을 수집하여 보관하는 도서관으로 발전했고, 1970년대 초 프랑스 여성운동의 물결 가운데 국가의 지원을 받는 공공도서관이 되었다. 이 도서관은 프랑스의 여성학자들은 말할 것도 없고 외국의 여성학자들도 자료를 찾아 방문하는 세계적으로 중요한 여성학 도서관이 되었다. 이 도서관을 다니면서 주변의 잔다르크 광장을 중심으로 13구의 골목길을 많이 걸어다녔다.

뒤랑 여성학 도서관에서 멀지 않은 곳에 미테랑 국립도서관이 있다. 집에서 6번선 지하철을 타고 베르시Beroy 지하철역에서 내려 센 강 위에 걸려 있는 시몬 드 보부아르 다리를 건너면 프랑스 국립도서관BNF, Bibliothèque nationale de France이다. 새로 지은 거대한 국립도서관은 리슐리외 거리에 있는 오래된 국립도서관으로는 미래의 프랑스 도서관의 모습을 담을 수 없어 미테랑 대통령이 야심적으로 추진한 문화기획이다.

2003년에서 2004년 이 도서관에 1년 정기권을 끊어서 다닌 적이 있다. 서울의 이화여대 운동장을 파내고 미래지향적 실험적 건물을 설계한 건축가 도미니크 페로가 설계한 국립도서관에 입장하려면 수십 개의 나무계단을 걸어올라간 다음 엄청난 규모의 마루광장을 지나야 한다. 계단을 오르면서 넓은 하늘을 올려다볼 수 있고 센 강을 내려다볼 수 있다. 건축가는 도서관에 들어가기 전에 넓고 편안한 마음을 준비하라는 뜻으로 야외공간을 설계했을 것이다.

이 도서관은 그 규모와 형태에서 책의 중요성을 웅변한다. 서고로 쓰이는 4개의 고층건물이 ㄱ자나 ㄴ자 형태로 지어져 펼쳐진 책을 상징하고, Y자로 서 있는 도서관 주변의 가로등도 열린 책을 형상화했다. Y자 가로등 위의 책은 날개를 달고 하늘로 날아가는 모습이다. 거대한 직사각형으로 지하를 파서 만든 도서관 중앙의 정원에는 키 큰 나무들이 하늘을 보고 손을 뻗치고 있다. 철제와 유리로 만든 이 도서관은 그 자체가 장중하고 장엄한 형태의 종합예술품이다. 9·11테러사건 이후 소지품을 삼엄하게 검사하는 입구를 지나 다시 에스컬레이터를 타고 지하 열람실로 내려가 책상에 앉을 때까지 너무 많은 시간이 걸렸고, 내부 조명이 은은한 것을 넘어서 다소 어두운 편이어서 나에게는 답답하게 느껴졌다. 엄청난 규모의 도서관이어서 내부 동선이 길고 이동이 힘들었다. 집에서 도서관까지 지하철을 타고 오가야 하고 도서관 안에서도 한참을 걸어다녀야 하는 게 싫어서 점차 집에서 걸어서 10분 거리에 있는 파리 일본문화원 도서관에 가장 자주 다니게 되었다.

파리 일본문화원은 건물 벽이 온통 통유리로 되어 있어서 투명하고 시원한 느낌을 주며 실내의 벽과 책상을 비롯해 비품들이 모두 흰색으로 처리되어 있어 밝고 환한 느낌을 주었다. 공부하다가 눈이 피곤할 때 유리창 밖을 내다보면 강 건너 언덕의 오래된 건물들과

트로카데로 궁전이 보였다. 열람실 밖의 복도로 나오면 센 강이 눈 앞에서 흘러갔다.

일본문화원 도서관은 화요일에서 토요일까지 오후 1시에서 6시까지 문을 여는데, 목요일은 오후 8시까지 문을 연다. 나의 파리생활은 오전에는 집에서 글을 쓰고 오후에는 파리를 산책하고 저녁에는 독서를 하다가 자는 일과로 짜여 있었다. 그러다가 파리 시내 전체를 몇 년 동안 내 발로 걸어다닐 만큼 걸어다니고 난 다음부터는, 오후에 일본문화원에 가서 공부를 하다가 6시에 도서관을 나와 주변 동네 산책을 하고 집에 들어가는 방식으로 바뀌었다. 겨울이 되면 도서관을 나올 무렵 이미 어둠이 내려 있었다. 나는 겨울날이면 도서관을 나와 머리를 식히기 위해서 15구의 골목길들을 한참 돌아다니다가 집으로 들어가곤 했다. 골목길의 식당 안을 들여다보면 식당의 빈 테이블들 위에는 흰 보가 깔려 있고 포크와 나이프, 포도주 잔과 물컵이 손님을 기다리며 가지런히 놓여 있었다.

일본문화원이 월요일에 문을 닫기 때문에 집 근처에서 월요일에도 문을 여는 도서관을 찾아보았다. 트로카데로에 있는 16구 주민을 위한 공공도서관이 월요일에도 문을 열었다. 집에서 걸어갈 수 있는 거리에 있었다. 어느 월요일 오후 그곳에 가보았더니 동네 청소년들이 와서 공부를 하고 있고 젊은 엄마들이 아동도서를 빌리러 오거나 할머니들이 여행안내서 등을 빌리러 오는 곳이었다. 게다가 도서관이 지하공간에 있어서 땅 밑으로 내려가는 기분이 별로 좋지 않았다.

그러다가 월요일에도 문을 여는 파리 한국문화원 도서관을 찾게 되었다. 이에나^{Iéna} 거리에 있는 한국문화원은 집에서 걸어서 15분 거리였다. 의식적으로 한국을 멀리한 지 삼사 년이 지난 상태였다. 2005년에서 2006년 사이에 『한국인의 문화적 문법』을 쓸 무렵이었다. 파리 한국문화원 도서관은 지하공간에 있고 장소도 협소해서 답답한 느낌을 주었지만, 한국에 관한 외국학자들의 연구서들이 꽤 있었고 내 연구 주제와 관련된 책들도 찾아볼 수 있었다.

그 무렵 파리 5구에 있는 콜레주 드 프랑스 아시아 도서관을 알게 되었다. 한국, 중국, 일본, 인도 네 나라의 연구소와 부속도서관이 합쳐진 건물이었다. 피에르 부르디외를 비롯한 콜레주 드 프랑스 교수들의 연구실도 같은 건물에 있었다. 도서관에는 중국학이나 일본학을 연구하는 프랑스 사람들이 열심히 공부하고 있었다. 한국학 연구소의 자료들은 일일이 신청해야 빌려 볼 수 있었지만 도서관 2층과 3층에는 동아시아 관련 참고문헌들과 학술잡지들이 개가식으로 진열되어 있어 편리하게 이용할 수 있었다. 3층 복도에는 마르셀 그라네를 비롯하여 동아시아학을 개척한 프랑스 학자들의 사진이 걸려 있어서 연구자들에게 영감을 불러일으킨다. 이 도서관은 건물들이 ㅁ자 모양으로 배치되어 있고 가운데 널찍한 정원이 조성되어

제3부 집 밖에서 책을 읽다

있다. 아시아 도서관 건너편 건물에는 사회인류학연구소가 있고 거기에 가끔 클로드 레비스트로스가 노구를 이끌고 나타나곤 했다.

2008년 케브랑리에 원시미술 박물관이 개관하면서 박물관 5층에 미디어테크가 문을 열었다. 이미 아랍문화원, 카르티에 재단 건물 등 파리의 명소가 된 건물들을 설계한 바 있는 장 누벨의 지휘하에 지어진 케브랑리 박물관은 짙은 갈색을 주조로 하여 무겁고 어두운 느낌을 주지만 질 클레망이 설계한 야생의 정원을 지나 5층에 올라가면 파리의 지붕들이 내려다보이는 환한 도서관이 마련되어 있다. 승강기에서 내려 복도를 지나 도서관에 들어서면 멀리 몽마르트르 언덕의 사크레쾨르Sacré-Coeur 성당이 눈에 들어온다. 삼면이 유리창으로 되어 있어서 햇빛이 환하게 들어오기 때문에 스카이라운지에 들어와 있는 느낌이다. 이곳 개가식 서가에는 대륙별과 나라별로 인류학 기본 도서들이 꽂혀 있고 백과사전류와 인문사회과학의 분야별 주제별 전문 사전들이 배치되어 있다.

다시 서울의 도서관으로

—

파리에서 도서관에 다니던 습관은 서울에 와서도 도서관을 찾게 했다. 2009년 여름 집안일을 처리하기 위해 일시 귀국했을 때의 일이다. 그때 북촌의 어느 한옥 민박집에서 한 달을 보냈는데 시간이 나면 북촌 전역의 골목길을 누비고 다녔다. 그러다가 옛 경기고등학교 자리에 있는 정독도서관에 다니게 되었다. 그곳이 조선시대 사육신 가운데 한 사람인 성삼문이 살던 집터였고 한말의 개화파 김옥균이 살던 집도 그곳에 있었다는 사실을 그때 처음 알았다. 옛 교사를 그대로 도서관으로 개조한 그 건물의 열람실에서 관심 있는 책을 마음대로 꺼내 보았다. 도서관 마당에서는 남산, 인왕산, 북악산을 바라볼 수 있어서 좋았다.

2010년 여름, 서울에 일시 귀국했을 때는 서초동에 있는 국립중앙도서관을 자주 다녔다. 이 도서관은 1988년 서울올림픽이 열리던 해 여름 남산도서관에서 이전해왔다. 그때는 도서관에 읽을 만한 책도 별로 없고 입시 공부나 취직 공부 하는 젊은이들을 위한 독서실 기능을 하고 있었다. 그런데 2010년 다시 가본 국립중앙도서관은 과거와는 많이 다른 모습을 하고 있었다. 우선 대로변 입구에 디지털 도서관이라는 유리로 된 초현대식 건물이 들어섰다. 디지털 도서관에서 본관으로 올라가는 나무계단 중간에는 디지털 북카페가 있어서 그곳에 들러 에스프레소 한 잔을 마시고 올라가기도 한다. 그 계단을 다 걸어올라가면 바닥에는 화강암 석판과 풀밭이 교차되어 있는 잔디광장이 나온다. 왼쪽에는 휴식을 위한 나무벤치들이 설치되어 있고 오른쪽에는 디지털 도서관의 경사진 지붕에 잔디가 덮여 있는 모습이 마치 하나의 예술작품처럼 보인다. 본관 뒤쪽에는 등나무 휴게실도 있고 언덕을 걸어올라가면 반포동 서래마을이 내려다보이는 몽마르트 공원과 서리풀 공원이 조성되어 있다.

도서관 내부도 완전 개가식으로 되어 있어서 5년 이내에 나온 문학, 인문학, 자연과학, 사회과학, 북한학 분야의 저서들을 서가에서 마음대로 꺼내 볼 수 있다. 나머지 서고 자료나 디지털 자료도 신청하면 15분 정도면 나온다. 그래서 2010년 여름 내내 오후시간의 대부분을 국립중앙도서관에서 보냈다. 2011년 말 10년 파리생활을 청산하고 귀국한 이후 지난 10년 동안 각 분야에서 나온 책과 학술지들을 찾아보면서 한국사회의 변화와 동향을 파악하려고 애썼는데, 그런 일을 하기에 국립중앙도서관만큼 좋은 장소는 없다(국립중앙도서관의 장서는 현재 900만 권을 육박한다). 모든 책은 의무적으로 국립중앙도서관에 납본하기로 되어 있어서 정식으로 출판된 책은 어떤 책이든 다 찾아볼 수 있다. 나는 요즈음 오후시간을 대부분 국립중앙도서관에서 보낸다. 책의 바다를 마음대로 헤엄치고 다니는 물고기가 되면 뭍의 일들은 다 잊어버리게 된다. 6시가 되어 열람실 문이 닫히면 도서관을 나와 몽마르트 공원으로 올라가 반포대로 양안을 이어주는 '누에다리'를 건너 '서리풀 공원'의 산길을 걸어서 집으로 돌아온다.

책이 사라진 도서관

저 하늘나라에 있다는 천국은
엄청나게 큰 도서관이 아니고 무엇이겠는가?
_가스통 바슐라르

책을 주인공으로 한 어떤 전시회
—

2010년 1월 10일 일요일 오후 나는 파리 중심부 오페라 대로의 왼쪽 보도를 걸어내려가 앙드레 말로 광장을 지나 코메디 프랑세즈에 도달했다. 그곳에서 몸을 틀어 왼쪽 길로 들어서면 그곳이 바로 몰리에르가 살았던 리슐리외 거리다. 그 거리를 죽 걸어올라가면 프랑스 국립도서관 정문이 나온다. 안마당을 지나 현관에 들어서면 이내 1868년에 개관한 라브루스트 열람실Salle Labrouste과 마주친다. 그 거대하고 장엄한 독서의 궁전에는 책의 향기가 온 열람실을 날아다닌다. 10미터는 족히 되어 보이는 이 열람실의 높다란 천장을 16

개의 철제기둥이 지탱하고 있다. 천장에는 9개의 쿠폴coupoles(돔)이 장치되어 있고 파이앙스faïence(불투명 유약을 바른 도기陶器)로 만든 원통형 유리창을 통해 빛이 들어온다. 다소 어둡고 무겁게 느껴지지만 세월이 흐르면서 만들어놓은 안정된 분위기가 느껴진다. 열람실을 채우고 있는 밤색 책상 위에는 종 모양의 초록색 갓을 두른 전기 스탠드가 설치되어 있다.

라이너 마리아 릴케가 파리에 살 때 쓴 『말테의 수기』에는 주인공 말테가 바로 이 국립도서관 열람실에 와서 시집을 읽는 장면이 나온다.

나는 여기 앉아서 한 시인의 작품을 읽고 있다. 열람실에는 많은 사람들이 있지만 그것을 느낄 수 없다. 그들은 책에 몰두해 있다. 그러면서 마치 잠을 자다가 2개의 꿈 사이에서 몸을 이리 뒤척 저리 뒤척 하듯 책의 쪽수 사이에서 몸을 뒤척인다. 아! 책 읽는 사람들 속에 있는 게 너무도 좋다. 왜 사람들은 늘 책 읽을 때와 같지 않을까? 누군가에게 가까이 가서 그를 살짝 건드려보아라, 그는 조금도 그걸 느끼지 못하리라. 일어나면서 옆에 앉은 사람에게 살짝 부딪히고 사과를 해도 목소리가 나는 쪽으로 얼굴을 돌려 고개를 끄덕이긴 하나, 상대를 보지는 못한다.[57]

책인시공冊人時空

그런데 내가 그 열람실에 들어간 날은 다른 날과 달랐다. 아주 특별한 전시회가 열리고 있었다. 2000년 프랑스 문화부는 이 열람실을 보수하고 개조하여 국립미술사연구소Institut National d'Histoire de l'Art의 도서관으로 만들겠다는 계획을 발표했다. 그 이후 2009년까지 보수와 개조를 위한 의견 조정과 개조 공사를 위한 철저한 계획이 이루어졌다. 2010년 드디어 라브루스트 열람실이 공사에 들어갈 모든 준비 작업이 완료되었다. 열람실의 모든 책과 비품을 걷어내어야 할 순간이었다. 이 열람실을 사용하던 사람들에게는 너무나도 아쉬운 순간이었다.

그 아쉬움을 달래기 위해 도서관장 브뤼노 라신Bruno Racine은 라브루스트 열람실이 개조되어 새로운 모습으로 태어나기 전에 마지막으로 열람실을 개방하는 프로그램을 만들었다. 젊은 시절 그곳에서 공부한 경험이 있는 사람들에게는 과거를 회상할 수 있는 기회였고, 그곳을 처음 가보는 사람에게는 처음이자 마지막으로 원래 상태 그대로의 라브루스트 열람실을 구경할 수 있는 마지막 기회였다. 스스로 책을 쓰는 작가이기도 한 도서관장은 이 기획행사를 통해 관람객들에게 읽고 싶다는 욕구를 넘어 쓰고 싶다는 욕구를 불러일으키기를 기대했다. "도서관은 책을 보관하는 장소일 뿐만 아니라 새로운 저자들에게 수액樹液을 전달하는 장소"라고 생각했기 때문이다. 그래서 어린 시절 작가가 되기를 꿈꾸다가 사진작가로 명성을 얻은 뒤 비디오아티스트이면서 소설과 에세이를 쓰는 작가가 된 알랭 플레셰르Alain Flècher에게 라브루스트 열람실의 고별전시 기획을 맡겼다. 텍스트에서 영감을 얻어 이미지를 구성하고 이미지를 변형시켜 텍스트를 구성하면서 책과 화면 사이를 자유롭게 왕래하는 알랭 플레셰르는 '읽은 것들, 본 것들Choses Lues, Choses Vues'이라는 제목으로 전시를 구성했다.

책 읽는 모습 바라보기
—

열람실로 들어서자 이내 공연이 시작되었다. 책이 다 빠져나간 텅 빈 서가가 줄지어 서 있는 거대한 열람실의 높은 벽에 우주의 탄생을 상징하듯 푸른빛 조명이 감돌면서 이곳저곳에서 웅웅거리는 태고의 신비한 소리가 울려나왔다. 그 소리는 마치 사라진 영혼을 불러오는 주술사의 주문처럼 들리기도 했다. 잠시 후 열람실 입구 정면에 설치된 거대한 스크린에 모차르트의 오페라 〈돈 조반니〉의 한 장면이 나왔다. 아직 장소에 익숙지 않아 어리둥절하게 서 있는데 잠시 후 거대한 스크린이 어둠에 잠기자 열람실 전체에 은은한 조명이 들어왔다. 열람실의 이곳저곳에서 많은 사람들이 한꺼번에 책 읽는 소리가 들려왔다. '정숙' '침묵' '조용히' 같은 표어가 붙어 있

어야 할 도서관 열람실에서 소리내서 책 읽는 소리를 들으니까 도서
관이 아니라 어디 예식을 하고 있는 성당에 들어온 것 같기도 했다.

책 읽는 소리의 진원지를 찾아 발걸음을 옮겼다. 열람실의 바둑
판처럼 늘어선 300여 석의 책상들 앞에 놓인 100개가 넘는 비디오
화면에서 나오는 소리였다. 각각의 책상에는 타원형의 작은 양철판
에 일련번호가 붙어 있고 비디오 화면에는 뚜껑이 붙어 있다. 뚜껑
위에는 "독서하는 모습을 보려면 상자의 뚜껑을 여세요. 보신 다음
에는 뚜껑을 닫으세요"라는 안내문이 적혀 있다. 뚜껑을 들어올리
자 이내 책 읽는 사람의 이미지가 나타났고 뚜껑을 닫자 책 읽는 사
람은 곧바로 자취를 감추었다. 아하! 그러니까 화면이 책이라면 화
면에 달린 뚜껑은 책의 표지인 셈이다.

열람실의 이곳저곳을 기분나는 대로 배회하며 심심하면 책을 펴
듯이 화면의 뚜껑을 열어보았다. 거기에는 각기 다른 사람들이 나와
책을 읽고 있었다. 문화부 장관 프레데리크 미테랑Frédéric Mitterrand,
프랑스 퀼튀르France Culture 라디오 방송에서 문화예술인과 대담 프
로그램을 진행하는 로르 아들레르Laure Adler, 같은 방송에서 20년
넘게 문학 프로그램을 진행하는 알랭 뱅스탱Alain Veinstein, 사진의
역사적 철학적 의미를 연구하는 미술사학자 조르주 디디위베르망
Georges Didi-Huberman, 수많은 남자와 맺은 관계를 책으로 펴낸 미술
잡지 편집인 카트린 미예Catherine Millet 같은 잘 알려진 사람도 나오

지만 초등학생, 전기기술자 은퇴자 등 보통 사람들이 더 많다. 100여 개의 비디오 화면 속에는 성별, 나이, 직업, 국적, 주거지가 각기 다른 사람들이 서로 다른 장소와 시간에 서로 다른 책을 소리내어 읽고 있다. 거기에는 '읽은 것들, 본 것들'이라는 전시회의 제목처럼 읽을거리와 볼거리가 함께 들어 있었다. 각각의 비디오는 4~5분 정도 계속되다가 끝이 나면 처음부터 되풀이된다. 나는 책 읽는 장소의 분위기가 특별하거나 마음을 끄는 책을 읽는 장면이 나오는 비디오는 몇 번씩 반복해서 보았다.

독자가 책을 읽는 장소는 실내의 책상 앞이기도 하고, 침대이기도 하고, 거실의 벽난로 앞이기도 하고, 집에 딸린 정원이기도 하고 공원 벤치이기도 하고, 해변의 백사장이기도 하고, 지하철 플랫폼이기도 하고, 화가의 아틀리에이기도 하고, 들판으로 난 길가이기도 하다. 퐁피두 센터 옥상 카페테라스이기도 하고, 코메디 프랑세즈 건물을 둘러싸는 원주 옆이기도 하고, 생제르맹데프레의 카페 되마고의 테라스이기도 하고, 일본 식당의 식탁이기도 하고, 디자이너의 공방이기도 하고, 공원의 풀밭이기도 하고, 정신분석가의 캐비닛이기도 하고, 대학의 빈 강의실이기도 하고, 거리의 공용벤치이기도 하고, 공중전화 부스이기도 하고, 상원의 유서 깊은 도서관이기도 하고, 다락방의 긴 책상 앞이기도 하다.

　　　　　　　　　　　　　　책인시공冊人時空

책 읽는 사람들은 각자 자신이 원하는 장소에서 귀스타브 플로베르의 『마담 보바리』, 마르셀 프루스트의 『스완네 집 쪽으로』, 카미유 클로델의 『편지』, 한나 아렌트의 『실존의 철학』, 프리드리히 니체의 『반시대적 고찰』, 파울 첼란의 『서간』, 한스 안데르센의 『성냥팔이 소녀』, 발터 벤야민의 『보들레르론』, 조르주 바타유의 『내적 체험』, 라이너 마리아 릴케의 『젊은 시인에게 주는 편지』, 루이페르디낭 셀린의 『밤 끝으로의 여행』, 프란츠 카프카의 『단식 예술가』, 제라르드 네르발의 『실비』, 장 콕토의 『미녀와 야수』, 알렉상드르 뒤마의 『삼총사』, 호르헤 루이스 보르헤스의 『허구들』, 다니엘 아라스의 『아무것도 보지 못한다』, 모리스 블랑쇼의 『모호한 토마스』, 르 클레지오의 『구름의 사람들』, 에드거 앨런 포의 『모르그가의 살인사건』, 데이비드 로런스의 『날개 달린 뱀』, 제롬 데이비드 샐린저의 『호밀밭의 파수꾼』, 세이 쇼나곤의 『마쿠라노소시』를 읽고 있다.

서로 다른 장소에서 서로 다른 삶을 살아가는 사람들이 각자 원하는 장소에서 각자가 선택한 책을 읽고 있는 모습은 삶과 독서의 다양성을 있는 그대로 보여준다. 그들을 바라보고 있노라면 그들의 은밀한 내면의 한 조각을 훔쳐보고 있다는 느낌이 든다.

진열장 속의 종이 보물

—

열람석에 앉아 화면에 나오는 책 읽는 사람들의 표정을 바라보며 책 읽는 소리를 듣다가 지루해져서 열람실 앞뒤를 여기저기 걸어다녔다. 넓은 열람실 앞뒤의 넉넉한 공간에는 유리 진열장이 전시되어 있었다. 도서관의 열람실이 박물관의 전시실로 모습을 바꾼 셈이다. 허리 높이의 진열장 안을 무엇이 들어 있을까 하는 마음으로 허리를 굽혀 들여다보기 시작했다. 거기에는 프랑스 문학사를 빛낸 작가들이 손으로 직접 쓴 걸작의 원고들이 들어 있었다. 국립도서관이 소장하고 있는 귀한 보물들이다(얼마 전에 극히 예외적으로 우리나라에 반환된 강화도의 외규장각 도서를 보관하고 있던 곳이 바로 이 도서관이다). 귀스타브 플로베르의『마담 보바리』, 마르셀 프루스트의『잃어버린 시간을 찾아서』, 루이페르디낭 셀린의『밤 끝으로의 여행』, 알베르 카뮈의『페스트』, 조르주 바타유의『내적 체험』등 세계적으로 유명해진 작품들이 탄생되던 순간의 흔적이 거기에 보관되어 있었다. 프루스트의 원고에는 여백에 풍선을 그려넣고 그곳에 추가할 문장을 적어놓은 것이 보였다. 바타유의 원고에는 서로 다른 종이에 쓴 문장을 가위로 잘라 붙여놓은 모습도 보였다. 서로 다른 개성 있는 필체로 쓴 수고手稿들이 커다란 스크랩북에 가지런히 정리되어 있는 모습을 바라보며 조용히 진열장 앞에 서 있자 원고에 묻어 있는 저자들의 영혼이 서서히 말을 걸어오는 듯했다.

전시에서 공연으로

—

라브루스트 열람실 입구에 서면 맞은편 끝에 깊이를 알 수 없는 동굴의 입구가 보인다. 수많은 책이 서가에 가지런히 정리되어 있을 도서관의 서고로 인도하는 거대한 입구는 마치 우주로 통하는 문처럼 신비한 분위기를 만들고 있다. 그 입구 양쪽에는 조각가 장조제프 페로Jean-Joseph Perraud가 반라의 여인상을 조각한 돌기둥이 서 있다. 머리에 책을 이고 입구의 아치를 떠받치고 있는 두 여인은 책의 여신들이다. 두 여인상 사이에 세워진 아치 아래 백색의 대형 스크린이 설치되어 있다. 처음 이 열람실에 들어올 때 멀리서 보았던 스크린이다. 그 위에 20분마다 한 번씩 공연이 이루어진다.

책상 위의 비디오에서 나오는 책 읽는 소리가 멈추고 열람실의 모든 불이 꺼진다. 도서관의 열람실이 일순간 공연장으로 변한다. 태고의 흐르는 강물 소리처럼 들리는 신비한 음향효과와 함께 정면에 설치된 무대의 커튼이 양쪽으로 서서히 열리고 그 뒤에 감추어져 있던 대형 스크린 위에 공연이 시작된다. 책상 앞에서 앉아 비디오 화면을 바라보던 사람들은 모두 고개를 들어 스크린을 응시한다. 오페라 〈돈 조반니〉에서 남자 주인공이 자기가 정복한 여자들의 이름이 기록된 책을 길게 펼치고 다니면서 〈카탈로그 아리아〉를 부르는 장면이 나온다. 공연은 5분 후에 끝난다. 열람실에 서서히 불이 들어오고 책상 앞 작은 화면에서 책 읽는 소리가 나기 시작한다. 20분 후 다시 공연이 시작된다. 대형 스크린 위에는 한 남자가 나와서 수천 페이지가 넘는 두껍고 커다란 책을 비스듬한 책상 위에 놓고 빠르게 넘기는 퍼포먼스를 보여준다. 책장을 빠른 속도로 급하게 넘길 때 나는 소리가 매우 급박하게 들린다. 화면 속의 남자는 알고 싶은 것도 많고 읽을 책도 많기 때문에 시간에 쫓기며 책 읽는 모습을 보여준다. 책장을 급하게 획획 넘기는 그의 모습은 빨리 읽으면 아무것도 남지 않는다는 것을 말하고 있는 것 같다.

20분 후 다음 공연에는 어느 서재에 할아버지와 손자가 등장한다. 유대교 랍비처럼 보이는 할아버지가 손자에게 글자를 가르쳐주고 있다. 할아버지는 접시 위에 꿀로 손자의 이름을 쓰고 나서 손자에게 자기 이름을 몇 번 소리내서 읽게 하고는 꿀로 쓴 그 이름을 혀로 핥아먹게 한다. 그 장면을 보면서 할아버지에서 손자로 이어지는 문화 전승이라는 문제, 눈으로 읽는 독서가 아니라 소리내서 읽고 아예 글씨 자체를 입속으로 삼켜 몸에 간직하는 독서법, 달콤한 꿀이라는 수단을 문자교육에 사용하고 자기 이름을 삼키게 함으로써 자기 정체성을 평생 분명히 가지게 하는 유대 전통의 지혜 등에 관한 생각들이 두서없이 머릿속을 맴돌았다.

불이 켜진 후 열람실 이 책상 저 책상을 배회하며 비디오 화면 속에서 낭독하는 사람들의 모습을 보고 있는데 다시 불이 꺼지고 대형 화면이 나타난다. 수많은 책이 쌓여 있는 창고의 장면이 지속되더니 잠시 후 책장 사이로 쥐떼가 등장한다. 화면은 쥐들이 책을 마음대로 갉아먹으며 분주하게 돌아다니는 장면을 보여준다. 책은 결코 영원하지 않다. 책은 여러 공격 앞에 취약하다. 어디 쥐뿐이겠는가. 벌레, 습기, 불, 햇빛 등이 모두 책을 위협하는 외부세력들이다. 쥐떼가 책을 파괴하는 끔찍한 장면들을 고문당하듯이 바라보고 있는데 다행히 얼마 후 대형 스크린의 이미지가 사라졌다.

비디오 화면 속의 풍경화 읽기

—

나는 다시 비디오 화면으로 돌아와 각양각색의 사람이 서로 다른 장소에서 서로 다른 책을 읽고 있는 모습을 바라보았다. 논문이나 책을 읽기 위해서 도서관이나 연구실에서 노트를 하면서 책을 보는 장면이 아니라 각자 자신의 마음이 내키는 장소에서 행복한 책 읽기를 하고 있는 장면들이다. 비디오 화면을 바라보고 있으면 도서관 열람실에 앉아 있다는 느낌보다는 영화관에 와 있다는 느낌이 든다.

알랭 플레셰르는 라브루스트 열람실을 4~5분짜리 영화 100여 편을 마련해놓고 관람객이 그 가운데 마음에 드는 것들을 자유롭게 선택해서 볼 수 있는 영화관으로 만들어놓았다. 거기에서 상영되고 있는 모든 영화의 주제는 '책 읽는 사람'이다.

우리는 지금 책의 위기와 더불어 화면의 전성시대에 살고 있다. 파리의 서점에 들어가보면 아직도 소설과 인문학 책을 비롯하여 수많은 책들이 쏟아져나오고 있다. 그러나 「디지털 시대의 프랑스 사람들」이라는 보고서에 따르면 15세 이상의 프랑스 사람 가운데 2009년 1년 동안 한 권의 책도 읽지 않은 사람이 30퍼센트라는 조사결과가 나왔다. 반면에 한 해에 스무 권 이상의 책을 읽는 '독서가'들의 숫자는 줄어들고 있다. 영화관의 화면에서 텔레비전 화면, 컴퓨터의 화면에서 휴대전화의 화면을 거쳐, 길을 안내하는 내비게이터 화면에 이르기까지 수많은 화면들이 사람들의 눈을 책으로부터 빼앗아갔다.

그러나 알랭 플레셰르는 역설적으로 100개의 비디오 화면을 통해 책의 중요성을 말해주고 있다. 비디오 화면은 책, 책 읽는 사람, 책 읽는 공간 사이를 오가며 전체적인 분위기를 만들어간다. 알랭 플레셰르가 찍은 책을 읽는 공간 속에는 책 읽는 사람의 내면과 책의 내용이 메아리친다. 그래서 화면을 보면서 책과 공간과 사람 이렇게 세 요소 사이의 관계를 짐작해볼 수 있다. 세 요소들은 화면에 따라 잘 어울리기도 하고 엇갈리기도 하지만 언제나 그 속에는 각기 다른 특별한 분위기가 담겨 있다. 이쪽저쪽을 오가며 마음에 드는 비디오 작품을 10편 정도 보다가 모든 영화에 공통적으로 나타나는 네 가지 구성요소를 발견했다. 책 읽는 사람의 표정, 책을 읽는 목소리, 책을 읽는 공간의 분위기, 그리고 책 자체의 표정이다. 모든 사람의 얼굴의 형태와 표정이 달랐고 책을 낭독하는 목소리의 음색과 읽는 속도가 달랐으며 책을 읽는 공간의 분위기가 하나같이 고유했고 읽고 있는 책들의 표정이 다 달랐다. 그 네 요소가 어우러져 각각 고유한 풍경화를 그리고 있었다.

다양한 독서의 장면들

파리는 특별히 하는 일이 없는 사람이 지내기에 가장 적당한 도시다. 한가한 카페테라스에 앉아 지나가는 사람들을 바라보며 그 사람이 어떤 사람인가를 상상하고 있노라면 한두 시간은 금방 지나가 버린다. 서양화가들이 그린 그림 가운데는 자화상을 비롯한 초상화가 다수를 이룬다. 겉으로 드러난 모습을 통해 인간의 내면세계를 보여주는 것이 초상화의 본질이다. 알랭 플레셰르가 제작한 비디오 화면에 나오는 책 읽는 사람들의 모습도 일종의 움직이는 초상화라고 할 수 있다. 초상화가 단 한 장면으로 그 사람의 겉모습과 내면풍경을 보여주는 것이라면 책 읽는 사람 비디오 연작은 4~5분간의 동영상을 통해 한 사람의 안과 밖 풍경을 보여준다. 살아 움직이는 사람을 관찰하는 데는 관찰자로서 약간의 심리적 부담이 있지만 비디오작품은 그 자체가 촬영 당시부터 객관적 거리를 유지하고 있기 때문에 상대방에 대한 심리적 배려 없이 훨씬 더 노골적이고 적극적인 관찰을 할 수 있다. 하나의 비디오 작품을 몇 번씩 반복해서 보면서 책 읽는 사람의 내면을 짐작해볼 수 있다. 초상화에도 배경이 나오지만 비디오 작품에는 배경이 훨씬 더 풍부하고 자세하게 묘사되고 있다. 특히 그 사람의 개인적 공간이 나오면 내면공간을 짐작하는 상상력은 더 활발하게 움직인다. 책을 읽는 순간은 그 사람의 가장 내밀한 내면을 짐작해볼 수 있는 순간이다.

153번 열람석 위에 펼쳐진 어느 비디오 화면의 뚜껑을 열었다. 8월의 여름날 파리지엔들이 모두 바캉스를 떠나 사막처럼 한적한 파리 5구 쥐시외Jussieu 지하철역 입구. 거기에 설치된 공용벤치에 바람이 스쳐가고 햇빛이 비치고 있다. 그런데 누군가가 그 벤치에 앉아 한가롭게 책을 읽고 있다. 유명한 여성운동가이자 방송인인 로르 아들레르가 한나 아렌트의 『실존의 철학』을 읽고 있다. 그녀의 책 읽는 목소리는 특별하다. 누구도 흉내낼 수 없고 언제 들어도 그녀

책인시공冊人時空

의 목소리임을 금방 알아차릴 수 있다. 그녀의 책 읽는 소리는 적당한 순간에 커졌다가 다시 작아지고 빠르게 진행되다 느려지고 높게 올라가다가 낮아지면서 듣는 사람의 마음속을 파고든다.

저술가이기도 한 로르 아들레르는 마르그리트 뒤라스의 전기에 이어 한나 아렌트의 전기를 썼다. 최근에는 여성 언론인이자 정치가였던 프랑수아즈 지루 전기를 출판했다. 프랑스에서 최고의 지적 수준을 지녔다고 평가받는 공영 라디오방송인 '프랑스 퀼튀르' 방송국 사장을 몇 년 전까지 하다가 지금은 같은 방송국에서 매일 밤 10시 15분에서 11시 사이에 〈오르 샹Hors Champs〉이라는 프로그램을 진행한다. 린네와 뷔퐁, 퀴비에와 생틸레르 등 수많은 생물학자들의 자취가 서린 파리의 식물원 정원인 자르댕 데 플랑트Jardin des Plantes로 올라가는 길목에 있는 쥐시외 지하철역 앞을 지나갈 때면 로르 아들레르가 책을 읽던 장면이 떠오른다. 마치 연극 무대 앞을 지나가는 느낌이다.

159번 열람석 비디오 화면의 뚜껑을 열었다. 로마에 있는 빌라 메디치 건물 외벽에 햇빛이 비치고 있다. 그 빛은 실내로 들어와 조각작품과 의자와 탁자와 마룻바닥에 와닿는다. 격자무늬 유리창 밖으로 빌라의 정원이 보인다. 직선으로 난 흙길 사이에 분수대가 있고 한 쌍의 사자 조각상과 곧게 서 있는 오벨리스크도 보인다. 바람에 정원의 풀과 나무 들이 흔들리고 멀리 돔 지붕을 한 건물들이 즐비한 로마 시내의 풍경이 펼쳐져 있다. 실내의 장식장 위에는 두상 조각작품과 금박을 칠한 오브제들이 놓여 있고 한쪽에 플레이엘 피아노가 있고 보면대에는 악보가 펼쳐져 있다. 그곳에서 어떤 남자가 소리내서 책을 읽고 있다.

"로마는 이제 더이상 나에게 기쁨을 주지 못한다. 모든 것이 견디기 어렵다. 나는 어느 누구와도 함께 지낼 수가 없다……"

벽에는 독수리와 호랑이가 그려진 양탄자가 걸려 있다. 거실의 문은 반쯤 열려 있다. 그 옆에는 윤기나는 검은 개가 앉아 있다. 햇빛은 개의 등에도 따스하게 내려앉고 있다. 카메라가 천천히 책상을 비춘다. 거기에는 여러 권의 책이 쌓여 있다. 한 남자가 그 책상 앞에 앉아 책을 읽고 있다. 프레데리크 미테랑이다. 그는 1980년대 텔레비전에서 '에투알 에 투알Etoile et toile'이라는 제목의 영화 프로그램을 진행하던 방송인이었다. 동성애자로서 자기 체험을 책으로 쓴 바 있고 프랑수아 미테랑 대통령의 조카로 알려져 있으며 문화부 장관이었다. 비음이 약간 들어간 그의 목소리는 특이하고 그가 책 읽는 방식은 누구도 흉내낼 수 없다. 그는 계속해서 책을 읽는다.

"저녁 외출. 그때가 내가 웃는 유일한 순간이다…… 몸에서 열이 오른다."

아드리앵 고에츠의 『나폴리의 잠자는 미녀』의 한 대목이다.

책인시공冊人時空

151번 좌석의 비디오 화면 뚜껑을 여니까 같은 빌라 메디치의 야외정원이 나온다. 정원 한구석에 지하에서 발굴된 부러진 기둥을 비롯한 석물들이 가지런히 놓여 있고 벤치도 하나 있다. 한적하고 고요한 여름날의 오후시간이다. 노란 야생화가 피어 있는 풀밭 위로는 나비가 날아다니고 있다. 거기에서 젊은 남자가 앙토냉 아르토의 『엘리오가발, 왕관을 쓴 무정부주의자』를 읽고 있다. 또다른 화면의 뚜껑을 열었다. 에두아르 마네가 그린 〈풀밭 위의 점심식사〉를 연상시키는 장면이 나온다. 이 그림에는 양복을 입은 점잖은 신사들과 나체의 여인들이 나오지만 비디오 화면에는 바람이 불어서 야생초들이 흔들리는 풀밭 위에 앉아 혼자 독서하는 남자가 나온다. 캐나다 퀘벡의 어느 풀밭이다. 멀리 넓게 펼쳐진 산의 자태가 평화롭다. 카메라는 책 읽는 사람의 얼굴을 비추어주다가 풀밭의 풀벌레를 비추어주기도 하고 바람에 흔들리는 풀들의 모습을 보여주기도 하고 멀리 지나가는 자동차를 비추어주기도 한다. 하늘에는 새들이 무리를 이루어 날아간다. 다른 화면의 뚜껑을 열었다. 거기에는 해변의 백사장에서 모래에 비치타월을 깔고 그 위에 누워 에드거 앨런 포의 탐정소설을 읽는 여자가 나온다.

어느 비디오에는 건조한 여름날 로마 시내의 유서 깊은 건물들이 내려다보이는 언덕 위에 자리한 5층 아파트의 테라스 풍경이 나온다. 선인장 화분들이 가득한 그 테라스 정원에서 오래된 책들을 옆에 쌓아놓고 독서삼매에 빠져 있는 40대 초반의 여성이 멕시코 신화를 읽고 있다. 또다른 좌석의 비디오에는 오래된 성城이 나온다. 폐허가 된 성에는 공장이 들어서 있다. 창고도 있고 작업대도 보인다. 그곳에서 작업복을 입은 남자가 프랑수아 샤토브리앙의 『무덤 너머의 회고록』을 소리내서 읽고 있다.

또다른 비디오는 집안 식구들 모두가 각자 자기 코너에서 책을 읽고 있는 모습을 보여준다. 엄마는 식당의 조리대에서, 아빠는 서재에서, 남동생은 자기 방 책상 앞에 앉아, 누나는 자기 방 침대에 배를 깔고 각자 자기가 원하는 책을 읽고 있다. 책을 읽다가 장소를 이동하는 사람도 있다. 여름날 큰 집에 혼자 남은 남자는 거실에서 책을 읽다가 마당으로 나가 파라솔 밑에서 책을 읽는다. 거실과 정원 사이에 있는 유리창 커튼이 바람에 흔들린다. 고등학교 강의실에서 선생님이 독서에 대한 강의를 하고 있는 모습도 있다. 학생들은 선생님이 나누어준 자료를 읽고 있는데 강의실 창문을 통해 바깥 풍경이 펼쳐진다. 창밖의 옆 건물 돌담벽과 지붕이 많은 생각을 불러일으킨다.

전시회의 비디오 화면 속에는 서서 책을 읽는 장면이 여러 번 나온다. 파리의 2번선 지하철이 지상으로 다니는 구역에 있는 지하철역에서 회색빛 철제난간에 기대어 책을 읽는 사람도 있고, 플랫폼에서 지하철이 오기를 기다리며 책을 읽는 사람도 있고, 지하철 차량 속에 자리를 잡고 책을 읽는 남자도 있으며, 센 강의 인도교 위에 서서 읽는 사람도 있다. 파리에서 볼 수 있는 특이한 장면 가운데 하나는 걸어가면서 책을 읽는 사람의 모습이다. 청소년들만이 아니라 성인들도 지하철에서 읽던 책에서 눈을 떼지 못하고 거리를 걸어가면서 책을 읽는다. 비디오 화면에는 코메디 프랑세즈 옆과 팔레 르와얄의 회랑을 오락가락 걸어다니며 책을 읽는 남자의 모습이 나온다.

책 읽는 방의 표정
—

공원, 카페, 지하철역, 기차 안, 공공도서관 등 도시의 외부공간이나 공적 공간은 자유롭게 구경하고 돌아다닐 수 있지만, 몇몇 친구들의 집이나 사무실을 제외하고는 개인의 사적 공간들은 마음놓고 들어가 구경할 수 없다. 그런데 한 사람을, 한 도시를, 한 나라를, 한 문화권을 알려면 사생활이 이루어지는 내밀한 공간으로 들어가보아야 한다.

전시기획자 알랭 플레셰르는 자신의 사회적 연결망을 최대한 활용하여 다양한 사람들의 사적 공간을 방문해 책 읽는 모습을 촬영했다. 그가 찍은 비디오 화면에 나오는 실내의 모습을 주의깊게 살펴보면 서로 비슷하면서 다르다. 대부분은 책 읽는 사람의 집 안이다. 책과 원고와 자료뭉치 들이 기둥처럼 쌓여 있는 학자의 연구실, 정신분석가의 상담실, 빈 강의실, 화가의 아틀리에, 어린이 방, 부부의 침실이 모두 책을 읽는 장소가 된다. 그 공간들은 그곳에서 책을 읽는 사람의 삶을 말해준다. 카메라는 책상 위에 놓인 잉크병, 만년필, 종이칼, 스탬프 등의 문방구들, 책꽂이에 꽂힌 책들, 탁자 위에 놓인 사진이나 엽서 들, 벽난로 위에 놓인 작은 오브제들, 벽에 붙은 그림이나 포스터 들, 벽이나 천장의 다양한 조명장치 등을 보여준다. 책 읽는 장소에는 다양한 형태와 소재의 의자와 소파와 책상이 등장한다. 마루를 깐 바닥과 양탄자를 덮은 바닥, 타일을 바른 바닥 등 책을 읽는 방의 바닥 표정도 여러 가지다. 천장의 높이가 다르고 천장에 달린 등이 다르기에 천장의 표정도 방마다 다 다르다.

책 읽는 장소에 때로는 고양이나 개가 등장하기도 한다. 새를 키우는 사람도 있다. 어느 집 벽에는 모노크롬의 추상화가 붙어 있고 어느 집 벽에는 누드사진들이 붙어 있다. 서가를 수십 권의 플레이아드판 고전으로 장식한 공간도 있고 아프리카 나무인형이나 가면으로 실내를 장식한 공간도 있다. 여행을 상징하는 모형배와 지구본도 자주 등장한다. 배와 지구본은 지금 이곳을 떠나 다른 곳으로 여행이나 모험을 떠나는 상상을 불러일으키기 때문이다. 쥘리앵 그린은 "책은 우리가 그것을 통해 다른 먼 곳으로 날아갈 수 있게 하는 유리창"이라고 말했지만 상상력 없이 어떻게 독서의 세계로 빠져들 수 있겠는가? 책을 읽는 장소에는 복잡한 일상사를 벗어나 머릿속으로나마 멀리 다른 세계로 여행을 다녀오기 위한 영감을 불러일으키는 다양한 오브제들이 놓여 있다. 오디오 장치가 있고 책꽂이에는 CD들이 가지런히 정리되어 있는 서재도 있다.

책 읽는 사람의 얼굴
—

우리나라처럼 사람 얼굴 표정에 관심이 많은 나라도 없다. 말하기에 앞서 얼굴 표정을 보고 그 사람의 기분이나 건강상태를 짐작한다. 얼굴에는 현재의 상태만이 아니라 그 사람의 삶과 사람됨이 나타나 있다. 어떤 사람의 얼굴에는 정직함이 그려져 있고 어떤 사람의 얼굴에는 진지함이 서려 있다. 특히 그 사람의 눈동자와 시선은 많은 것을 말해준다.

얼굴의 형태는 태어날 때 결정되지만 얼굴의 분위기는 세월의 흐름에 따라 변한다. 사람들의 얼굴은 그 사람이 살아온 삶에 따라 달라진다. 스무 살까지는 부모에게 물려받은 얼굴로 통할 수 있다. 또 그렇게 행세할 수도 있다. 하지만 스무 살이 넘으면 조금씩 그 사람의 삶이 얼굴 표정 속에 반영된다. 인생을 피상적으로 함부로 막산 사람의 얼굴 표정과 진지하게 삶의 의미와 깊이를 추구하며 사는 사람의 얼굴 표정은 다를 수밖에 없다. 발자크의 말대로 "사람의 얼굴은 하나의 풍경이며 한 권의 책이다. 용모는 결코 거짓말을 하지 않는다".

그런 생각을 하면서 비디오 속에 나오는 책 읽는 사람들의 얼굴 표정을 찬찬히 들여다본다. 책 읽는 사람의 얼굴은 각기 다 다르다. 그러나 책 속에 빠져든 모든 사람의 얼굴은 잘났든 못났든 모두 빛이 나고 아름답다. 보들레르는 겉으로 드러난 얼굴 뒤에 감추어진 진정한 얼굴을 이렇게 발견했다.

아니다
하나의 찡그림에 빛나는 이 얼굴은
하나의 가면,
하나의 유혹적인 드러난 장식일 뿐
그러나 보라,
지독하게 오그라들었어도
여기에 참머리가 있고 거짓 얼굴 그늘에
뒤집혀진 참얼굴이 있다.

—보들레르, 「가면」 중에서58

책인시공冊人時空

비디오 화면은 읽는 사람의 얼굴 표정을 여러모로 자세하게 보여준다. 몸 전체를 보여주다가 눈, 코, 입 등을 클로즈업해서 보여주기도 한다. 특히 눈을 많이 보여준다. 안경을 쓴 눈, 맨눈, 눈썹과 속눈썹 눈 주위도 자세하게 보여준다. 그래서 눈가의 주름을 보면서 그 사람이 살아온 인생을 짐작할 수도 있다. 카메라는 책을 들고 있는 손을 보여주기도 한다. 얼굴 표정 못지않게 손의 표정도 다양하다. 책을 들고 있거나 받치고 있는 손, 손가락, 손등, 손톱, 손 위의 주름살이 보이고 손에 난 상처와 점, 손가락에 낀 반지도 보인다. 때로는 팔목의 팔찌도 보인다. 카메라는 때로 책 읽는 사람의 뒷모습을 보여주기도 한다. 꼿꼿한 등도 있고 구부러진 등도 있으며 넓은 어깨도 있고 좁은 어깨도 보인다. 책 읽는 사람의 목덜미도 보여주고 읽고 있는 책의 페이지도 보여준다.

어느 장소, 어느 시간에서건 책 속에 빠져 있는 사람의 얼굴을 보고 있으면 심리학자 에이브러햄 매슬로가 말하는 '절정 경험Peak Experience'이라는 말이 생각난다.

"절정 경험의 순간은 가장 행복하고 가슴 벅찬 순간일 뿐만 아니라 위대한 성숙의 순간에 도달하는 순간이요, 개인화와 성취의 순간이다. 한마디로 말해 가장 건강한 순간이다."[59]

절정 경험의 순간 책 읽는 사람은 지금 여기의 시간과 공간을 벗어나 있다.

"그가 그러한 상태에서 깨어났을 때 그동안 시간이 얼마나 지나 갔는지 가늠하기란 그로서는 불가능하다. 흔히 그는 얼떨떨한 상태 에서 벗어나려는 듯이 머리를 흔들어야 겨우 자기가 어디에 있는지 알 수 있는 정도이다. (…) 이는 마치 시간이 정지되어 있는 동시에 굉장한 속도로 움직이는 이 세상이 아닌 어딘가 다른 세계에 있는 것과도 같다."[60]

책 읽는 목소리의 색깔
—

비디오에 나오는 책 읽는 사람 가운데는 남자도 있고 여자도 있 고 젊은이도 있고 노인도 있고 어린이도 있다. 학생도 있고 교수도 있고 작가도 있고 장관도 있고 방송진행자도 있고 디자이너도 있고 주부도 있다. 모든 사람의 얼굴이 다르듯이 책을 읽는 목소리도 다 르다. 얼굴 표정뿐만 아니라 목소리도 그 사람을 말해준다. 높은 톤 의 목소리도 있고 낮은 톤의 목소리도 있으며 굵은 소리도 있고 가는 소리도 있다. 낭랑한 목소리도 있고 쉰 목소리도 있다. 소리에도 색 깔이 있다고 해서 음색音色이라는 말도 있다. 각각의 사람마다 음색 이 다르듯 소리내서 책을 읽는 방식도 다 다르다. 사람에 따라 책에 따라 책의 내용과 장면에 따라 천천히 읽기도 하고 빨리 읽기도 한다. 혼자 읽기도 하고 여럿이 각자 자기의 코너에서 따로 읽기도 하고 간혹 한 사람이 다른 사람에게 읽어주기도 한다(손자가 할머니에게, 남편이 부인에게 읽어주는 비디오 화면이 있다). 책 읽는 사람마다 옷 입는 방식이 다르고, 입고 있는 옷의 모양과 색깔이 다르다. 신고 있는 신발도 다르고 머리 모양도 다르다. 그 모든 차이가 책 읽는 사람 각자의 분위기를 나타낸다.

책 읽는 사람이 풍경으로 피어날 때
—

책 읽는 공간과 책 읽는 사람만 표정이 있는 게 아니다. 사람들이 읽고 있는 책 자체에도 표정이 있다. 우선 책의 겉장이 다양하다. 오래된 가죽으로 된 고서의 겉장, 사진이 나오는 문고판의 겉장, 흰색이나 베이지 등 단색의 표지, 빨간색 파란색 등 원색의 표지 등 책 겉장의 표정도 다양하다. 책의 크기와 두께도 책마다 다른 분위기를 만든다.

카메라는 책의 겉장을 보여주다가 글자가 인쇄된 책의 안쪽을 보여준다. 책 속의 글자의 크기, 행간의 간격, 여백의 공간 등이 책마다 다 다르다. 그러다가 화면은 책과 책 읽는 사람을 떠나 서가에 꽂혀 있는 책들, 책상 위의 만년필, 렌즈, 칼, 가위, 풀, 탁상시계 등의 문방구들, 벽시계, 괘종시계, 벽에 걸린 그림들, 장식장 속의 오브제들을 보여준다. 소파 구석에 앉아 있는 고양이의 모습도 보인다. 도자기도 나오고 오래된 모형배도 나오고 2층으로 올라가는 계단, 방문, 벽의 조명등 스위치, 창가의 커튼, 블라인드도 보인다. 그럴 때면 책 읽는 사람은 보이지 않고 책 읽는 소리만 들린다.

카메라는 방을 떠나 창밖의 모습을 보여주기도 한다. 창가에 놓인 화분을 지나 창밖으로 펼쳐지는 거리의 풍경이 나타난다. 거리를 지나다니는 사람들과 자동차가 보이기도 하고 옆집 정원의 나무들과 꽃들이 보이기도 하며 건너편 집의 붉은색 기와를 얹은 지붕이 나타나기도 한다. 화면은 계속 움직이지만 때로 한 장소와 시간에 정지되기도 한다. 책과 책 읽는 사람과 책 읽는 공간과 그곳에 있는 사물들이 서로 어우러지면서 하나의 분위기를 만들어낸다. 모두 다 어느 공간에서 누군가가 책을 읽고 있는 모습이지만 100여 개의 비디오가 서로 다른 분위기를 만들어내고 있다는 것이 신기하다. 그게 보편성 속에 들어 있는 다양성이 갖는 아름다움인지도 모른다. 그때 내 머릿속에서 시 한 편이 떠올랐다.

사람이
풍경으로 피어날 때가 있다

책인시공冊人時空

앉아 있거나
차를 마시거나
잡담으로 시간에 이스트를 넣거나
그 어떤 때거나

사람이 풍경으로 피어날 때가 있다

—정현종, 「사람이 풍경으로 피어나」 중에서[61]

시인은 사람이 풍경으로 피어나는 때에 책 읽을 때를 명기하지는 않았다. 그러나 "그 어떤 때거나"라는 구절 속에 책 읽을 때를 집어넣어 '사람이 책을 읽을 때는 풍경으로 피어난다'라는 구절을 만들 수 있을 것이다. 시인은 이미 어느 산문에서 이렇게 말하기도 했다.

"책을 들여다보고 있는 얼굴은 두 배로 환한데, 그 까닭은 책 속에 들어 있는 꿈, 곧 바깥에서 오는 에너지와 독자가 읽으면서 꾸는 꿈, 곧 안에서 나오는 에너지가 상승작용을 하기 때문이다."[62]

그렇다면 책 읽는 사람은 왜 풍경이 되는가? 산과 강, 들판과 바다는 내가 없어도 거기 그냥 있다. 스스로 존재한다. 그러나 내가 그것을 바라보며 관심을 기울일 때 풍경은 나에게 말을 걸어온다. 그때 나는 풍경 속으로 들어가 풍경의 일부가 된다. 책 읽는 사람도 독서삼매에 빠져 주변을 인식하지 않고 그냥 거기 풍경처럼 존재한다.

나는 책 읽는 사람을 바라보며 그 사람의 머릿속에서 피어나는 생각들을 상상해본다. 지하철이나 버스 안에서 옆이나 앞에 앉은 사람이 책을 읽을 때 나는 슬쩍 그 책의 제목을 보고 그 사람이 어떤 사람인지를 짐작해본다. 그 순간 책 읽는 사람은 나에게 말을 거는 풍경이 되고 풍경화와 초상화 사이의 거리가 없어진다. 지금 라브루스트 열람실은 한창 보수공사중이다. 그 책의 향기가 날아다니던 독서의 장소가 과연 어떤 모습으로 다시 태어날 것인지 궁금하다.

책인시공冊人時空

2011년, 파리

인용문 출처

1. 장황거의 문장은 김삼웅의 『책벌레들의 동서고금 종횡무진』(시대의창, 2008, 42 쪽)에서 재인용했고, 요시다 겐코의 문장은 Charles Grosbois 등이 옮긴 요시 다 겐코의 프랑스어판 번역본 *Les Heures Oisives*(Gallimard, 1968, p.53)의 문 장 "Solitaire, sous la lampe, c'est une joie incomparable de feuilleter des livres et de se faire des amis avec les hommes d'un passé que je n'ai point connu"를 번역한 것이다.
2. 김삼웅, 『책벌레들의 동서고금 종횡무진』에서 재인용.
3. 로버트 단턴, 『책의 미래』, 성동규 외 옮김, 교보문고, 2011, 112쪽.
4. 김무곤, 『종이책 읽기를 권함』, 더숲, 2011, 88쪽.
5. 이사라, 『가족박물관』, 문학동네, 2008, 91쪽.
6. 김정선, 「비가 오고 눈이 와도」, 『오늘의 도서관』 2012년 1~2월호, 23쪽.
7. 정민·박동욱, 『아버지의 편지』, 김영사, 2008, 22쪽에서 재인용.
8. 허균, 『숨어 사는 즐거움』, 김원우 엮음, 솔, 1996, 180~181쪽.
9. 채호기, 『슬픈 게이』, 문학과지성사, 1994, 47쪽.
10. 서경식, 『소년의 눈물』, 이목 옮김, 돌베개, 2004, 28쪽.
11. 김현승, 『김현승 시전집』, 김인섭 엮음, 민음사, 2005, 252쪽.
12. 김삼웅, 『책벌레들의 동서고금 종횡무진』, 138쪽에서 재인용.
13. 최효찬, 『5백 년 명문가의 자녀교육』, 예담, 2005, 5~6쪽. 이어령의 추천의 글 에서 인용.

14. 박이문, 『행복한 허무주의자의 열정』, 미다스북스, 2005, 155, 231~232쪽.

15. 이 구절은 프랑스어 번역본에서 필자가 직접 옮긴 것이다. Sei Shônagon, *Notes de Chevet*, trans. André Beaujard, Paris, Gallimard, 1966, p.29.

16. 성낙희, 『숨 쉬는 집』, 시학, 2011, 19쪽.

17. 윤건차, 『겨울숲』, 김응교 옮김, 화남, 2009, 104쪽.

18. 이반 투르게네프, 『아버지와 아들』, 이항재 옮김, 문학동네, 2011, 66쪽.

19. 쉬레이, 『집, 예술이 머물다』, 정세경 옮김, 시그마북스, 2011, 58쪽에서 재인용.

20. 이광주, 『아름다운 지상의 책 한 권』, 한길아트, 2001, 140쪽.

21. 강홍빈, 『서울 에세이』, 열화당, 2002, 8~9쪽.

22. 프란체스카 프레몰리 드룰레, 「프롤로그: 마르그리트 뒤라스―창조와 고독의 집」, 『작가의 집』, 이세진 옮김, 윌북, 2009. 인용은 16, 18쪽 그리고 19~20쪽의 문장을 순서를 바꾸어 조합하였다.

23. 기형도, 『입 속의 검은 잎』, 문학과지성사, 1989, 24쪽.

24. 유럽 장서가들의 사례는 Jacques Bonnet, *Des Bibliothèques Pleines de Fantômes*, Paris, Denoël, 2008, pp.26~37을 참조하였다.

25. 장정일, 『장정일의 독서일기 1』, 범우사, 2003, 5쪽.

26. 정혜윤, 『침대와 책』, 웅진지식하우스, 2007, 249쪽.

27. 미셸 우엘벡, 『지도와 영토』, 장소미 옮김, 문학동네, 2011, 172쪽.

28. 도미니크 로로, 「책 읽기의 즐거움」, 『다시 쓰는 내 인생의 리스트』, 주형일 옮김, 이끼북스, 2011, 214쪽에서 재인용.

29. 박이문, 『눈에 덮인 찰스 강변』, 홍성사, 1979, 22쪽.

30. 가스통 바슐라르, 『공간의 시학』, 곽광수 옮김, 동문선, 2003, 83~84쪽.

31. 함석헌, 『수평선 너머』, 한길사, 2009, 109쪽.

32. 최하림, 『속이 보이는 심연으로』, 문학과지성사, 1991, 75쪽.

33. 김영하, 『퀴즈쇼』, 문학동네, 2007, 436쪽.

34. 같은 책, 같은 쪽.

35. 나희덕, 『사라진 손바닥』, 문학과지성사, 2004, 22쪽.

36. 황인숙, 「자유고양이의 공간을 찾아서」, 『나만의 공간』, 개마고원, 2006, 19~21쪽.

37. 로랑스 타르디외, 『사랑은 끝나지 않았다』, 길혜연 옮김, 뮤진트리, 2009, 26쪽.

38. 임병걸, 『지하철에서』, 나남, 2010, 39쪽.

39. 이현우, 『책을 읽을 자유』, 현암사, 2010, 223쪽.

40. 애너 퀸들런, 『독서가 어떻게 나의 인생을 바꾸었나?』, 임옥희 옮김, 에코리브르, 2001, 114쪽.

41. C.T.K., 「독서」, 『조선문단』 1924년 10월호. 천정환, 『근대의 책 읽기』, 푸른역사, 2003, 123쪽에서 재인용.

42. 장정일, 『장정일의 독서일기 2』, 범우사, 2003, 29, 35, 65, 68, 87, 130, 254쪽.

43. 김무곤, 『종이책 읽기를 권함』, 128쪽.

44. 정민·박동욱, 『아버지의 편지』, 22쪽.

45. 황○○, 「교도소 독서일기」, 『오늘의 도서관』 2012년 9월호, 16쪽. [ ]는 필자.

46. 박이문, 『공백의 그림자』, 문학동네, 2006, 98~99쪽.

47. 유미리, 『창이 있는 서점에서』, 권남희 옮김, 무당미디어, 1997, 5쪽.

48. 기형도, 『입 속의 검은 잎』, 38쪽.

49. 천정환, 『근대의 책 읽기』, 23쪽.

50. 윤건차, 『겨울숲』, 50쪽.

51. 유종호, 『그 겨울 그리고 가을』, 현대문학, 2009, 92쪽.

52. 임병걸, 『지하철에서』, 79쪽.

53. 남진우, 『타오르는 책』, 문학과지성사, 2000, 32쪽.

54. 중세도서관의 역사에 대해서는 이광주의 『아름다운 지상의 책 한 권』을 참조하

였다.

55. 장석주, 『취서만필』, 평단문화사, 2009, 378쪽.

56. 다케우치 마코토, 『도서관에서 만나요』, 오유리 옮김, 웅진지식하우스, 2011, 18쪽.

57. 라이너 마리아 릴케, 『말테의 수기』, 문현미 옮김, 민음사, 2005, 45~46쪽.

58. 샤를 보들레르, 『악의 꽃』, 정기수 옮김, 정음문화사, 1995, 70쪽.

59. 에이브러햄 매슬로, 『존재의 심리학』, 이혜성 옮김, 이화여자대학교출판부, 1981, 155쪽.

60. 같은 책, 133쪽.

61. 정현종, 『섬』, 열림원, 2009, 97쪽.

62. 정현종, 『날아라 버스야』, 백년글사랑, 2003, 111쪽.

책인시공 册人時空
책 읽는 사람의 시간과 공간

ⓒ정수복 Soo-Bok Cheong 2013

초판 인쇄 │ 2013년 3월 2일
초판 발행 │ 2013년 3월 8일

지은이 정수복
펴낸이 강병선
책임편집 이연실 │ 편집 서현아 │ 독자모니터 전혜진
디자인 엄혜리 이효진
마케팅 우영희 나해진 김은지
온라인마케팅 김희숙 김상만 이원주 한수진
제작 서동관 김애진 임현식 │ 제작처 한영문화사

펴낸곳 (주)문학동네
출판등록 1993년 10월 22일 제406-2003-000045호
주소 413-756 경기도 파주시 문발동 파주출판도시 513-8
전자우편 editor@munhak.com │ 대표전화 031)955-8888 │ 팩스 031)955-8855
문의전화 031)955-2660(마케팅) 031)955-2651(편집)
문학동네카페 http://cafe.naver.com/mhdn │ 트위터 @munhakdongne

ISBN 978-89-546-2069-7 03810

www.munhak.com